Homem-Aranha olhou ao redor à procura do robô seguinte. A coisa corria pela 42 em direção à biblioteca, pulando sobre dois carros que haviam colidido em meio ao caos, e o Aranha estava a um quarteirão de distância. Ele disparou um fio de teia no arranha-céu mais próximo.

E o fio não saiu. Seu cartucho de teia estava vazio de novo! Ele usou a teia esquerda para se balançar. Mas uma das pessoas nos destroços estava presa no carro, sangrando, então Aranha parou por um momento para descer e arrancar a porta. Em seguida, saltou para o topo das árvores para ver...

Meu Deus, não! Seus alunos estavam logo ali, faziam parte da multidão que era evacuada pela polícia. O robô seguia bem na direção deles, abrindo caminho pelas mesas e cadeiras no pátio e subindo pela fonte. Aranha saltou para a lateral do prédio e disparou o cartucho esquerdo...

E ele estalou! Também estava vazio!

– Não! – gritou Aranha, no mesmo momento em que o robô colidiu com a enorme escultura de mármore ao lado dos degraus, rachando sua base estreita e fazendo-a cair sobre os estudantes que gritavam ao lado dela. Em seguida, o autômato descontrolado avançou cambaleante contra o grupo de estudantes. Era uma receita para o desastre.

HOMEM-ARANHA
ENTRE TROVÕES

HOMEM
ENTRE TROVÕES

UMA HISTÓRIA DO UNIVERSO MARVEL

CHRISTOPHER L. BENNETT

MARVEL
marvel.com

ARANHA

novo século®

São Paulo, 2015

Spider-Man: Drowned in Thunder

Published by Marvel Worldwide, Inc., a subsidiary of Marvel Entertainment, LLC.

marvel.com

1ª reimpressão – abril/2016

COORDENAÇÃO EDITORIAL
Vitor Donofrio

EDITORIAL
Giovanna Petrólio
João Paulo Putini
Nair Ferraz
Rebeca Lacerda

GERENTE DE AQUISIÇÕES
Renata de Mello do Vale

ASSISTENTE DE AQUISIÇÕES
Acácio Alves

TRADUÇÃO
Guilherme Miranda

PREPARAÇÃO
Paulo Ferro Junior

P. GRÁFICO E DIAGRAMAÇÃO
João Paulo Putini/Vitor Donofrio

REVISÃO
Marcia Men
Bruno Bonfim

CAPA
Vitor Donofrio

ILUSTRAÇÃO DE CAPA
Will Conrad

Texto de acordo com as normas do Novo Acordo Ortográfico da Língua Portuguesa (1990), em vigor desde 1º de janeiro de 2009.

Dados Internacionais de Catalogação na Publicação (CIP)
(Câmara Brasileira do Livro, SP, Brasil)

Bennett, Christopher L.
Homem-Aranha: entre trovões
Christopher L. Bennett; [tradução Guilherme Miranda].
Barueri, SP: Novo Século Editora, 2015. (Coleção Slim Edition)

Título original: Spider-Man: drowned in thunder

1. Fição norte-americana 2. Histórias em quadrinhos 3. Homem-Aranha (Personagem fictício) I. Título. II. Série

15-10411 CDD-813

Índice para catálogo sistemático:
1. Ficção: Literatura norte-americana 813

NOVO SÉCULO EDITORA LTDA.
Alameda Araguaia, 2190 – Bloco A – 11º andar – Conjunto 1111
CEP 06455-000 – Alphaville Industrial, Barueri – SP – Brasil
Tel.: (11) 3699-7107 | Fax: (11) 3699-7323
www.novoseculo.com.br | atendimento@novoseculo.com.br

Para Angela,
que é a mistura de MJ com Gwen.

Todo o problema do mundo é que os tolos e os fanáticos estão sempre cheios de certezas, enquanto os sábios estão cheios de dúvidas.

Bertrand Russell

NOTA DO HISTORIADOR

Entre trovões não exige que o leitor conheça detalhes da continuidade dos quadrinhos do *Homem-Aranha*. No entanto, para os fanáticos por continuidade, deixo claro que este romance se passa depois que Mary Jane começou sua carreira teatral, mas antes do Homem-Aranha entrar para os Vingadores. Também se passa antes da transformação sofrida pelo personagem em *O Espetacular Homem-Aranha* 15-20 ("A Queda", agosto-dezembro de 2004).

1 NA CALADA DA NOITE

ERA UMA NOITE CLARA e tempestuosa.

Nunca ficava muito escuro no centro de Manhattan, a não ser quando fenômenos naturais ou atos de supervilania causavam blecautes. Olhando para a cidade do alto de um terraço, Peter Parker refletiu que à noite Nova York mostrava ainda mais a abundância de vida e energia que fazia dela a cidade mais fascinante do mundo, quando milhões de luzes multicoloridas das janelas, anúncios, semáforos, holofotes e carros reluziam para desafiar a escuridão, declarando ao universo que os nova-iorquinos estavam cuidando de suas vidas e não deixariam que algo tão banal como a rotação da Terra lhes dissesse a hora de ir para a cama.

Isso era bom para Peter Parker, já que naquele momento ele estava vestido dos pés à cabeça com elastano vermelho e azul e em queda livre de um prédio de vinte andares, confiando num fino feixe de teias disparado de seu punho para se fixar ao próximo arranha-céu e balançá-lo com segurança pela 8ª Avenida. Essa era parte da rotina noturna de patrulha do Amigão da Vizinhança, o Homem-Aranha, e as luzes brilhantes eram de uma ajuda inestimável para que pudesse ver onde estava indo, bem como para manter seus olhos atentos a crimes e crises nas ruas abaixo.

Quanto à tempestade? Esse era outro problema. Mesmo num dia normal, Homem-Aranha precisava ficar alerta aos ventos caprichosos entre as torres altas, ampliados pelo efeito de túnel de vento das ruas sinuosas de Manhattan. Um fio de teia saído dos lançadores do Aranha, ainda que de polímero sintético da melhor qualidade, era fino, podendo ser facilmente derrubado por uma rajada súbita. Voar pendurado nos fios de teia era uma maneira emocionante e libertadora de viajar, cinquenta vezes melhor do que qualquer montanha-russa – totalmente ao ar livre, subindo e descendo em velocidade assombrosa sem nenhum impedimento, sem o mau cheiro do escapamento dos carros, da fumaça dos cigarros e das contínuas disputas de trânsito entre motoristas, pedestres e ciclistas hipercompetitivos. Mas esse seria um comportamento suicida se não fosse pelo "sentido-aranha" de Peter, a consciência extraordinariamente acima do comum do seu entorno, adquirido após a fatídica mordida de uma aranha radioativa anos atrás, junto com a força e a agilidade aracnídeas proporcionais. O zumbido do sentido-aranha em sua cabeça o alertava do ataque iminente de seus muitos inimigos, permitia que desviasse de balas antes que fossem disparadas e assim por diante, mas também o ajudava em situações mais banais, como sentir que o fio de teia que ele estava prestes a disparar seria soprado em outra direção por uma súbita mudança do vento, o que lhe dava a chance de ajustar a mira para compensar.

Bom, não se pode acertar todas! pensou Aranha, quando uma rajada extremamente forte soprou assim que apontou o disparador da palma da mão e deixou que o fluido de teia subisse num longo fio de secagem rápida em direção ao New Yorker Hotel. O vento jogou a teia de volta sobre o seu ombro e ele imediatamente soltou o disparador para que ela voasse livre depois que a válvula de corte a soltasse. Sua vasta experiência lhe havia ensinado a não liberar um fio de teia antes que o próximo se ancorasse; assim, deixou que o balanço o levasse para o alto enquanto mirava e disparava mais uma vez. A teia atingiu o topo do hotel em estilo *art deco*, com sua forma zigurate, num ponto mais alto do que ele pretendia, de modo que se ele avançasse, ela ficaria pendurada no canto do terraço inferior. Então ele se antecipou a isso, deixando que a teia o fizesse balançar até a lateral para pousar na face do prédio que dava para a 8ª Avenida, agarrando-se à parede com suas mãos e pés.

E estava escorregando. Em geral, seus dedos conseguiam aderir a praticamente qualquer superfície. Mas o vento estava acompanhado por um aguaceiro que ficava cada vez mais forte, deixando a parede de tijolos do hotel escorregadia. Ainda não estava tão ruim; ele só precisava de um pouco mais de pressão para se segurar.

– Mas se a chuva continuar a piorar – ele murmurou para seu reflexo mascarado numa janela escura – talvez seja melhor pegar a linha F para casa. – O lampejo de um raio e o estrondo subsequente do trovão, perto demais para deixá-lo tranquilo, mostrou que talvez fosse melhor voltar de metrô mesmo. Assim como uma teia de verdade, sua teia sintética não conduzia eletricidade quando estava seca, mas poderia conduzir uma boa carga quando molhada. E os raios costumavam atingir o topo dos prédios, o que fazia deles o lugar menos propício para se pendurar em climas como aquele.

Infelizmente, ele não tinha uma muda de roupas à mão para poder pegar o metrô como Peter Parker. Saíra em patrulha diretamente de seu apartamento no LoHo, mas só se deu conta de que havia esquecido de olhar a previsão do tempo quando já estava a meio caminho de Greenwich Village. E ele não podia ligar para Mary Jane para trazer roupas, porque, como quase sempre nos últimos tempos, sua querida esposa havia saído para ensaiar sua mais nova peça *off-Broadway*. Ele já havia tentado enfiar a cabeça em duas janelas e perguntar se alguém faria a gentileza de colocar a TV no canal da previsão do tempo, mas teve a má sorte de os moradores dos dois apartamentos pertencerem ao segmento considerável da população de Nova York que o considerava uma ameaça, e não um herói. O primeiro o havia ameaçado com um bastão de beisebol, e o segundo acordara a vizinhança inteira com seus gritos e acusações de tentativa de assalto. Nas duas vezes, ele preferiu bater em retirada a ficar e dar explicações aos vizinhos e à polícia. E, desde então, vinha se mantendo ocupado provando que seus detratores estavam errados (não que eles fossem notar) com vários atos de bravura contra as forças do crime e do caos, de modo que, embora tivesse sentido que a tempestade estava por vir, não pôde apressar-se a caminho de casa a tempo de evitar a chuva.

– Por que o sentido-aranha não veio com uma previsão do tempo de longo alcance? – ele perguntou ao universo enquanto lançava outro fio de teia, certificando-se de que este havia se ancorado com firmeza no

Five Penn Plaza antes de movimentar-se novamente. – Chuvas esparsas esta tarde, com trinta por cento de chance de Escorpião. Amanhã, espera-se uma chuva de balas de calibre 38. E agora, fique com Joey para as notícias do esporte. – Certo, ele estava falando sozinho. Era um hábito que o fazia relaxar quando ficava nervoso. Ele falava sozinho com bastante frequência.

Agora, a chuva caía com mais força, os raios estavam mais constantes e ele tentou acelerar o ritmo em direção ao seu apartamento, virando para o leste a fim de saltar sobre o Madison Square Garden e continuar na diagonal por alguns quarteirões em direção à Broadway, planejando seguir por ela e depois pela Bowery para chegar em casa. Mas, no meio do caminho entre a 7ª e a 8ª Avenidas, sentiu um conhecido e tênue zumbido de perigo eriçando os pelos da sua nuca. A chuva interferia em seus sentidos aracnídeos, bem como em seus sentidos normais, mas não a ponto de turvar uma pontada tão forte como aquela. Ele a sentiu como um especialista: aguda, furiosa, mas distante, um ato de violência humana a dois quarteirões dali, não direcionado a ele – pelo menos não por enquanto. Uma fração de segundo depois, o som de um disparo e gritos chegou a seus ouvidos, e em seguida, novamente, ecoado pelo edifício Two Penn Plaza atrás dele. Pela maneira como o alarme se intensificou quando ele virou, poderia localizar o incidente melhor do que se seguisse apenas os sons. Seus instintos o levaram de volta para o norte, em direção ao Herald Square.

Enquanto se aproximava, os arrepios do sentido-aranha foram acompanhados por uma ansiedade familiar. Não o tipo de nervosismo que uma pessoa normal e sã (o tipo que não sairia em público vestindo elastano vermelho e azul) sentiria ao mergulhar de cabeça num tiroteio; ele havia presenciado tantos outros e enfrentado coisas tão piores que não tinha mais medo. O que o aterrorizava era a dúvida: *Será que vou chegar tarde demais? Se eu não tivesse me deixado arrastar pelo vento e pela chuva, será que poderia ter chegado aqui a tempo de sentir o perigo antes do disparo? Será que uma pessoa acabou de morrer porque não consegui fazer o que devia... de novo?*

Homem-Aranha sabia que não poderia estar em todos os lugares ao mesmo tempo, que não poderia salvar todas as pessoas. Fazia tempo que ele havia se acostumado a essa terrível verdade. Mas ele não conseguia se perdoar pelas vidas que poderia ter salvado e não conseguiu.

Depois você pensa nisso, Pete. Naquele momento, se havia outras vidas em jogo, ele não iria desapontá-las.

Ao se aproximar da Broadway e começar a descer, avistou sua presa. Uma gangue de ladrões estava saindo da Macy's, correndo em direção a uma van de fuga enquanto um segurança trêmulo se esforçava para atirar neles com a pistola. A outra mão do guarda apertava seu braço direito, cuja manga estava manchada de sangue – um ferimento pequeno, pouco mais do que um raspão, já que ele ainda conseguia empunhar a pistola. Um suspiro de alívio saiu dos lábios do Aranha. Ninguém havia morrido... ainda. Mas aquele era um cruzamento cheio de gente, e a mira do guarda estava trêmula. A polícia de Nova York era treinada para não disparar no meio de uma multidão, mas será que aquele segurança particular teria o mesmo bom senso?

Aranha não podia correr esse risco. Ele precisava pegar tanto os bandidos quanto os guardas desprevenidos. Caindo sobre o toldo verde de metal que cobria as portas de entrada, ergueu a barra da roupa, expondo seu cinto de utilidades, e ligou o aranha-sinal (nome que ele admitia ser bastante pretensioso para o que não passava de um holofote na fivela de um cinto barato com uma máscara de aranha transparente sobre a lente), mirando nos bandidos. Mas nada aconteceu. *Que droga! Acabou a bateria!*

Ele não podia perder mais tempo. Saltando para pousar em cima da janela de frente para o guarda, apertou os dedos médios no disparador de teia com uma pressão firme e contínua, fazendo com que o fluido saísse como uma corrente grossa e gosmenta que entupiu o cano da pistola do guarda.

– Espere! – ele gritou. – Tem muita gente em volta! Deixa que eu cuido deles!

– Vai se ferrar! – o guarda gritou de volta. – Você deve ser um deles!

– Deixe-me adivinhar: mais um assinante satisfeito do *Clarim Diário*.

– O guarda estava tentando livrar a arma da teia gosmenta. Para impedir que ele puxasse o gatilho por acidente e perdesse a mão com um tiro que saísse pela culatra, Aranha disparou um fino fio para apanhar a arma e jogá-la longe, fazendo com que caísse sobre a superfície plana do toldo verde da entrada, em segurança e fora de alcance. Em seguida, disparou outro feixe de teia para cobrir o braço ferido do guarda como um curativo improvisado. – Isso deve conter o sangramento até a ambulância chegar. Escreve isso na sua próxima carta para o editor.

Naquele momento a van dos bandidos cantava pneu em meio ao tráfego da Broadway, e então Aranha partiu em perseguição. Entretanto, durante sua conversinha com o guarda, a chuva havia ficado mais forte. Ele tentou disparar um fio de teia para deter a van em fuga. Sua fórmula de teia original não teria se solidificado sob a chuva pesada, mas fazia tempo que ele havia superado esse problema. Contudo, sólida ou não, a fina teia foi jogada ao chão pela torrente d'água antes que pudesse alcançar a van. Aranha foi obrigado a perseguir os ladrões a pé. Felizmente, superforça também significava supervelocidade – não no nível do Mercúrio, mas mais do que o suficiente para alcançar a van no trânsito de Manhattan sob uma tempestade. Principalmente porque ele podia saltar de capota em capota sobre os carros. Uma torrente de buzinas e xingamentos de motoristas irritados seguia atrás dele. *Ah, os Rouxinóis da Broadway.*

Por fim, pousou sobre a van em fuga enquanto o veículo rasgava por Koreatown. Depois de abrir as portas traseiras, abaixou a cabeça para ver o que estava enfrentando. Com os anos de experiência, o fato de estar olhando de cabeça para baixo não era nenhum problema, mas as gotas de chuva que encharcavam as lentes de sua máscara eram outra questão. Tudo à sua frente era um borrão nebuloso e turvo em movimento. Por sorte, não havia chuva entre ele e os ocupantes da van, de modo que seu sentido-aranha conseguiu alertá-lo do disparo iminente e ele teve tempo de erguer a cabeça antes que os tiros soassem.

– É o inseto! – alguém gritou dentro da van.

O inseto? Para onde esse mundo está indo? Antigamente, toda vez que ele atacava uma quadrilha, podia contar que alguém gritaria "Homem--Aranha!", como um apresentador chamando uma nova atração. Hoje em dia, pelo jeito, eles não lhe davam o menor valor. *Cadê o respeito?*

Ele nem precisou dos sentidos de aranha para saber o que aconteceria em seguida; tinha assistido a tantos filmes de ação que já era óbvio. Bandidos num carro com um herói no capô disparavam contra o teto. Esses bandidos devem ter assistido aos mesmos filmes, pois a chuva de balas disparadas debaixo veio logo em seguida, contrapondo-se à chuva que caía do céu. Mas Aranha já estava saltando para fora do caminho, começando a dar a volta na traseira da van como um ginasta em uma barra. Enquanto os ladrões atiravam para cima, ele poderia entrar pelas portas traseiras e derrubar os dois com um chute duplo.

Mas não foi bem assim que aconteceu. Ele havia se acostumado a confiar na adesão da ponta dos seus dedos em vez de se segurar com firmeza e, no calor do momento, esqueceu-se de que não poderia utilizar esse reflexo por conta da chuva. Todos os seus dedos se aderiram a poças de moléculas d'água e, em vez de dar um mortal duplo para dentro da van, Homem-Aranha caiu com tudo no asfalto duro e escorregadio. Apenas o som de uma buzina e de pneus cantando o avisou do carro que avançava contra ele, e graças somente a seus reflexos superdesenvolvidos que ele conseguiu rolar para fora do caminho a tempo. *Mas os ferimentos no meu orgulho podem ser fatais. Ótimo movimento, Cabeça de Teia. E, além de tudo, agora estou com o tema de* Rouxinol da Broadway *na cabeça.*

– É isso aí – disse ele, colocando-se de pé e pulando sobre os capôs dos carros, voltando a perseguir a van. *The rumble of the subway train... a-jing-a-jing... the rattle of the ta-a-xis... pare com isso!*

Mas estava ficando cada vez mais difícil de enxergar; suas lentes não só estavam cobertas de chuva, como também, naquele clima frio e molhado, elas estavam começando a embaçar por dentro conforme sua respiração acelerava. Ele caiu por cima de um táxi amarelo e desceu deslizando sobre o capô.

– Hah! – o taxista gritou. – Belo salto, babaca-aranha!

– É, enfim... use menos cera da próxima vez! E dê o fora daqui, eles estão armados!

– Ei, não me diga para onde ir, sua aberração! E saia do meu táxi antes que eu ligue o taxímetro!

Cerrando os dentes de frustração, Aranha secou a lente direita com a luva, segurou-a com firmeza e a arrancou da máscara para ver onde estava indo. Enfiou a lente no cinto de utilidades para guardá-la em segurança e partiu novamente atrás da van. Mas sua visão não melhorou muito, uma vez que não havia nada impedindo as grossas gotas de chuva de cair em seu olho direito, fazendo-o arder. Ele precisava manter a mão sobre o olho exposto enquanto corria. *Nota: inventar um guarda chuva que caiba no cinto. Não... numa noite como esta, ele seria levado pelo vento em dois segundos.*

Os atiradores estavam novamente disparando ao léu do fundo da van. *Preciso parar esses caras antes que eles matem alguém!* Mas como? A chuva estava caindo sobre ele com tanta força que o lembrou de sua última batalha com o Homem-Hídrico. Suas teias eram inúteis, seus dedos viscosos eram inúteis, seu sentido-aranha era inútil... *e estou morrendo de frio nessa roupa encharcada.* Ele podia fazer o que sempre fazia quando era obrigado a deixar os bandidos fugirem: disparar o rastreador-aranha na van. Mas a chuva violenta interferiria no rastreador, assim como estragara suas teias. O que restava?

Só a força proporcional de uma aranha, idiota!, ele percebeu. Precisava jogar algo grande contra os atiradores, e rápido. Mas o quê? Olhou para baixo em busca de uma tampa de bueiro, mas o tiroteio havia parado o trânsito e todas as tampas de bueiro por perto estavam solidamente plantadas embaixo dos pneus dos carros.

E então, uma buzina soou atrás dele, seguida por uma voz familiar:

– Ei, babaca-aranha, eu tenho que trabalhar! Sai do caminho, caramba!

Pela primeira vez naquela noite, o Homem-Aranha sorriu. Aquilo era perfeito demais.

A reação do taxista quando Aranha arrancou o capô do seu táxi não foi uma imagem que os antigos colegas de Peter Parker, do jornal, teriam achado digna de ser impressa. Tampouco a reação dos ladrões da van quando viram o capô voando na direção deles, mais rápido do que seus olhos conseguiam acompanhar. Mas seus palavrões foram interrompidos abruptamente quando o capô os nocauteou, jogando--os contra o fundo da van. Infelizmente, o taxista não calou a boca tão facilmente. Mas, pelo menos, ele ainda estava vivo.

A van deu uma guinada; o motorista, assustado com o impacto atrás dele, bateu a van na traseira de um carro estacionado. Aranha correu para confrontar o motorista, abrindo a porta, mas o encontrou zonzo e com o rosto enfiado no airbag inflado. Os disparadores de teia do Aranha ainda estavam cheios d'água, então ele deu um soco forte o bastante no queixo do bandido para que ele desmaiasse até a chegada da polícia, que, a julgar pelas sirenes que ele podia ouvir naquele instante sob o som da chuva e dos trovões, estaria ali a qualquer momento.

Ele demorou um pouco para dar uma olhada nos dois ladrões no fundo da van, já que os havia atingido com bastante força com aquele capô de táxi. Um deles estava com as costelas quebradas e o outro com um braço quebrado por tentar impedir a colisão, mas seus órgãos vitais estavam bem. Foi um alívio. Ele não gostava de pegar tão pesado quando podia evitar, não contra meros mortais, e se contentava em ter uma arma potente e não letal à qual recorrer na maioria das ocasiões, como as suas teias. Mas as circunstâncias não haviam lhe deixado escolha a não ser empregar uma força maior para proteger transeuntes inocentes. Ele teve sorte dos ferimentos não terem sido mais graves.

No entanto, sabia que era improvável que os policiais achassem o mesmo, por isso bateu em retirada, correndo para o beco mais próximo. As paredes ainda estavam escorregadias demais para que pudesse escalá-las, então pulou para a escada de incêndio mais próxima (um salto curto para alguém capaz de pular três andares com um único impulso) e subiu com dificuldade até o topo. Saltando de telhado em telhado, foi se afastando da área, sabendo que a polícia iria procurá--lo, querendo, como sempre, levar o Aranha para um "interrogatório" sobre o incidente. Na verdade, eles tinham um pouco de razão; muitas vezes, os bandidos que ele capturava não demoravam a voltar às ruas porque não podiam ser condenados sem o seu depoimento. Mas cair nas mãos da polícia significava expor sua identidade. Na primeira vez em que isso aconteceu, anos atrás, o compreensivo capitão da polícia George Stacy havia proibido a remoção de sua máscara até a consulta jurídica sobre suas liberdades civis. Aranha escapou logo em seguida, antes que resolvessem a questão. Mas o capitão Stacy foi morto há muito tempo, e hoje eram poucos os policiais que se preocupavam em proteger sua identidade. E as liberdades civis não estavam exatamente na moda nos últimos tempos, muito menos quando o assunto dizia respeito aos superpoderosos. Apesar do risco de deixar bandidos impunes, ele simplesmente não poderia revelar sua identidade e atuar com liberdade. Havia muitas pessoas com quem se preocupava, pessoas que, sem dúvida, se tornariam alvos caso seus inimigos soubessem sua identidade secreta. O que já havia acontecido várias vezes.

Será que estou fazendo a coisa certa?, ele se perguntou pela milionésima vez enquanto corria para debaixo de uma caixa d'água e esperava a chuva diminuir. *Sair por aí atrás de uma máscara, batendo em bandidos sem respeitar as leis? Eu poderia trabalhar para o governo, colocar meus entes queridos num programa de proteção a testemunhas. Poderia tentar entrar para os Vingadores e trabalhar como parte do sistema. Poderia vender minha fórmula de teia para a polícia, deixar que a usassem para pegar criminosos enquanto fico em casa e cuido da minha família.*

Mas sempre que os pensamentos de Peter Parker seguiam nesse rumo, eles voltavam para o único argumento do qual nunca conseguia escapar. Uma vez ele se dispôs a deixar a luta para outra pessoa. Uma vez, depois de ter conseguido seus poderes e começado a usá-los para ganhar dinheiro como uma atração de TV, ele havia ficado de braços cruzados e deixado um bandido escapar, embora tivesse o poder de impedi-lo. E foi esse mesmo bandido que matou o seu tio Ben.

Enquanto eu tiver esse grande poder, preciso aguentar a grande responsabilidade que vem com ele. Não posso correr o risco de deixar outra pessoa morrer porque deixei de agir. Ele sabia disso, mesmo sem precisar dizer. E foi por isso que havia começado a usar sua identidade de Homem-Aranha e seus poderes para combater o crime, por isso que continuara o combate até hoje, apesar de todos os perigos e dificuldades. Embora sempre se perguntasse se seus métodos de lidar com seus poderes eram realmente os mais responsáveis, todas as tentativas anteriores haviam sido limitantes e muito comprometedoras. Havia coisas que ele só conseguia fazer agindo sozinho, à margem da lei, em nome de uma justiça mais básica.

Mas será que desse jeito vale a pena? Existe alguma alternativa melhor que não consigo ver?

Como sempre, a única resposta a essa pergunta foi um silêncio ensurdecedor. Seguido por um espirro também ensurdecedor, para o qual ele mal teve tempo de erguer a máscara.

– Exatamente o que eu precisava... ficar resfriado. – Tudo o que ele queria agora era ir para casa, tirar aquela roupa molhada de Aranha e entrar numa banheira quente. Com sorte, na companhia da maravilhosa Sra. Mary Jane Watson-Parker. Era ela que fazia tudo valer a pena, que lhe dava forças e esperanças apesar de tudo. Era a única pessoa por quem ele deixaria de ser o Homem-Aranha e, no entanto, eram o apoio e a compreensão dela em relação à sua vida dupla que lhe possibilitavam continuar como o Homem-Aranha. Era a expectativa de ir para casa, para seus braços no fim da noite, que lhe dava forças para continuar lutando contra todas as dificuldades e nunca ceder à derrota. Esse simples pensamento o aqueceu e o motivou a se apressar novamente a caminho de casa. Faltavam apenas uns vinte quarteirões.

Mas, de repente, alarmes soaram na direção contrária, então uma gritaria começou, e o Aranha soltou um suspiro longo, dando meia-volta. MJ teria que esperar um pouco mais.

2 COM A TEIA INFERNAL

FOI SÓ DE MANHÃ que o Homem-Aranha finalmente conseguiu voltar ao prédio onde morava como Peter Parker. Torcendo para que seu encharcado sentido-aranha tivesse secado o suficiente para alertá-lo se alguém estivesse olhando, ele desceu pela escada de incêndio até seu apartamento. Por sorte, o único espectador era Barker, o estranho e feio rottweiler que morava no apartamento da frente, cuja principal atividade parecia ser a de ficar olhando ameaçadoramente para a janela de Peter, isso quando não estava usando fantasias feitas por sua dona aficionada, Caryn, ou fazendo barulhos estranhos em seu apartamento. Apesar de o sentido-aranha não mostrar, às vezes Peter suspeitava de que Barker fosse um supervilão disfarçado.

Porém, mesmo se fosse, Peter estava cansado demais para se preocupar naquele momento, então simplesmente entrou pela janela do seu apartamento e arrancou a máscara que já cheirava a mofo.

– Querida, cheguei – ele gritou, quase sem voz.

Ele esperava receber um abraço caloroso de sua linda esposa, um sermão carinhoso por fazê-la ficar acordada a noite toda preocupada com ele e, depois, tomar um banho matutino quente e agradável, juntos. Em vez disso, Mary Jane apenas olhou rapidamente da porta do quarto, deixando cair as mechas ruivas, e disse, distraidamente:

– Oi, querido. Noite difícil?

– Já tive melhores – ele respondeu, tirando as luvas e a camisa. – Tentei subir pela parede, veio a chuva forte e me derrubou. Você nem imagina o que aconteceu depois. Vem aqui que eu te conto tudo.

– Ahh, não posso. Estou atrasada para o ensaio. – Ela entrou apressada no quarto e deu um selinho rápido em seus lábios, mas saiu antes que ele pudesse retribuir o beijo.

– Ei, é só isso que eu ganho?

– Desculpa... não posso chegar ao ensaio cheirando a super-herói molhado. À noite a gente conversa, tigrão. Te amo. Tchau! – E assim ela se foi.

Depois de alguns segundos, Peter fechou a boca, abaixou a mão estendida e soltou um suspiro. Não era o que ele estava esperando, mas não podia pensar só em si mesmo. MJ podia ser sua companheira amorosa e tudo mais, mas tinha sua própria vida para cuidar. Depois de anos como supermodelo bem-sucedida e atriz inexperiente, era difícil para ela encontrar diretores de elenco que a levassem a sério e a vissem como mais do que só um rostinho bonito (ainda mais com aquele rosto maravilhoso, os cabelos ruivos longos e cheios de brilho, e aquelas pernas infinitas e... enfim). Além da ponta numa novela alguns anos atrás, ela encontrou dificuldades em ser escalada para qualquer papel que não fosse o da mocinha de roupas curtas em filmes de ação de qualidade duvidosa. E ela estava cada vez mais ciente de que, ao chegar perto dos trinta, o prazo de validade de uma supermodelo e atriz iniciante em Hollywood era muito limitado; ela acabaria tendo que diversificar a atuação para conseguir se sustentar. Por isso, recentemente, havia começado uma carreira no teatro para aumentar seus ganhos como atriz e variar as opções de carreira em longo prazo. Somando com os trabalhos de modelo ocasionais que ainda fazia para pagar as contas, ela andava mais ocupada do que nunca.

A verdade era que MJ andava absorvida pelo trabalho nos últimos tempos. Sua versão de Lady Macbeth havia sido muito malvista pelos críticos, que disseram que o elenco era ruim e que ela não passava de um rostinho lindo com quase nada por trás. (Os trocadilhos foram previsíveis, pelo menos para quem conhecia o bardo: "Era uma flor sem serpente", "Tirai-me a sensualidade!"). Desde então, ela vinha se esforçando muito para melhorar sua atuação e estava se dedicando de corpo e alma à sua nova peça, aproveitando ao máximo o seu papel de coadjuvante. Ela parecia dedicar cada minuto disponível de sua vida à fase de ensaio, fosse com o elenco no teatro, ou em casa, decorando as falas.

Havia alguns momentos – mais do que alguns, na verdade – em que Peter ficava magoado por ter de disputar o tempo dela. Ele havia ficado sem Mary Jane por tempo demais. No ano anterior, um homem a sequestrara e forjara sua morte, mantendo-a prisioneira por meses até que o Homem-Aranha finalmente a resgatasse. Ele havia sentido um alívio profundo por tê-la de volta, mas isso não durou muito. Ela precisou de um tempo para se recuperar do trauma e se reencontrar na vida, para superar a sensação de desamparo que havia sofrido por tanto tempo. Por isso, ela o deixou temporariamente, mudou-se para Los Angeles e trabalhou para construir para si uma vida que não fosse apenas a de Sra. Homem-Aranha.

Ela atingiu seu objetivo; seu trabalho podia até não ter sido tão formidável quanto ela esperava, mas foi o suficiente para que se desse conta de que era forte e inteligente o bastante para se virar sozinha e suportar as provações da vida. E Peter finalmente havia reconquistado MJ ao convencê-la, não muito tempo atrás, de que precisava da sua força e seu amor para seguir em frente. Todos os dias, ele era grato por ela ter voltado aos seus braços. Mas o fato de que a nova carreira dela deixasse tão pouco tempo para ele era frustrante, ainda mais porque sentia que havia acabado de reencontrá-la. Ele sabia, porém, que Mary Jane se sentia da mesma maneira em relação à sua carreira de Aranha e, mesmo assim, aceitava e o apoiava apesar de tudo. Peter devia fazer o mesmo.

Além disso, ela tinha razão. Ele ergueu o uniforme, observou-o, deu uma cheiradinha e fez uma careta.

– Ela está certa, Peter. Às vezes ser o Homem-Aranha fede. – Ele espirrou violentamente. – E se consigo sentir o cheiro com o nariz entupido... *nossa*!

Além disso, ele percebeu que tinha menos de uma hora para chegar ao Midtown High (o colégio em que trabalhava e que, apesar do nome, ficava no Queens), ou seus alunos especiais de biologia ficariam sem professor... de novo. Ele já havia tido problemas demais em

manter seu trabalho de meio período como professor com suas faltas frequentes e sua pouca habilidade para inventar boas desculpas. O único motivo pelo qual o Midtown High o mantinha lá era porque havia poucos professores de ciência decentes no sistema público escolar, pelos menos com coragem o suficiente para assumir os alunos problemáticos e de bairros pobres da classe dele. Anos de batalhas contra o Duende Verde, o Doutor Octopus, Kraven, o Caçador, e Venom o prepararam para o desafio de enfrentar uma turma de adolescentes mal-humorados, desconfiados e possivelmente armados e tentar convencê-los a abrir a cabeça para ideias novas. Quer dizer, não o havia preparado tanto assim. Lutar contra supervilões era mais fácil, na verdade, já que podia simplesmente dar um soco na cara deles se não quisessem cooperar.

Além disso, ele também tinha a adrenalina para mantê-lo na luta. Hoje, depois de uma noite insone sob a chuva forte, uma ducha rápida, um café, um pão e mais um café para continuar acordado, ele precisava ficar de frente para uma sala cheia de adolescentes incrédulos e cabeças-duras e convencê-los de que sabia do que estava falando... ou, ao menos, de que estava acordado. Ele vinha se esforçando muito nos últimos meses para vencer o ceticismo dos alunos e sabia que, se demonstrasse qualquer sinal de fraqueza, correria o risco de perder o controle sobre eles. Ainda que, com o forte resfriado que havia pegado, fosse difícil até mesmo falar alguma coisa coerente. *Graças aos céus tenho anos de aprendizagem e experiência em falar com clareza através de uma máscara.*

No entanto, sua aula sobre organismos geneticamente modificados não saiu como o esperado. Susan Labyorteaux, uma aluna loira, mais velha e meio gordinha, de uma família muito religiosa, não reagiu bem à matéria, assim como não havia gostado de suas aulas anteriores sobre evolução.

– A gente não devia mexer na forma como Deus criou a natureza – insistiu ela. – A gente não tem esse direito.

– Verdade – concordou Bobby Ribeiro, um garoto magro de família afro-cubana. – E vai saber que tipo de monstros a gente acabaria criando? Esses malditos cientistas não deviam mexer com o que não entendem. – Alguns dos alunos concordaram, balançando a cabeça e emitindo sons de aprovação.

– Bom, vocês não são as primeiras pessoas a serem contra – Peter disse. – Muitas lojas não vendem comidas transgênicas, e existem até leis que restringem o seu uso. E você está certo, Bobby, tem várias coisas que podem dar errado se as pessoas não tomarem cuidado. Mas a verdade é que a gente sempre comeu alimentos transgênicos. – Com a reação de espanto dos alunos, ele explicou: – Sério: quase todos os itens alimentícios que a gente come foram alterados de sua forma natural ao longo de séculos de domesticação e reprodução seletiva. Veja as bananas, por exemplo. Elas são simples, convenientes, uniformes. Têm umas belas cascas de proteção que podem ser retiradas com facilidade e até umas alcinhas naturais. Vocês acham que a natureza fez as bananas assim?

– Foi Deus quem fez – disse Susan.

– É, eu vi isso em um filme do George Burns – interveio Joan Rubinoff, a piadista da sala. Susan não riu com o resto da classe, mas também não ficou brava com Joan, já que, apesar de suas crenças apaixonadas, era bastante tranquila com essas coisas.

– Na verdade, não foi Deus quem fez – discordou Peter –, pelo menos não diretamente. As bananas selvagens são pequenas, duras, verdes e quase não são comestíveis. As bananas que comemos hoje em dia são produtos de séculos de reprodução artificial. Poxa, elas nem conseguem mais se reproduzir naturalmente, porque não têm sementes. Elas são literalmente clones de outras plantas, no sentido original de clone: uma planta que nasce de uma muda, não no sentido da ovelha Dolly. Na verdade, isso é preocupante porque, se surgisse uma doença capaz de infectar as bananas, poderia matar todas as bananeiras do mundo, pois nenhuma delas seria geneticamente diferente o bastante para sobreviver. E isso destruiria a economia de países inteiros, sem falar dos cafés da manhã de todo o mundo.

– Bom, isso mostra por que é errado brincar de Deus – disse Susan. – A gente não consegue ser tão bom.

Peter sempre achou esse argumento meio estranho. Afinal, os humanos são filhos de Deus, certo? E a maioria dos pais *quer* que seus filhos sigam seus passos, não é verdade? Mas ele imaginou que o que Susan queria dizer era que a humanidade era infantil demais para ter essa responsabilidade.

– Talvez – reconheceu Peter. – Mas você consegue sugerir uma forma de consertar o problema sem usar engenharia genética para aumentar a variedade das bananas?

– Não – admitiu ela. – Mas isso não significa que não exista.

– Verdade. Mesmo assim, as bananas são apenas um caso. – Ele continuou a dar-lhes mais exemplos de como os humanos vinham "mexendo com a natureza" há séculos. Contou para os alunos que as cenouras naturais eram roxas e que foram criadas laranjas especialmente para prestar homenagem à casa real de Orange. Embora, com a gripe a palavra tenha soado mais como "Ordje".

– Mas não é a mesma coisa – insistiu Bobby. – Isso é apenas cruzar plantas naturalmente, e não enfiar instrumentos para mexer nos genes delas.

Como sempre, Bobby era rápido para encontrar um contra-argumento. Peter admirava a inteligência do menino, seu pensamento independente, sua insistência em fazer perguntas em vez de apenas anotar passivamente o que os professores falavam sem se dar ao trabalho de pensar naquilo como algo mais do que uma resposta idiota para a próxima prova. Mas ele era difícil de convencer, ainda mais naquele dia, em que Peter estava com dificuldades de fazer até seu próprio cérebro funcionar.

– Bem, hmm... – Ele levou um momento para lembrar da resposta que havia preparado para tal argumento. – Você falou de enfiar instrumentos. Bom, a questão é que os principais instrumentos usados na engenharia genética são, na verdade, vírus. E, para eles, colocar novas sequências nos genes de outros organismos é natural. Os cientistas estimam que até... hmm... oito por cento do genoma humano normal consiste em genes que os retrovírus vêm dividindo há milhões e milhões de anos. Dá para dizer que as técnicas genéticas modernas são só uma maneira de aproveitar esse processo natural para fins humanos, em vez de fins virais. – No fundo da sua mente, ele ponderou uma nova dúvida que poderia ser explorada se um dia ele dispusesse seu corpo para a ciência. Será que a aranha irradiada continha um retrovírus em seu sistema? Será que foi o vírus, e não a aranha, que foi alterado pela radiação? Será que esse vírus se espalhou pelo seu corpo como uma infecção e inseriu genes retirados da aranha nos genes dele?

Ele percebeu que estava viajando e que a turma o olhava com expectativa.

– De qualquer forma, hmm, para o nosso propósito, a principal diferença entre reprodução seletiva e *splicing* genético é que o *splicing* é muito mais preciso. Em vez de misturar dois genomas inteiros e torcer para que o resultado seja bom, com poucos efeitos colaterais, dá para entrar e mudar exatamente o que você quer e deixar o resto em paz. É como a diferença entre fazer uma microcirurgia e cortar um osso inteiro.

– Tá, tá – disse Bobby. – Mas, com tanto controle, e se alguém quiser usar esse conhecimento para ferrar com os genes das pessoas de propósito? Por exemplo, mudar seus bebês para torná-los brancos? – Muitos alunos expressaram seu descontentamento com essa possibilidade.

– Bem, esse é um ótimo argumento – reconheceu Peter. – A precisão torna essa técnica muito mais poderosa, o que significa que, sem dúvidas, pode causar danos ainda maiores se cair em mãos erradas. Mas também pode fazer muita coisa boa nas mãos de pessoas certas.

Uma nova ideia passou por sua cabeça e sua hesitação o abandonou.

– Como meu tio Ben costumava dizer, “com grandes poderes, vêm grandes responsabilidades”. O poder não é exatamente ruim, é só poderoso. Se ele fará o bem ou o mal dependerá da maneira e da responsabilidade de seu uso. Algum de vocês é diabético? – perguntou ele. Alguns alunos levantaram a mão, incluindo Susan. – As injeções de insulina que salvam a vida de vocês todos os dias são resultados de engenharia genética. Elas são feitas pelas bactérias *E. Coli* que foram modificadas

para produzir insulina humana. Até algumas décadas atrás, vocês teriam que usar insulina extraída do pâncreas de uma vaca, de um porco ou de um peixe. E poderiam ter uma reação alérgica perigosa.

Ele contou que a terapia genética era capaz de criar curas para o câncer, fibrose cística, Parkinson e outras doenças. Falou da pesquisa sobre a criação de frutas com genes que as farão produzir vacinas orais naturalmente para que as pessoas em países mais pobres sejam vacinadas de maneira fácil e barata através das plantações que elas mesmas cultivam, em vez de depender de uma infraestrutura médica pela qual não têm como pagar – se é que essa infraestrutura exista em seus países. Esse foi um argumento que tocou muitos dos alunos, cuja maioria vivia em condições não muito melhores do que as encontradas em países do Terceiro Mundo. (Bobby Ribeiro morava com seis outros membros da sua família em um pequeno quarto de um cortiço que era um pouco melhor do que uma caixa de papelão embaixo do viaduto. Jenny Hardesty sequer tinha isso, morava com um grupo de crianças sem-teto e sem pais que se abrigavam em prédios desapropriados e tentavam se manter longe da polícia até fazerem dezoito anos e conseguirem se sustentar.) A ideia de ser vacinado com uma banana ou uma maçã, em vez de agulhas afiadas, também lhes era interessante.

– Mas e os mutantes? – argumentou Bobby. – Ou aquelas aberrações como Hulk e o Homem-Aranha? Eles são a prova de que mexer com genes é perigoso.

– Sim, pode ser. – Peter sem dúvida entendia as preocupações do garoto, tendo enfrentado vários resultados perigosos de ciência genética que deram errado, sem falar que ele mesmo já havia se transformado em um ou dois deles (às vezes, seu tronco ainda coçava em recordação dos quatro braços extras que teve por um curto período). – Mas muitos mutantes e outros seres geneticamente alterados usam seus poderes para o bem. Ou pelo menos tentam. Organismos geneticamente modificados podem tanto salvar o mundo quanto ameaçá-lo. Como eu falei, não é o poder que faz a diferença, é a responsabilidade. – Claro que não poderia simplesmente falar que ele próprio era um organismo geneticamente modificado, ainda mais porque o Homem-Aranha era considerado por muitos mais uma ameaça do que um herói, graças aos anos de campanha difamatória feita pelo *Clarim Diário*.

O sinal tocou cedo demais, como sempre, e ele só pôde torcer para que tivesse dado informações suficientes para que seus alunos tomassem decisões sábias sobre o assunto. Afinal, quando crescessem, poderiam ser eles as pessoas que tomariam as decisões sobre pesquisa genética e determinariam se ela teria a chance de salvar vidas ou seria proibida em função do medo do desconhecido. Mesmo num mundo de super-humanos e pretensos deuses, o conhecimento ainda era o maior poder.

E isso o fez lembrar:

– Não se esqueçam – ele gritou para os alunos que saíam às pressas –, amanhã tem excursão para a Biblioteca Pública de Nova York! Lembrem de estar com os documentos de *persimão* assinados! – *Eu acabei de falar "persimão" em vez de "permissão"? Ahhh, preciso dormir!*

Infelizmente, ele ainda precisava dar aula de ciência geral para o primeiro ano no último horário e, portanto, ainda não podia voltar para casa. Em vez disso, seguiu para a sala dos professores, torcendo para que estivesse silenciosa o bastante para que pudesse tirar um cochilo no sofá velho. Claro, "silêncio" era algo relativo, considerando o ronco constante da geladeira antiga que mais parecia o barulho de uma motocicleta. Contudo, Peter, na maior parte de seus vinte e poucos anos, morou em apartamentos minúsculos com paredes finas como papel e, por necessidade, havia aprendido a dormir com o pior barulho de trânsito – particularmente desde que iniciara suas patrulhas noturnas lhe era comum dormir durante as horas do tráfego matinal mais intenso. Estranhamente, seu sentido-aranha o havia ajudado também com essa habilidade; ele estava tão acostumado a confiar no sentido para alertá-lo do perigo que não acordava facilmente com outros estímulos, mesmo barulhos altos. Desde que não houvesse ninguém na sala interessado em conversar com ele, poderia contar com uma breve soneca.

Ao chegar, encontrou a sala vazia, exceto por Dawn Lukens, a professora de inglês de quarenta e poucos anos que mais parecia um duende e tinha o talento inexplicável de manter os alunos na linha apesar de sua baixa estatura e de sua voz infantil. Ela era uma colega simpática, mas, naquele momento, Peter torceu para que o ignorasse e permanecesse navegando na internet com seu laptop, graças ao sinal de *wi-fi* que ela havia ajudado a convencer a diretoria da escola a instalar em Midtown High, tanto para servir às necessidades educacionais dos alunos como para saciar seu próprio vício na rede. *Vício na rede. Hah. Rede, teia, tudo a mesma coisa. Quem sou eu para julgar?* Como sempre, ele ficou tentado a perguntar quantos websites sobre o Homem-Aranha existiam, mas a vontade de minimizar sua relação com o infame escalador de paredes era maior do que seu amor por trocadilhos ruins. Só um pouco maior.

Por isso, lançou-lhe um cumprimento de cabeça rápido, mas educado, seguido por um bocejo planejado, na esperança de que ela entendesse a indireta e o deixasse se jogar no sofá. Em vez disso, ela disse:

– Ei, Pete, dá uma olhada nisso aqui. Você trabalhava para esse homem, não?

– Hmm? – Lamentando em silêncio seu sono há muito perdido, ele deu a volta para olhar por sobre o ombro dela e recuou diante da cara de poucos amigos que apareceu na tela. Com um corte de cabelo que mais parecia um pincel de barbear, um bigode que saiu de moda desde a época de Hitler e um charuto tão repugnante quanto a expressão no rosto – era J. Jonah Jameson, claro. *Graças a Deus ele não tentou sorrir para a câmera; seria a única coisa mais assustadora do que a carranca dele.*

A relação de Peter com o irascível editor do *Clarim Diário* de Nova York era tão longa e esquizofrênica quanto sua carreira de combate ao crime. Desde o início, por motivos que Peter nunca chegou a entender, Jameson considerou o Homem-Aranha inimigo número um do Estado e repetiu essa opinião aos quatro ventos. O número de palavras da retórica anti-Homem-Aranha que ele havia redigido em editoriais, falado em anúncios de TV especialmente comprados e desferido em piadas particulares para a equipe do jornal conseguia competir com a coleção da Biblioteca Pública de Nova York em nível de verbosidade. Sua demagogia e as polêmicas que havia criado desfizeram as primeiras tentativas de Peter de transformar o Homem-Aranha numa atração de TV e o transformaram no combatente ao crime mais odiado da cidade. No entanto, ao mesmo tempo em que destruía uma carreira de Peter, Jameson lhe dava outra, já que ele sempre podia pagar por fotos do Homem-Aranha para acompanhar sua cobertura tendenciosa da ameaça escaladora de paredes. Peter Parker sempre estivera em uma posição única para tirar essas fotos, visto que havia comprado uma minicâmera que carregava no cinto, colocava no automático e prendia com a teia num lugar estratégico para tirar fotos das suas superbatalhas. Peter não gostava muito de ajudar Jonah a destruir seu alter ego, mas esse trabalho o ajudara a pagar as contas por longos anos de dureza e dificuldades. (E, pelo menos, Jameson sempre escrevia o nome dele do jeito certo, com hífen e A maiúsculo. Como dizem, isso é o mais importante. Muitas pessoas escreviam "Homemaranha", que, na cabeça de Peter, mais parecia o nome de algum bicho esquisito. "Olha, querido, tem uma homemaranha no teto!")

– Sim, minha história com JJJ é antiga – foi tudo o que ele disse a Dawn. – Ninguém consegue esquecer que trabalhou para esse homem, nem com anos de terapia. No que ele foi se meter agora?

– Na blogosfera. Ele finalmente se rendeu ao século vinte e um e começou um blog. *O Alerta*.

– Sério? – perguntou Peter. – É uma surpresa Jonah se render a essa teia de informações. Dawn riu. *Mas enfim*, Peter pensou, *como ele poderia resistir a uma chance nova de dizer o que pensa?*

Atraído para aquilo como um curioso olha para um acidente de trânsito, ele se debruçou, sem conseguir resistir ao que Jolly Jonah tinha a dizer. Por algum motivo estranho, ele quase sentia falta dos acessos de fúria do velho resmungão. Como era de se esperar, o tema da coluna era o Homem-Aranha, especificamente suas ações ao frustrar o roubo da noite anterior na Macy:

(...) Como eu sempre disse, aquele escalador de paredes vil não tira o cavalinho da chuva. Por mim tudo bem – estou torcendo para um caso terminal de pneumonia. Mas aquele porco ilustre não se contenta em sofrer sozinho, ele tem que fazer outros sofrerem com ele! Primeiro, teve a coragem de atacar um segurança ferido chamado Eddie Barnes, um homem corajoso atingido em serviço, mas impulsionado pela busca de justiça enquanto seu sangue jorrava de um ferimento quase fatal. Este sim é um herói, senhoras e senhores, não aquelas aberrações excêntricas que se escondem por trás de máscaras ridículas e aterrorizam a boa gente de Nova York com suas brigas egoístas sem fim! Ta vez o Homem-Aranha tenha reconhecido isso e atacado o corajoso Eddie Barnes por pura inveja! Porém, o mais provável é que ele estivesse mancomunado com os criminosos, agindo na retaguarda e usando suas teias repugnantes para se livrar do perseguidor.

Mas não existe honra entre os bandidos; por isso, minutos depois, o aracnídeo rançoso se voltou contra seus cúmplices, sem dúvida querendo todo o dinheiro do roubo para si e fazendo parecer que havia capturado os criminosos. Como sempre, ele persiste em suas tentativas de fazer a boa gente de Nova York acreditar que ele está do lado da lei e da ordem. Ha! O Homem-Aranha está mais para a ilegalidade e para o caos, como provaram suas ações naquela rua movimentada de Manhattan! Vandalizando de maneira indiscriminada os veículos de motoristas inocentes no caminho, ele entrou em um tiroteio contra seus antigos parceiros de crime, colocando a vida de inúmeros civis em perigo! Quando um bravo taxista, Nicholas Kaproff, ousou erguer a voz em protesto, o Homem-Aranha começou a despedaçar seu carro, e teria feito o mesmo com o próprio Nick caso a Polícia de Nova York não tivesse chegado na cena do crime. Felizmente, eles afugentaram aquele hipócrita do Homem-Aranha antes que ele pudesse fugir com o dinheiro.

Mas como cidadãos honestos como Eddie Barnes ou Nick Kaproff podem buscar a compensação pelos danos impostos a eles? Como podem apresentar queixas ou processar um covarde que se esconde atrás de uma máscara de meia e sempre foge da cena do crime? Como (...)

O texto continuava nessa veia por algum tempo. No entanto, Peter não precisou ler mais; fazia tempo que tinha decorado o jeito JJJ de agir. Embora, aparentemente, a nova mídia que o homem das três aproximantes palatais encontrou para expor seu ponto de vista parecia ter inspirado uma nova criatividade nele.

– Aracnídeo rançoso? Acho que essa eu nunca ouvi.

– Mesmo assim – Dawn disse –, apesar de todo o exagero, ele meio que tem razão. Mesmo que o Homem-Aranha não estivesse trabalhando com os ladrões, ele também causou danos. Muitas das mercadorias roubadas foram destruídas no meio da briga. E o que os super-heróis têm na cabeça para achar que podem sair destruindo a propriedade alheia e usar como armas quando bem entenderem? Parece que eles se importam mais em mostrar como são poderosos do que em deter os crimes. O Homem-Aranha pode até achar que estava fazendo o bem ontem à noite, mas os métodos dele deixam muito a desejar.

Peter ficou de boca fechada, sem confiar em si mesmo para dar uma resposta. Ele vinha tentando ver com bom humor o novo palanque de Jameson para ataques aracnofóbicos, mas as críticas de sua colega, de quem ele gostava, ficaram atravessadas em sua garganta. Ele tinha feito tudo o que podia para manter as pessoas em segurança e sentira a necessidade de atacar o mais forte e rápido possível para evitar fatalidades com balas perdidas. Ele não tinha outra escolha. Ou tinha?

Deitou-se no sofá por um tempo, mas não conseguiu pregar os olhos.

3 EI, VOCÊS AÍ!

A EXCURSÃO DO DIA SEGUINTE melhorou muito o humor de Peter. O prédio principal da Biblioteca Pública de Nova York era um lugar inspirador, com uma enorme fachada de belas-artes e um interior de "espaços nobres" que concediam ao lugar um ar de grandeza e deslumbre que servia bem ao propósito e ao poder de uma biblioteca. Ben e May Parker haviam levado o sobrinho Peter ali diversas vezes durante a infância dele, e a majestade e a beleza do lugar ajudaram muito a inspirar no menino o amor pelo conhecimento. Ele, Dawn Lukens e outros professores que haviam organizado a excursão queriam que a biblioteca fizesse o mesmo pelos alunos, e este foi o motivo pelo qual percorreram o longo trajeto desde Forest Hills.

– Como vocês sabem – Dawn lembrou os alunos que saíam dos ônibus e se aproximavam da entrada –, o Queens tem seu próprio sistema de bibliotecas, assim como o Brooklyn.

– Enquanto o sistema de Nova York – Peter interpôs – leva Manhattan, Bronx e Staten Island também – brincou ele, citando a música de Ella Fitzgerald. Ele ficou esperando as risadas, mas ninguém riu. Em geral, os adolescentes não se davam conta de que havia cultura ou música antes da vida deles. Mas Dawn também pareceu não entender a piada. *Acho que isso é porque fui criado por parentes mais velhos*, Peter se deu conta. *Tio Ben e tia May me fizeram gostar de um monte de filmes, músicas e programas de rádio antigos.* Os favoritos dele eram as comédias de rádio antigas; ele podia roubar as melhores piadas enquanto estava sendo o Aranha, e as pessoas pensariam que ele havia inventado. Embora a maior parte das piadas dele fosse desperdiçada por um público de ingratos que estava mais ocupado tentando atirar nele, arrancar seus membros ou espancá-lo até a morte. Falastrões! Um dia eles acabam te matando!

– Mas a Biblioteca Pública de Nova York é especial – Dawn continuou. – É uma das bibliotecas mais importantes do país, senão do mundo. Sua coleção é imensa e inclui até uma Bíblia de Gutenberg original. Esse prédio não é da seção circulante, mas tem as coleções de humanidades e ciências sociais da Biblioteca de Pesquisa. A seção circulante fica bem ali, na outra esquina – ela disse, apontando para o prédio modesto, de aparência comercial, na esquina sudeste entre a 40ª e a 5ª –, e a gente vai dar uma passadinha lá mais tarde. Agora, venham por aqui... – Enquanto Dawn continuava a palestra, guiando a turma escada acima, Peter saiu de seu devaneio, se virou e deu de cara com uma das imensas estátuas de leão que flanqueavam a entrada. Ele quase deu um pulo para trás com o susto, lembrando-se da vez em que teve de lutar com essas estátuas quando elas ganharam vida durante aquela bagunça de Inferno* alguns anos atrás. Além disso, pensando em seus arqui-inimigos, era difícil não lembrar de Kraven, o Caçador, um dos rivais mais implacáveis de sua carreira. Ótimo. Agora estou com medo do *Kraven*. Ele subiu correndo para alcançar Dawn na frente do grupo, cantarolando a música do leão covarde de *O Mágico de Oz*.

Os vastos espaços interiores do prédio causaram exclamações em muitos dos alunos, e mesmo os mais determinados a manter uma fachada de durões e impassíveis estavam com um olhar impressionado. O próprio Peter, por sua vez, olhava com carinho para os ornamentos elegantes nas paredes, tetos e colunas do prédio, e se pegou com vontade de entrar sorrateiramente ali à noite e simplesmente passear por toda aquela arquitetura fascinante. *Parker, você é muito estranho.*

Antes que os estudantes tivessem a chance de entrar no salão principal da biblioteca, eles precisavam ter as mochilas revistadas pelo

---

* Referência à Saga Inferno, evento ocorrido nas HQs produzidas pela Marvel Comics em 1988. (N.E.)

segurança na porta, uma política que todo prédio turístico de Nova York precisava ter nesses tempos em que infiltrações sutis em nome do terror vinham se provando tão eficazes em termos de destruição em massa quanto as piores excentricidades dos supervilões. O processo foi lento, ainda mais depois que algumas das buscas encontraram drogas, com as quais os professores teriam de lidar mais tarde. Peter estava impaciente, ansioso para continuar a excursão. Ele mal podia esperar para ver como os alunos reagiriam à Sala de Leitura Rose, uma única câmara enorme que era quase do mesmo tamanho que toda a Midtown High. Suas paredes eram forradas por dois andares de livros de referência que somavam vinte e cinco mil volumes, e seus muitos candelabros de cristal pendiam do forro ornamentado de quase dezesseis metros de altura com murais de grandes nuvens em tons de salmão – o que era apropriado, visto que o salão era tão grande que poderia ter seu próprio sistema climático interno. Ele desafiaria até o mais resistente dos alunos a entrar naquela sala e não ficar impressionado pelo peso do conhecimento que ela abrigava.

Porém, antes que os alunos fossem liberados da revista pelos seguranças, Peter ouviu o velho grito de sirenes atravessando a rua 42. *Muitas* sirenes. Além disso, estava sentindo o leve formigar do seu sentido-aranha: algo a poucos quarteirões de distância, não imediatamente ameaçador a ele, mas grande o suficiente para eriçar seus pelos. *Ah, não.* Ele não só teria de perder a sala de leitura, como seria obrigado a inventar uma desculpa para abandonar a turma. Agora que era um professor, e não um fotógrafo, não podia mais dizer que estava correndo para cobrir a matéria. E as sirenes do lado de fora impediam a velha tática do "Espere aqui, eu vou chamar a polícia".

Dawn se aproximou dele.

– O que você acha que está acontecendo? – ela sussurrou.

– Bem que eu queria saber.

– Se for sério, talvez a gente precise cancelar. Eu odiaria isso, mas não quero colocar os alunos em risco. – Em qualquer outra cidade, a preocupação dela poderia ser exagerada. Mas os superseres que tendiam a se reunir em torno de Nova York tinham o hábito de causar sérios danos aos prédios e carros em seus frequentes combates, de modo que os cidadãos haviam aprendido a se preparar para o pior.

Ele ficou contente com a brecha.

– Quer saber? Vou dar uma olhadinha lá fora e ver se consigo descobrir alguma coisa enquanto você cuida deles.

– Boa ideia. Mas toma cuidado.

Por que começar agora? Peter respondeu mentalmente enquanto seguia em direção à saída e se espremia por entre os alunos restantes. Uma vez do lado de fora, correu para o lado norte da entrada e, furtivamente, deu a volta por ela. Todos os pedestres estavam olhando para o norte, de modo que ninguém viu quando ele escalou a parede até o telhado da biblioteca. Ali, já podia ouvir o som dos alarmes e do quebra-quebra vindos de alguns quarteirões ao norte. *Certo, parece meu tipo de música.*

A velocidade super-humana e os anos de prática lhe permitiram completar a troca de roupa em menos de quinze segundos: primeiro tirou os sapatos e as meias, arrancou a jaqueta e a camiseta (sem botões para ser tirada com mais rapidez, e de cor preta e tecido grosso para que o vermelho e o azul não transparecessem), e então tirou as calças. Ele pegou os disparadores de teia compactos que ficavam presos em seu cinto de utilidades, prendeu-os ao punho como pulseiras flexíveis, depois ativou e travou os eletrodos na palma das mãos. Em seguida, completou o uniforme com as meias e as luvas, tomando cuidado para que os esguichos de teia passassem pelos pequenos orifícios que havia nelas. E, por fim, a máscara (uma reserva, já que ele não teve tempo de consertar a lente da outra), cujo pescoço longo enfiou dentro do uniforme. Ele amontoou as roupas civis e, para testar os disparadores e proteger sua propriedade, criou um casulo de teia ao redor delas.

Os esguichos de teia eram equipamentos complexos de microengenharia nos quais havia trabalhado muito e com afinco até chegarem à perfeição. A tampa semiesférica dos esguichos tinha vários orifícios minúsculos pelos quais saía o fluido de teia, obrigando seus polímeros de cadeia longa a serem expelidos e endurecidos pelo ar em fios longos e finos. Com uma série de batidinhas rápidas nos eletrodos que se localizavam na palma de sua mão, Peter produzia um spray maleável de fibras curtas que se prendiam umas às outras em pleno ar, de modo a formar uma rede que parecia um tecido. Ao mover os disparadores, ele podia "tecer" a rede transparente em diversas formas, como o casulo em torno das suas roupas. Como a rede secava quase toda em pleno ar e tinha pouca área de superfície, ela não se prendia demais às roupas e, além disso, se biodegradaria de qualquer jeito em uma hora.

Claro, qualquer que fosse o problema, Aranha torcia para que ele fosse resolvido em menos de uma hora, já que seus alunos estavam esperando. Depois de dar uma corridinha no telhado da biblioteca para tomar impulso, ele saltou em pleno ar e deu duas batidinhas no eletrodo da mão direita, mantendo-o pressionado na segunda. Isso fez com que o fluido de teia disparasse em fios contínuos, enquanto a tampa do esguicho rodava como um irrigador de jardim por causa da pressão do fluido, retorcendo os fios de modo a formar um feixe que lembrava uma corda. Uma gota mais grossa de fluido disparada no começo serviu de âncora quando o fio de teia chegou ao alto do prédio de número 500 da 5ª Avenida, do outro lado da rua. A teia elástica contraiu ao secar, puxando-o para cima como uma corda de *bungee jump* e aumentando sua velocidade. Ele deixou que o balanço da teia o levasse para a frente e para cima através da corrente de ar entre os arranha-céus e, no alto de seu arco, enquanto disparava outro fio, começou a ver os sinais da crise sobre os telhados mais baixos adiante. Uma nuvem de poeira e fumaça se erguia na rua 47, entre a 5ª e a 6ª Avenidas. *Bom, o que mais seria? O famoso Distrito dos Diamantes. Alguém está garimpando.*

O lugar ideal para procurar diamantes era o trecho da 47 conhecido como Diamond and Jewelry Way. Quase noventa por cento de todos os diamantes vendidos nos Estados Unidos passavam por aquele único quarteirão. Entretanto, claro, a segurança era forte e pesada. Um ladrão de joias qualquer teria que ser maluco para tentar roubar uma dessas lojas ou centrais de câmbio. Mas, pelo caos à frente, ficou claro que Aranha não estava prestes a enfrentar um criminoso qualquer. *E quase todos os supervilões* são malucos. Pelo menos aqueles que andam comigo. Enfim, *diga-me com quem tu andas...*

Seguindo o barulho das pancadas e dos estrondos – agora somado ao som de disparos, anunciando a chegada da polícia na cena do crime –, Aranha lançou um olhar para o terraço do Edifício Baxter, torcendo para ver o Quarteto Fantástico saindo da sua base para lidar com a crise. Isso o pouparia do trabalho e ele poderia voltar para seus alunos. Mas é óbvio que não tinha essa sorte. Mesmo que eles não estivessem salvando algum planeta distante de ser comido por uma cabra mutante do espaço ou coisa do tipo, o QF costumava se concentrar em questões sobre o destino do mundo e deixava o crime de rua para heróis de rua como ele. *Admita, Capitão Kirk, mais uma vez você é a única nave no quadrante.*

Aranha desceu do topo de um prédio no lado sul da rua e espiou por sobre a beirada. Seus olhos se arregalaram sob a máscara quando ele viu a origem do perigo.

– Ai, caramba! Robôs não! Eu *odeio* robôs! – Mas eram mesmo robôs, meia dúzia deles. Tinham seis patas e uma estrutura forte, quase do tamanho de cavalos, e estavam fazendo rondas metódicas pela rua de leste para oeste, quebrando as fachadas das lojas de diamante e usando braços manipuladores elaborados para roubar diamantes e jogá-los nos depósitos que havia em suas costas. Pelo menos, foi o que Aranha supôs ao avistar rapidamente diversos robôs em estágios variados da operação e as fachadas estilhaçadas atrás deles. Mais alguns robôs saíam dos prédios e Aranha se perguntou quantos outros poderiam estar lá dentro ainda. A polícia estava atirando nos monstros blindados, sem sucesso. *Se essas coisas abrirem asas e hélices, vou saber que estou num desenho animado dos anos 60!*

Normalmente, ele preferiria se lançar de cabeça e atacar os bandidos de surpresa. Porém, não estava certo de que aqueles robôs podiam ser pegos de surpresa – ou de qualquer outra forma – e não queria levar nenhuma bala perdida. Por isso, foi saltando pelos telhados na direção da 6ª, prendeu uma teia em um dos postes de aço entalhados e metidos a chique no fim do quarteirão (com lâmpadas em forma de diamante no topo, *ai, que fofo*), e desceu para se empoleirar no alto do quiosque do metrô ao lado da polícia.

– Tinha ouvido dizer que os novos robôs de brinquedo eram um estrondo, mas isso já é ridículo! – ele gritou, a título de apresentação.

Os policiais se viraram para ver sua chegada.

– Fique fora disso, escalador de paredes – disse um deles, um jovem forte e moreno.

– Ei, espera um pouco – disse o parceiro, um homem mais velho de bigode grisalho e um grande par de óculos quadrados. – A gente não está conseguindo muita coisa com esses bichos. Já estou na cidade faz um tempo e vi o Homem-Aranha derrotar ameaças piores do que essa.

– Nós temos que proteger os civis, e não deixar que eles lutem no nosso lugar.

Aranha acenou.

– Oi, estou bem aqui! Só para constar, prefiro o termo "amador talentoso". E, também para constar, vou entrar mesmo que vocês não peçam. Só agradeceria se evitassem disparar na área onde eu estiver. Tudo bem?

O policial mais velho sorriu.

– Pode deixar. Agora olha para frente!

Aranha seguiu o conselho do policial e viu que um dos robôs estava avançando em sua direção. Ele deu um salto à frente, se segurou na grade do metrô com as mãos, deu um mortal no ar e disparou uma teia para se prender a uma das lâmpadas diante do prédio Jewelry 55 Exchange, acima da placa que alardeava a MAIOR JOALHERIA DO MUNDO em grandes letras vermelhas. Felizmente, os policiais pareciam não estar atirando. Ele se segurou na teia com as duas mãos e desceu para chutar o robô no que parecia ser o conjunto de sensores da máquina.

Mas os braços manipuladores do robô se moveram com uma velocidade impressionante, apanhando-o pelos tornozelos antes que ele o atingisse. A força do impacto jogou o robô alguns metros para trás, mas as pernas dele se moveram habilmente para manter o equilíbrio. Ele jogou Aranha para trás e continuou a seguir seu caminho. Peter se segurou em um poste e girou em torno dele para voltar a atacar o robô. Ao pousar nas costas da máquina, Aranha cobriu seus manipuladores com uma grossa camada de teia, usando uma pressão contínua e firme nos eletrodos para impulsionar a tampa do esguicho para a frente, permitindo que o fluido de teia jorrasse numa corrente densa e gosmenta, em sua forma mais grudenta.

– Você não devia sair sem luvas. Vai pegar um resfriado!

Os manipuladores fizeram força contra os casulos de teia sem sucesso, e então Aranha começou a escalar o robô para procurar um painel de controle ou algo do tipo.

– Atirei a teia no robô-bô-bô – ele cantou. Mas então seu sentido--aranha disparou, alertando-o que o robô estava usando um potente laser para se livrar das teias. Ele escalou na parte de baixo do corpo do robô quando os braços manipuladores subiram para pegá-lo, mas descobriu que tinha cometido um erro quando o par de pernas do meio tentou esmagar sua cabeça entre elas. – Eita! Mas o robô-bô-bô não morreu! – Ele pulou para trás e lançou uma teia para prender bem as duas pernas juntas, torcendo para que o laser não alcançasse a parte de baixo.

Agora que eu tenho tempo, vamos tentar o óbvio. Girando para ficar em pé na calçada, o Aranha empurrou o robô e o derrubou de costas. *Essa foi fácil.* Mas as costas do robô eram um tanto curvas, de modo que ele conseguiu se balançar e voltar a ficar em pé, mesmo com um par de pernas presas. E então, o robô continuou o trajeto em direção ao prédio da 55 Exchange. *Essas coisas são duronas! Pelo menos, dessa vez, os robôs mortais não estão atrás de mim. Só me atacam quando eu os ataco antes.*

Mas seu sentido-aranha ainda estava formigando e, ao olhar para a loja, viu que ainda havia pessoas dentro dela. Ele suspirou. *E lá vou eu atacar os robôs de novo.*

Ele decidiu agir com esperteza dessa vez. Saltou para cima de um dos postes de luz, acertou a traseira do robô com outro fio de teia e pulou para trás, usando o poste como polia para erguer o robô no ar.

– Oba, uma pichorra! – Ele chutou o robô com toda a sua força quando passou por ele, esperando quebrar alguma peça interna. A força do chute foi suficiente para fazer o robô balançar preso ao poste. Mas a colisão com o ar-condicionado de uma das janelas deteve sua trajetória e, ao cair, ele quebrou o poste e uma câmera de segurança antes de bater no canto do toldo metálico do prédio e tombar na calçada. Uma das suas pernas se quebrou e Aranha sorriu. *Agora estamos chegando lá!*

Entretanto, seu bom humor diminuiu quando outro robô saiu da loja destruída ao lado e usou seu laser para liberar as pernas do primeiro robô das teias do Aranha. O robô danificado se ergueu com dificuldade sob suas cinco pernas restantes e voltou a avançar, desengonçado, mas com eficácia.

– Quem construiu esses negócios? – Aranha perguntou. – A Rolex?

O robô danificado continuou seu trajeto em direção à casa de câmbio, seguido de perto pelo seu salvador. Aranha precisava atrasar os dois por tempo suficiente para que as pessoas conseguissem sair. Por sorte, os guardas lá dentro haviam visto a aproximação dos robôs e estavam guiando as pessoas para as saídas. Aranha saltou para se empoleirar em cima da placa da loja e soltou uma rede larga entre o canto do prédio e o poste do outro lado da rua, formando uma barricada entre os robôs e as pessoas em fuga. Se ele havia calculado corretamente o comportamento dos robôs – reativos, mas sem capacidade de previsão –, eles tentariam passar pelas teias, e precisariam de uma força igual à do Hulk para conseguir isso. Mas depois, sem dúvida alguma, usariam seus lasers para cortá-las. Isso era algo que ele precisaria impedir.

No entanto, o LED de seus disparadores de teia começou a piscar sob a luva quando ele estava disparando a segunda barreira, alertando que o fluido estava no fim. Ele pegou novos cartuchos no cinto e colocou no disparador o mais rápido possível, mas um dos robôs já estava começando a forçar a teia incompleta. Aranha não teve tempo de trocar todos os cartuchos, então teve de se contentar com só alguns novos em cada disparador. *Vamos matar dois coelhos com uma cajadada só*, pensou ele, e usou o novo suprimento de teia para prender o robô dentro da barreira e prendê-lo no chão. O robô se debateu sem sucesso e, embora seu laser começasse a cortar a teia diante dele, Aranha duvidava que o raio alcançasse a parte detrás. Contudo, os outros robôs poderiam ajudá-lo a se libertar, e já estavam se aproximando.

Esperando acelerar a evacuação, Aranha desceu até a casa de câmbio, escalando por sobre as cabeças das pessoas que corriam, e gritou:

– Rápido, gente, saiam enquanto podem! – Era mais fácil falar do que fazer, visto que o anúncio na frente da loja não mentia. O lugar estava lotado de vendedores e compradores antes do ataque; como um mercador de diamantes não precisava de mais do que uma pequena cabine para fazer negócios, havia espaço para centenas deles. Muitos dos comerciantes ainda estavam tentando guardar suas mercadorias, e Aranha avistou alguns civis por perto apesar do perigo, talvez querendo afanar algum diamante em meio ao caos. Mas Aranha não podia se incomodar com isso agora. Ele gritou: – Vai, vai, vai! – do alto de seus pulmões, na esperança de que as pessoas obedecessem à pouca autoridade que ele tinha como super-herói ou, o que era mais provável, que ficassem com medo de enfrentar a fúria do homem inseto rastejante. Ele apressou as pessoas a saírem do prédio o mais rápido possível com o auxílio dos seguranças da loja, torcendo para que eles e os policiais revistassem todas depois que estivessem a salvo. – Vamos, gente! Diamantes duram para sempre, mas vocês não. Rápido.

O formigamento no seu crânio se intensificou e ele voltou correndo para descobrir que os robôs praticamente já haviam se livrado das teias. Voltou a subir para o lugar onde estava empoleirado antes, preparando-se para outro ataque. Seus pelos se arrepiaram de repente, tanto pela repentina carga elétrica no ar como por seu sentido--aranha, e saltou a tempo de fugir do raio que caiu na placa, arrancando várias letras e estilhaçando algumas janelas sobre ela. Voltando-se a se empertigar no mastro, Aranha ergueu os olhos para encontrar a fonte do ataque: um vulto de traje verde e amarelo no alto do prédio de tijolos vermelhos do outro lado da rua.

– Ah, não. Não me diga!

– Isso mesmo, Homem-Aranha – surgiu a voz grave e conhecida em resposta. – Electro está de volta e ele tem companhia!

Companhia elétrica? Melhor piada de todos os tempos!

– E o Homem-Aranha está cansado de vilões que se apresentam na terceira pessoa!

Electro era um supervilão das antigas, um dos primeiros inimigos do Aranha, mas um dos menos ativos. O ex-engenheiro elétrico, chamado Max Dillon, havia adquirido o poder de controlar e canalizar eletricidade num acidente bizarro e vinha usando esse poder para o roubo. Aparentemente, o acidente também destruíra seu senso de moda; o uniforme verde e amarelo dele era um dos mais extravagantes que o Aranha já havia encontrado, com desenhos de raios na forma de uns suspensórios esquisitos que vinham da cintura até os ombros, e um capuz preto com um *troço* amarelo enorme em formato de raio/estrela na frente, com pontas voltadas para as laterais do rosto e uma maior apontada para cima. *Sério, parece uma máscara de uma peça escolar. Sou uma estrelinha do mar feliz, mas não sou muito bom com tesoura.* Mas Dillon era forte e perigoso, então Aranha achava que ele poderia se safar com aquela roupa completamente sem noção.

– Além disso – Homem-Aranha continuou, apontando para a placa danificada –, por que você quer roubar a Maior Joalheria do Mundo? – Aranha disparou um fio de teia, mas o bandido veterano estava preparado para ela e desviou a tempo. Aranha avançou para o outro lado da rua atrás dele, porém Electro saltou para a parede do prédio mais alto ao lado e começou a subir por ela eletrostaticamente, não muito diferente de como Aranha escalava, só que ampliando a carga de seu corpo em vez de confiar nas forças moleculares de Van der Waals. Ele escalou até a frente do prédio e Aranha o seguiu. – Poxa, Max, você não vai conseguir me vencer no meu próprio jogo!

– Ah, é? Lembra desse truque? – Electro estendeu a mão na direção do Aranha, que começou a escorregar. Ele foi caindo por vários andares até conseguir se segurar em um dos parapeitos do prédio.

Tinha quase esquecido que ele consegue fazer isso. Pensei que ele também tinha. Certa vez, quando Aranha fez a besteira de provocar Electro com uma piada sobre "estática", o vilão havia tido a ideia de puxar toda a eletricidade estática da área na direção dele, anulando a habilidade do Aranha de se prender nas paredes. Era um truque que Electro quase nunca usava; ele não era a lâmpada mais brilhante da marquise e, no calor da batalha, não costumava parar para pensar. Entretanto, parecia estar em sua melhor forma.

– Belo truque, Faísca! Agora lembra desse meu? – Ele saltou atrás de Electro, segurando-se nos parapeitos das janelas para subir. Contudo, Electro foi deslizando pela lateral do prédio, disparando um raio no Aranha ao passar por ele. Aranha pulou para desviar e disparou uma teia para o outro lado da rua e desceu até a calçada a fim de encontrar Electro no nível do solo. *Electro. Nível do solo. Tem uma piada aí em algum lugar, mas acho que não vale a pena.* Aranha estava com vontade de falar com os punhos agora.

Houve então um estampido no ar, e um robô avançou para se colocar entre Homem-Aranha e sua presa.

– Tenho alguns truques novos na manga, escalador de paredes! – Aranha olhou ao redor e viu outros robôs se fechando em torno dele. – Comandos computacionais, movimentos mecânicos... tudo com sinais elétricos. Eu mesmo poderia fritar você, mas acho que prefiro deixar que meus amigos façam isso enquanto fico sentado assistindo o show.

Aranha estava contente por sua máscara esconder a expressão de medo em seu rosto. Se Electro havia descoberto como manipular equipamentos eletrônicos, ele poderia se tornar praticamente invencível. Poderia arrancar caixas eletrônicos, parar o trânsito, derrubar aviões e coisa pior. Aranha só torcia para que a imaginação limitada de Dillon não tivesse percebido isso ainda. Por fora, manteve o ar sarcástico de sempre.

– Que ótimo, então você se transformou no Homem Controle Remoto! – ele gritou, saltando para pousar em outro muro. – Pode rebobinar, por favor?

– Que tal ejetar? – Electro fez um gesto e um dos robôs mirou em Aranha com seu raio laser. Por sorte, eles eram lentos, e Aranha não teve dificuldade em saltar antes do disparo.

Mas agora o jogo tinha virado. Antes, o alvo eram os diamantes, e ele não passava de uma distração. Agora, aqueles bonecos de titânio estavam mirando nele. E qualquer laser capaz de cortar teias seria capaz de cortar carne e osso também.

Pelo menos, a velocidade continua do meu lado. Então vamos tirar proveito dela! Em vez de esperar os robôs atacarem, ele avançou contra eles, jogando-se na briga e confiando em sua velocidade, agilidade e sentido-aranha para continuar um salto à frente dos lasers. Enquanto os robôs ainda tentavam mirar nele, ele conseguiu puxar os braços de laser ou lançar teia neles para arrancá-los, desviando aos saltos de seus braços manipuladores antes que conseguissem capturá-lo. Ele socou e chutou as articulações dos robôs em busca de pontos fracos. Conseguiu quebrar algumas das pernas, mas não o bastante para tirar qualquer um deles da briga de vez.

Então, um dos robôs deu um golpe de sorte. O sentido-aranha o advertiu, mas ele estava cercado e não conseguiu desviar por completo antes que o braço cortante passasse raspando pela sua nuca. *Uia! Por meio centímetro não viro o Espetacular Homem-Quadriplégico, ou coisa pior!* Na verdade, ele só sentiu uma dor aguda no pescoço e algumas gotas de sangue desceram pelas suas costas. Antes que pudesse ficar pior, ele ergueu as mãos para trás, agarrou o braço cortante do robô e o arrancou. Em seguida usou-o como um bastão para atingir as pernas dos robôs ao redor e pulou para longe para se recompor, sofrendo outro corte na coxa antes de conseguir saltar. Levou um momento para checar seus ferimentos, confirmando que não passavam de cortes leves. Espirrou um pouco de teia nas feridas, lembrando que isso tinha funcionado com o vigia noturno, e o sangramento foi contido.

– Hah! – gritou Electro. – Tirei o primeiro sangue! Continuem assim, meninos, vocês estão deixando a aranha cansadinha!

Aranha saltou para a lateral de um prédio, achando que tinha dado conta da maior parte dos lasers e estaria seguro ali no alto. Mas os robôs enfiaram as pernas na parede de tijolos e começaram a subir atrás dele. *Ai, ai, ai*, ele pensou, enquanto Electro gargalhava.

Ei, espera um pouco! Electro podia estar enfiando uma fortuna de diamantes no bolso enquanto seus bichinhos cuidam de mim. Então por que ele está ali parado brincando de torcedor? Ele não faz o tipo que só quer se vingar de mim. Nem tinha como saber que eu apareceria para a festa! Claro, houve aquela vez depois de Aranha ter salvado a vida dele, algo que Dillon considerou uma humilhação. Ele havia usado seus poderes temporariamente reforçados para derrotar Aranha e fazer com que ele pedisse clemência, uma derrota que não lhe saía da cabeça por mais que tivesse dado a volta por cima e derrotado Electro de novo. Mas aquele tinha sido o último golpe de vingança de Dillon e, embora eles tenham se enfrentado mais algumas vezes depois disso, em todas elas Electro estava trabalhando para outra pessoa ou tinha outros planos. *Então por que ele está se concentrando na batalha em vez de roubar diamantes? Talvez ele* precise *se concentrar! Ele deve estar dirigindo os robôs conscientemente.* Na verdade, foi um alívio saber aquilo; se ele estava apenas comandando os corpos dos robôs, controlando os impulsos elétricos nos servidores deles, em vez de realmente afetar sua programação, isso significava que essa nova habilidade não era tão perigosa quanto parecia. *Se eu desligar a energia dele, aposto que desligo a dos robôs também.*

A polícia devia estar pensando o mesmo, porque um dos policiais gritou:

– Electro! Renda-se ou vamos atirar! – Com um riso de desprezo, o supervilão olhou para as lâmpadas luxuosas em forma de diamante dos postes ao lado dos policiais. As duas luminárias explodiram soltando faíscas e arcos elétricos brancos e azuis começaram a saltar entre elas e atingir os metais próximos, incluindo os carros e as armas da polícia. Os policiais se dispersaram. O agente mais velho de bigode teve a sagacidade de pular para dentro de sua viatura, cuja carroceria metálica o isolou do raio, e levou o carro para fora de alcance. O outro carro no bloqueio foi abandonado, pegando fogo depois de ser atingido por vários raios. Por sorte, um caminhão de bombeiros já estava na cena.

Mas Aranha já estava se aproveitando da distração de Electro. Ele saltou para o outro lado da rua e tomou impulso num prédio para atacar Electro de uma direção inesperada, atirando uma gosma de teia para cobrir a máscara do criminoso e cegá-lo. Por reflexo, Electro levou a mão ao rosto, prendendo a mão na teia que ainda estava secando, mas, um segundo depois, começou a queimar a teia com uma descarga elétrica dos dedos, usando a outra mão para disparar um raio do qual Aranha conseguiu desviar. Na esperança de que Dillon fosse precisar de tempo para se recarregar depois disso, Aranha estendeu a perna ao pousar agachado e deu uma rasteira para que o vilão caísse. Mas aquele breve contato foi como chutar um cabo elétrico. A corrente que percorreu seus músculos os obrigou a se contrair, dobrando sua perna e diminuindo grande parte da força do chute. Electro apenas cambaleou e recuperou o equilíbrio, enquanto Aranha reprimia um grito de dor e rolava para trás para ganhar distância.

Electro riu.

– Que pena que você deixou o uniforme de borracha em casa, herói! "*You can't touch this*"!

– Nunca gostei dessa música – Aranha rebateu, notando que a rua ao seu redor estava cheia de pedaços arrancados de robôs, incluindo uma perna pesada não muito longe dele. – Que tal "*Domo Arigato, Mr. Roboto*"? – ele brincou, enquanto catava a perna com um fio de teia e o lançava contra Electro.

Dillon foi inteligente o bastante para não tentar lançar um raio nela. Ele poderia esquentar o metal e até derreter parte dele, mas não poderia deter o avanço, de modo que acabaria sendo atingido por titânio derretido em vez de sólido. Por isso, deixou de lado os truques superpoderosos e simplesmente se agachou para desviar, cobrindo a cabeça. Isso deu ao Aranha tempo suficiente para avançar e cobrir o vilão com uma rede de teia para prendê-lo ao chão. Dillon disparou raios pelos dedos para romper os fios e conseguiu voltar a se levantar; em seguida, disparou outro raio quando Aranha se aproximou. Dando saltos ao redor dele para se desviar das rajadas de eletricidade, o herói foi se aproximando, prendendo as mãos e os pés de Electro com teias. Em seguida, pegou a perna do robô de novo e a empunhou como um bastão. *Que bom que titânio não conduz muita eletricidade*, pensou ao se preparar para nocautear Dillon com ela.

Mas Electro estava rindo.

– Seria bom dar uma olhadinha atrás de você.

O sentido-aranha lhe disse que aquele não era um truque. Ele girou para dar uma olhada nos robôs, e sentiu um frio na barriga. Os robôs estavam andando de um lado para o outro, espalhando-se em todas as direções, jogando carros para o lado e derrubando postes. Alguns já estavam saindo do Distrito dos Diamantes, e de seu campo de visão, imunes às balas da polícia. *Ah, não. Não! Quando Electro se distraiu com a luta, os robôs não se desligaram, eles saíram do controle! Ficaram desgovernados!*

Ele se voltou para Electro.

– Desliga os robôs! *Agora*! – gritou, brandindo a perna do robô ameaçadoramente.

O vilão riu.

– Acho que não. Se você acabar comigo, eles vão continuar andando e andando. Se me deixar ir, posso deter os robôs para você.

– Pare os robôs agora e eu considero a possibilidade.

– Nada feito. Como vou saber que você vai cumprir sua parte do acordo?

Aranha virou a cabeça.

– Ei, se liga! *Mim* paladino da justiça, você bandido de carreira. Quem de nós dois é mais confiável?

Electro encolheu os ombros.

– Só sei o que leio no *Clarim*. Segundo Jameson, você é tão canalha quanto eu. Então preciso de um pouco de segurança.

– Que tal a gente falar "Mazel Broche" e apertar as mãos? – ele sugeriu, fazendo referência às tradicionais palavras de acordo ainda consideradas importantes pela maioria dos comerciantes judeus naquela rua.

– Que tal você fazer o que eu mandar? Você sai andando, eu saio andando e paro os robôs. – Aranha ouviu outros estrondos por sob o ombro. – Melhor decidir logo, escalador.

Aranha sabia que não tinha escolha. E que ele não tinha força para romper suas teias, mas conseguiu enfiar os dedos por entre os fios sobre a manga de Electro, soltando uma de suas mãos. Em seguida, deu um salto para trás enquanto Electro se livrava do resto das teias.

– Agora pare os robôs!

– Por quê? Eles são uma ótima distração! – Ele riu mais alto do que o som da confusão que se propagava. – Melhor ir andando, paladino!

Maldito! Dillon o pegara direitinho. Cerrando os dentes por trás da máscara, Homem-Aranha se afastou de Electro, indo na direção do robô mais próximo. Rindo, Dillon deu meia-volta e saiu andando calmamente – sim, literalmente, bem calmo. Na esperança de salvar alguma coisa, Aranha reprogramou o disparador de teia para ativar o lançador de elasticidade, disparando um localizador aranha para prendê-lo em uma das pernas de Electro a fim de rastreá-lo depois. Mas o localizador microeletrônico em forma de aranha entrou em curto-circuito assim que encostou no corpo carregado de Dillon.

Rosnando de frustração, Homem-Aranha pulou em cima do robô, descontando sua fúria com socos em suas articulações e pontos vitais. O robô se defendeu, mas Aranha arrancou a metade frontal do último braço da máquina, depois fez o mesmo com as patas, de modo que, quando ela caiu de costas, não conseguiu voltar a se levantar. Contudo, no tempo que demorou para fazer isso, os outros oito ou nove robôs haviam entrado ainda mais na cidade, e ele pôde ouvir mais gritos e sirenes vindo de todas as direções. *Por onde? Como vou conseguir deter todos?* Havia tantos lugares a quarteirões de distância que poderiam estar em perigo – Rockefeller Center, Saks, Catedral de São Patrício, Radio City, Times Square – *a Biblioteca!*

No entanto, se ele fosse atrás dos seus alunos, milhares de outras pessoas poderiam ficar em perigo. *Não posso acabar com todos antes de causarem danos reais. Como vou escolher?* Ele considerou voltar e recapturar Electro, encontrando uma maneira de obrigá-lo a deter os robôs. Mas já havia tentado isso sem sucesso. Mesmo se conseguisse fazer Electro desistir, levaria muito tempo.

Enquanto ponderava as opções, Aranha disparou um fio de teia e subiu ao topo do prédio mais alto para observar o terreno. Os robôs estavam se espalhando pelas ruas. Alguns seguiam na direção do

Rock Plaza e da catedral, pelo menos um estava se aproximando da Broadway, e outro seguia na direção da Grand Central. Mas dois estavam se aproximando da 5ª, a meio caminho da biblioteca. *Tenho o direito de colocar as pessoas de que gosto na frente de todas as outras?*, ele se perguntou. E então percebeu que a equação era maior do que isso. O Homem-Aranha era responsável por toda a cidade, mas Peter Parker era responsável por aqueles alunos em particular.

Além disso, ele acrescentou, enquanto se balançava na direção sudeste, *foram tantas as pessoas próximas que não consegui salvar ao longo dos anos. Tio Ben, Gwen e George Stacy, Harry Osborn, Flash Thompson. Se alguém tem o direito de escolher salvar os entes queridos, essa pessoa sou eu.* Ele se defendeu, pensando que voltaria logo depois para deter os outros robôs assim que tivesse certeza que seus alunos estavam a salvo.

Um dos robôs na 5ª Avenida parecia estar se desviando para o leste, para longe da biblioteca, então Aranha aproveitou a oportunidade para atacar o outro. Infelizmente, esse ainda tinha os dois braços manipuladores intactos, que o agarraram quando ele pousou nas suas costas, pegando-o pela cabeça e pelo ombro e jogando-o na rua, à sua frente. *Ai! Por essa eu não esperava. Pensei que eles estavam descontrolados*. Pelo jeito, ainda tinham a programação de autodefesa autônoma mesmo sem uma vontade-guia que os instruísse. Ele disparou teias contra os braços manipuladores, mas eles desviaram, e o Aranha não conseguiu acertar as extremidades dos braços. *Foi sorte ou eles estão aprendendo com a experiência?*

Com uma sensação de *déjà-vu*, o Aranha entrou debaixo do robô, desviando de seus braços, e começou a golpear as articulações para arrancar suas pernas. Ele ficou tão compenetrado que, quando terminou de desmembrar o robô, este caiu bem em cima dele, tirando seu fôlego por um momento. Furioso consigo mesmo por deixar que isso acontecesse, jogou o robô para o lado e observou enquanto este fazia um arco no ar e caía com estrépito no chão. O robô se debateu por um tempo e parou. Homem-Aranha olhou ao redor à procura do robô seguinte, o que estava seguindo para o leste.

No entanto, ele não seguia mais para o leste. Sua caminhada trôpega o levara de volta na outra direção, direto para a biblioteca. A coisa corria pela 42, pulando sobre dois carros que haviam colidido em meio ao caos, e Aranha estava a um quarteirão de distância. Mas ele podia cobrir um quarteirão via norte-sul de Manhattan em um único balanço. Disparou um fio de teia para o arranha-céu de número 500...

E o fio não saiu. Seu cartucho de teia estava vazio de novo! Ele estava tão compenetrado que não notou a luz de LED piscando no disparador direito. Usou a teia esquerda para se balançar. Mas uma das pessoas em meio aos destroços estava presa no carro, sangrando, então Aranha desceu e arrancou a porta. Em seguida, saltou para o topo de algumas árvores para ver...

Meu Deus, não! Seus alunos estavam logo ali, faziam parte da multidão que era evacuada pela polícia. Todos os três pares de portas enormes ornamentadas estavam abertas, sendo usadas como saídas de emergência. Os alunos e Dawn saíam pela porta mais próxima... e o robô seguia bem na direção deles, abrindo caminho pelas mesas e cadeiras do pátio e subindo pela fonte. Aranha saltou para a lateral do prédio e disparou o cartucho de teia esquerdo...

E ele estalou! Também estava vazio! Seu LED devia ter se quebrado durante a luta.

– Não! – gritou Aranha, no mesmo momento em que o robô colidiu com a enorme escultura de mármore ao lado dos degraus, rachando sua base estreita e fazendo-a cair sobre os estudantes que gritavam ao lado dela. Em seguida, o autômato descontrolado avançou contra o grupo de estudantes, dos quais metade estava tentando correr de volta para dentro, indo de encontro àqueles que ainda tentavam sair. Era uma receita para o desastre.

Homem-Aranha saltou para baixo, segurou a pesada escultura de mármore e a jogou para o lado, onde ela se despedaçou contra a fonte. Desesperado, sem tempo para recarregar os disparadores, pulou nas costas do robô e agarrou o último braço manipulador dele, que se debatia de um lado para o outro. Ele percebeu que o braço estava ensanguentado e seu coração quase subiu pela garganta. Não havia nenhum lugar seguro para redirecionar o robô a não ser *para cima*. Ele pulou na coluna que formava o arco da entrada e começou a subir, puxando o robô consigo. Era uma aposta perigosa; havia alunos feridos nos degraus abaixo dele e, se o braço escorregadio por conta do sangue escapasse pelos seus dedos, o robô poderia tombar em cima deles. Além disso, o robô estava se debatendo violentamente, arrancando pedaços grossos de mármore da coluna. Ele precisava agir rápido. Puxou o robô com toda a força e o lançou contra o pátio, onde ele caiu em cima de um canteiro de mármore. Aranha pulou atrás dele e despedaçou o robô até bem depois que já estava morto.

Mas então se recompôs. *Meus alunos!* Ele deu um pulo para ver se estavam bem. Os paramédicos já estavam na área, preparando as macas.

– Eles estão bem? – Aranha perguntou.

– Eles parecem bem para você?! – Era Dawn Lukens, trêmula e com sangue nas roupas e no cabelo. E então ela se conteve. – Não... Sei que você tem boas intenções. Mas nem sempre dá para chegar a tempo. E não tem mais nada que você possa fazer agora.

O perdão frio dela foi mais condenatório do que cinquenta editoriais de Jameson. Ainda mais quando ele viu os rostos dos estudantes levados para dentro das ambulâncias. Todos eram rostos conhecidos. Bobby Ribeiro... Susan Labyorteaux... Joan Rubinoff... Koji Furuya... Angela Campanella. *Meus alunos. Minha responsabilidade. Eu falhei com eles.*

– Peter? – Dawn estava chamando agora. – Peter, cadê você? – Ela pegou o celular e ligou para ele. Aranha sabia que, no alto do telhado, seu celular estava vibrando no silencioso dentro de um casulo de teia. Normalmente, ele correria para o telhado, atenderia ao telefone e inventaria alguma desculpa. Mas ele não tinha tempo de se preocupar com identidades secretas agora. Os robôs desgovernados ainda estavam à solta.

Enquanto carregava seus disparadores de teia, chamou a policial mais próxima, que tinha acabado de falar no rádio.

– Ei, para onde foram os outros robôs?

– Não se preocupe, Homem-Aranha – respondeu a morena forte de cabelo encaracolado. – Seus amigos já os controlaram.

– Meus amigos?

– É, os Vingadores acabaram de aparecer na Times Square. Quer dizer, alguns deles pelo menos. Eles estão limpando tudo agora. E o Coisa e o Tocha acabaram de salvar a catedral. Ah – ela acrescentou com orgulho –, meus parceiros acabaram de derrubar o que estava seguindo para a Grand Central. Às vezes a gente também acerta. – Ela abanou a cabeça. – Mas está uma confusão. Muita destruição, dezenas indo para o hospital. Coitado de quem for acusado por isso.

A cabeça do Aranha estava a mil, e não só por causa das lutas.

– Electro – ele lembrou. – Max Dillon, Electro. Foi ele quem começou isso. Preciso encontrar...

A policial sorriu.

– Não se preocupe. Ouvi dizer que a Mulher-Hulk capturou Electro um pouco ao norte da Times Square. Apagou o canalha só com um dedinho. Depois falam daquela noite em que teve apagão na Broadway... – Ela ficou olhando. – Ei, qual é o problema? Pensei que você gostasse de uma boa piada.

O Homem-Aranha olhou para o sangue que cobria os degraus da biblioteca.

– Isso não é uma piada, policial.

4 EM COMBATE CONTRA O MAL

ROBÔS QUE ROUBARAM JOIAS FORAM PROJETADOS PARA VIAGEM A VÊNUS

por Ben Urich

NOVA YORK – Clientes e visitantes do Distrito dos Diamantes na rua 47 tinham todo o direito de pensar que estavam sendo atacados por invasores vindo do espaço sideral quando uma horda de monstros metálicos de seis patas causou alvoroço no quarteirão na manhã de hoje. O *Clarim Diário* obteve informações de que as dez máquinas robóticas colocadas no quarteirão por Maxwell Dillon, o meta-humano mascarado conhecido pelo codinome Electro, foram na verdade projetadas para serem viajantes interplanetários.

As sondas robóticas foram roubadas da Cyberstellar Technologies, uma empresa aeroespacial privada contratada pela NASA para construir as máquinas para um grande levantamento topográfico no planeta Vênus. Segundo planeta mais próximo do Sol, Vênus é muito mais quente do que a Terra e possui uma atmosfera densa e carregada de grossas nuvens de ácido sulfúrico, hidrofluorídrico e outros ácidos potentes, com uma pressão de superfície de cerca de cem vezes a da atmosfera terrestre. Até hoje, de todos os módulos de aterrissagem que chegaram à superfície de Vênus, nenhum durou mais do que 127 minutos.

As sondas da Cyberstellar foram projetadas para um levantamento mais ambicioso que envolveria um percurso sobre a superfície rochosa de Vênus, bem como a coleta e o envio para a Terra de amostras minerais. Para tanto, eram equipadas com pernas versáteis para a manutenção do equilíbrio em terreno imprevisível, garras potentes e lasers cortantes para a retirada de amostras, além de estruturas muito resistentes e duráveis para suportar a atmosfera esmagadora e fortemente corrosiva. Todas essas características se combinaram para fazer deles adversários extremamente eficazes contra a polícia e os demais combatentes do crime que os enfrentaram. Homem-Aranha, o primeiro aventureiro mascarado a chegar à cena, não foi capaz de detê-los sozinho.

Testemunhas afirmam que seu confronto com Dillon fez com que o criminoso perdesse o controle das sondas, levando-as à destruição subsequente por Midtown e tornando necessária a intervenção de membros dos Vingadores e do Quarteto Fantástico. Entretanto, fontes do departamento de polícia afirmam que os meios pelos quais Dillon controlava as sondas ainda não foram determinados, de modo que o papel que as ações do Homem-Aranha podem ter representado na destruição não está claro. Dillon é um ex-engenheiro elétrico capaz de manipular correntes e campos elétricos diretamente por meios paranormais, mas não há informações se ele possui algum treinamento em programação de computadores ou robótica.

O roubo das sondas do prédio da Cyberstellar em suas instalações em Westchester ocorreu na última quinta-feira. Hoje à tarde, o promotor público Blake Tower anunciou a intenção de apresentar queixas contra Dillon pelo roubo à Cyberstellar e pelo ataque ao Distrito dos Diamantes. Uma fonte da Promotoria Pública indica que Dillon também está sendo investigado pelo furto de equipamentos industriais do prédio da Oscorp no Condado de Nassau no último sábado, visto que há indícios de que os danos causados à fábrica nesse roubo se assemelham aos do Distrito dos Diamantes. Ao ser lembrado de que o *modus operandi* convencional de Dillon costuma envolver roubos simples e vandalismos em grande escala, muitas vezes trabalhando para figuras mais poderosas do submundo, o Sr. Tower se recusou a especular sobre o motivo da mudança de tática do criminoso (...)

– NÃO É CULPA SUA.

Peter vinha ouvindo essas palavras de Mary Jane durante a tarde toda, embora os canais de notícias não parassem de exibir as imagens de seu fracasso. Pelo menos era o que ele achava. Claro, havia algumas imagens da batalha entre Homem-Aranha e Electro enquanto os robôs saíam do Distrito dos Diamantes quebrando tudo, mas a maior parte da cobertura dos noticiários era dominada por imagens da vitória dos Vingadores sobre Electro e seus robôs, filmadas de uma centena de ângulos diferentes. Nunca havia poucas câmeras na Times Square, e aquele foi um espetáculo e tanto. Afinal, não havia nenhuma outra parte da cidade em que tanta eletricidade era usada ao mesmo tempo – ao menos, não de maneira tão visível. Electro estava completamente à vontade, puxando energia da enorme quantidade de anúncios luminosos chamativos e telas de vídeo que faziam da Times Square uma mistura do cenário de *Blade Runner* e um jogo de *pinball* gigantesco. Ele havia disputado a atenção intensamente com aquelas telas por um tempo, disparando raios contra seus perseguidores enquanto três de seus robôs causavam sérios danos a propriedades, fazendo clientes e turistas saírem gritando em busca de abrigo. Tinha sido uma batalha dramática e eletrizante, mas o Homem-Aranha só chamou a atenção por sua ausência. Em geral, a mídia o estava tratando como algo secundário nas matérias.

Mas J. Jonah Jameson, em sua coluna editorial no *Clarim* (e, sem dúvida, em seu novo blog também), estava berrando sobre as atrocidades de sempre a respeito do papel do Homem-Aranha nas causas do desastre. Claro, JJJ culparia o Homem-Aranha por *Hindenburg* e pela destruição de Pompeia se encontrasse uma maneira. Mas, dessa vez, Peter achava que ele tinha motivos muito mais legítimos para suas acusações.

– Fui eu quem começou – ele disse a MJ. – Eu distraí Electro e fiz com que ele perdesse o controle dos robôs.

– Você não pode pensar desse jeito – ela insistiu. MJ estava fazendo um intervalo em sua agenda cheia de ensaios para ajudá-lo a superar aquilo, mas ele se sentia culpado por gostar disso; não queria ser uma distração na carreira dela em um momento tão crítico. – Foi Electro quem roubou e controlou os robôs. Foi ele quem decidiu deixar os robôs à solta pela cidade.

– Mas só depois que fiz com que ele perdesse o controle. Ele se aproveitou da minha burrice.

– Como você sabe que ele não planejava deixar os robôs à solta de qualquer jeito para acobertar sua fuga?

– Então como ele fugiria com os diamantes?

MJ olhou para ele.

– Você não para de olhar as notícias, mas não está ouvindo nada, né? O Tocha encontrou tubos cheios de diamantes ejetados dos robôs em cima de um prédio próximo. O Electro devia estar planejando pegar os diamantes depois.

– Ah, é verdade. – Peter lembrava vagamente de ter ouvido aquilo. Os tubos deviam ter sido projetados para trazer as amostras de volta à Terra. Electro deve ter reduzido muito a impulsão dos foguetes para impedir que o fruto do roubo fosse parar no espaço. – Mas esse era no máximo um plano B. Ele não teria se dado a tanto trabalho se não tivesse sido obrigado.

– E, se você não o tivesse obrigado, ele teria fugido com gazilhões de diamantes e muitas outras pessoas teriam sido feridas ou mortas. Você fez o que era preciso fazer, Peter.

– Mas não muito bem.

Antes que MJ pudesse argumentar mais, o telefone tocou. Quando Peter atendeu, a voz doce da sua tia May respondeu:

– Peter, querido, acabei de voltar das compras e ouvi o que aconteceu. Queria saber se está tudo bem com você.

Ele sorriu.

– Não se preocupe, tia May, estou ótimo. Quer dizer, fisicamente pelo menos. – O sorriso se transformou em um suspiro.

– Entendi, querido – tia May disse depois de uma pausa. *– Mas não se culpe por isso. Sei que é difícil não se culpar, porque você é um rapaz muito sensível, mas eu conheço você e não tenho dúvidas de que fez o possível para... enfim, todas as pessoas envolvidas* – ela completou, tentando não revelar nenhum detalhe numa linha telefônica aberta.

Apesar de seu estado de espírito, Peter não conseguiu conter um sorriso diante da tentativa canhestra de sua tia de lidar com a realidade da vida dele. A recente descoberta de tia May de que ele era o Homem-Aranha havia se tornado uma das melhores coisas que haviam lhe acontecido. Durante anos, ele havia presumido que o choque seria grande demais para que o coração frágil dela aguentasse, mas, pensando agora, ele percebia que não devia ter subestimado sua tia. Tia May havia sido forte o bastante para suportar a perda dos pais dele e, depois, a de seu amado Ben, para criar e educar Peter durante uma infância solitária, e resistir à loucura contínua que parecia afetar todos na vida de Peter depois daquela picada de aranha, fosse pela manipulação deliberada dos inimigos que conheciam sua identidade ou pelo destino lunático que parecia ter cabido a ele. A descoberta foi um grande choque para ela – ela ficara sabendo do pior jeito possível, entrando no apartamento dele e dando de cara com o corpo exausto e ensanguentado de Peter dormindo com metade do uniforme depois de uma luta especialmente violenta –, mas os efeitos foram mais emocionais do que físicos, e ela tivera o bom senso de esperar para pensar sobre o assunto antes de confrontar Peter e lidar com a questão. Antes disso, ela tinha medo e repugnância pelo Homem-Aranha, mas agora se esforçava para aceitar o que ele fazia; embora ainda se perturbasse com seu vigilantismo, a fé dela na bondade fundamental do sobrinho era inabalável.

No entanto, apesar de normalmente ser um alívio conversar com tia May sobre seus problemas como Homem-Aranha depois de anos de segredos, naquele dia as palavras de conforto dela mais incomodaram do que aliviaram.

– *Você fez a coisa certa cuidando dos seus alunos* – ela disse. – *Devia ficar contente por ter tantos... er... amigos como você que conseguiram cuidar dos outros... aspectos do problema. Você realmente devia considerar se juntar a eles com mais frequência.*

– Você sabe que nunca trabalhei bem em equipe, tia May – ele respondeu. Era estranho porque, ao longo da sua carreira de Aranha, ele havia trabalhado com quase todos os super-heróis do planeta (e alguns de fora do planeta também); apesar disso, costumava atuar sozinho, raramente aceitando as oportunidades de criar laços mais fortes com a comunidade dos heróis. Ele havia se juntando ao Quarteto Fantástico no começo da carreira, mas não lidou muito bem com a situação e isso acabou afastando-o dos parceiros, o que criou uma rivalidade contínua com o Tocha Humana. Desde então, ainda conseguia recorrer à ajuda do QF quando precisava, mas mantinha certa distância por trás da máscara. Ele havia chegado a ser um Vingador reserva durante um tempo, mas essa condição havia se perdido em uma das dispersões periódicas do grupo, e ele nunca tentou recuperá-la.

Será que tia May está certa?, ele se perguntou. Se ele fizesse parte de uma equipe desde o começo, seus parceiros teriam cuidado dos robôs antes que eles saíssem de controle? Antes que seus alunos fossem mandados para o hospital?

A verdade era que, quando ele olhou para as imagens do noticiário, que mostravam a Mulher-Hulk derrotando Electro enquanto outros Vingadores espancavam os robôs, ele não sentia gratidão pela ajuda deles. Sentia vergonha por não ter conseguido derrotar um dos "seus" vilões, precisando de outros super-heróis para limpar a bagunça que ele havia feito, ainda mais de maneira tão pública. Mas ele ficou tão envergonhado com essa situação, que não a admitiu nem para tia May nem para MJ. Ele não queria fazer parecer que se importava mais com seu orgulho ferido do que com a segurança dos cidadãos.

Mais do que tudo, ele se sentia oprimido pelos esforços delas em convencê-lo a não se martirizar. Porque Peter tinha certeza de que aquele era um consolo vazio, e que no fundo, elas também sabiam que ele tinha *sim* falhado em sua responsabilidade de proteger pessoas inocentes. De proteger seus alunos. Por isso, depois de um tempo, ele se despediu de tia May e inventou uma desculpa para sair do apartamento.

Infelizmente, a desculpa que ele inventou de improviso foi:

– Prometi que passaria lá embaixo para dar uma olhada no Flash. – Assim que saiu pela porta, ele se tocou, tarde demais, que aquela era a última coisa que ele poderia fazer para se sentir menos culpado.

Eugene "Flash" Thompson tinha sido um dos maiores rivais de Peter no ensino médio e na faculdade; o popular jogador de futebol americano provocava Peter incessantemente, mas, nos últimos anos, eles haviam acertado as contas e virado bons amigos. Mais recentemente, tinham se afastado, o que, porém, não impediu Norman Osborn de vê-lo como alvo. Há anos, Osborn era um dos maiores inimigos de Homem-Aranha, tanto na forma do vilão mascarado Duende Verde quanto como um manipulador perverso que atuava nos bastidores – em grande parte porque ele sabia da verdadeira identidade do Homem-Aranha. Ele guardava o segredo, graças às regras do jogo maluco que pensava estar jogando, mas nunca deixou de atacar os amigos de Peter para ferir seus sentimentos. Flash Thompson havia sido a última vítima, enquadrado por dirigir alcoolizado e causado um acidente que o deixara em estado vegetativo. Tia May havia contratado uma enfermeira em tempo integral que se mudou para o apartamento vago embaixo do de Peter, e os amigos e vizinhos dele se incumbiam de visitar Flash de tempos em tempos para tentar ocupar a mente dele em coma com a leve esperança de estimulá-la a voltar para algum nível de atividade.

Esse é o lance de Peter Parker, ele pensou, enquanto batia na porta do apartamento de Flash. *Nunca preciso andar muito para me sentir culpado.*

A porta se abriu, mas, em vez da enfermeira de Flash, Peter encontrou Jill Stacy na porta.

– Oi, Pete! – disse a jovem linda e morena, sorrindo. – Pode entrar! Ei, Liz, Pete está aqui.

– E aí, Pete!

Ah, ótimo, Peter pensou. *Mais dois lembretes.* Jill era a prima mais nova de Gwen Stacy, o primeiro grande amor da vida de Peter, que foi assassinada pelo Duende Verde anos atrás. Liz Allan, por sua vez, era viúva do filho de Osborn, Harry, que havia sido vítima do legado de loucura do pai e acabou deixando Liz viúva e mãe solteira. Apesar de seus próprios problemas e responsabilidades, Liz vinha demonstrando uma lealdade inesgotável a Flash Thompson, sua antiga paixão da adolescência, vindo visitá-lo quase todos os dias desde o acidente.

Todos nesta sala sofreram terrivelmente por causa da velha rixa de Osborn comigo, Peter pensou ao entrar. *Parece que, mais cedo ou mais tarde, todos na minha vida se machucam, mesmo que não tenham nada a ver com o Homem-Aranha. Por que ainda deixo isso acontecer?*

Por fora, ele tentou manter o sorriso, mas sem sucesso. Liz e Jill notaram sua melancolia, mas não adivinharam o motivo completo de sua existência.

– Ai, Peter, a gente ficou sabendo o que aconteceu com seus alunos – Liz disse, puxando-o para um abraço de que Jill também participou. – Graças a Deus você está bem.

– Bom, agora estou me sentindo bem melhor – ele respondeu, mantendo o tom leve.

– Ei, não esqueça que você é um homem casado, Sr. Watson-Parker – ela brincou enquanto se afastava.

– Confie em mim, MJ nunca me deixaria esquecer disso. Nem se eu quisesse.

– Sob a pena de uma morte horrível, aposto – Jill acrescentou, mas logo pigarreou quando ninguém viu graça. – Desculpa. Piada de mau gosto.

– Tudo bem – Peter disse. – Os médicos falaram que todos os meus alunos devem ficar bem.

– Tomara – Liz torceu, virando-se de repente para Flash. – E tomara que todos eles... voltem ao normal. – Ela deu uma risadinha nervosa, limpou um pouco de saliva do queixo de Flash e segurou a mão dele. – Como você já vai ficar, né, Flash? Só leva tempo, nada além disso. – Peter fez uma careta.

Bem na hora em que Peter estava tentando pensar numa maneira de mudar de assunto, seu celular tocou no bolso, surpreendendo-o. Ele abriu um sorriso encabulado enquanto o pegava.

– Não se assustem, meninas, mas meu celular estava na bunda no modo vibrador. – Depois de uma ou duas situações embaraçosas e perigosas, ele havia se acostumado a manter o celular no silencioso quando estava como Aranha e, às vezes, levava isso para a vida civil também.

Depois de ler o identificador de chamadas, atendeu.

– Dawn? Oi, tudo bem?

Sua colega parecia furiosa.

– Peter, você leu o blog do Jameson hoje?

– Hmm, não, por quê?

– Aquele filho da... ele... nem sei se consigo falar sobre o assunto. Só... acho que você precisa ver isso.

– Certo, espera aí. – Ele abaixou o celular, notando que o laptop de Liz estava na mesa de centro do Flash. – Liz, posso usar seu laptop?

– Claro.

O laptop estava em modo de espera e ligou automaticamente quando ele o abriu. Depois de confirmar o endereço com Dawn, entrou no blog *O Alerta* de Jameson e começou a passar os olhos pela última publicação. Começava com o texto-padrão de Jameson: o Homem-Aranha é uma ameaça, criou o caos, perseguidor de glórias, sem respeito pela segurança pública, blá blá blá etc...

Então, ele desceu a barra de rolagem e viu as fotos.

– Não – ele murmurou. Mas ao olhar mais de perto, não havia dúvida. A primeira imagem era um vídeo amador do YouTube mostrando o ataque à biblioteca. Relutando em assistir, mas precisando saber, Peter clicou na imagem. Era um vídeo tremido de baixa resolução, mas mostrava o ataque do robô, a estátua se quebrando, os alunos caindo sobre os escombros enquanto Homem-Aranha chegava alguns segundos atrasado. O vídeo era horrível o bastante, mas abaixo dele, estavam algumas fotos que pareciam ter sido tiradas no hospital: fotos dos seus alunos, feridos e ensanguentados sendo levados para a sala de emergência. Susan, Bobby, Angela, todos eles. Seus rostos estavam visíveis. Seus nomes, listados. Abaixo das imagens, Jameson havia escrito:

> Alguns podem me acusar de mau gosto por exibir essas imagens, mas elas já se tornaram públicas, graças ao funcionário anônimo do hospital que tirou

e postou essas fotos online. A questão ética deste feito é um debate para outro momento, mas se esse tipo de exposição absoluta faz parte da natureza da nossa cultura atual, talvez nesse caso possa servir a um propósito positivo. O público precisa ver os verdadeiros horrores que o Homem-Aranha e sua laia infligem nos inocentes do mundo em suas competições de testosterona sem fim. As pessoas precisam ver que, apesar de suas personalidades vistosas e extravagantes e de suas palhaçadas, no fim das contas o legado deles é sanguinário. Estes são os rostos das vítimas do Homem-Aranha. Angela Campanella, Koji Furuya, Susan Labyorteaux, Roberto Ribeiro, Joan Rubinof. Vocês podem dizer que o funcionário do hospital violou os direitos deles ao tirar essas fotos, ou que eu violei o bom gosto aos publicá-las. Mas nunca se esqueçam que foi o Homem-Aranha quem violou a segurança de todos eles. Olhem bem o que o vigilantismo incansável dele fez com esses frágeis inocentes e lembrem-se. Sim, é chocante mostrar essas imagens para vocês. Mas às vezes precisamos ser chocados, precisamos ser enraivecidos e ofendidos para sermos inspirados a agir.

Mas Peter mal conseguiu ler essas últimas frases por trás da sua visão já turva de raiva.

– Jameson! Como ele ousa!

– Peter! – Liz gritou, alarmada. Peter virou a cabeça para onde as duas mulheres estavam lendo por sobre seu ombro, recuperando ânimo suficiente em meio à fúria para seguir o olhar de Liz e descobrir que havia esmagado o celular na própria mão.

Mas naquele momento ele não conseguia se preocupar em proteger sua identidade. Só lamentou não ter sido o pescoço de Jameson.

– Eu estou bem – ele disse, entre dentes. – Desculpa, preciso ir.

– A gente entende – Jill disse. – Aquele canalha, como ele ousa?

– Cuida dessa mão, hein? – Liz gritou enquanto ele saía do apartamento batendo pé. Mas a mão dele estava bem. A ferida era muito mais profunda.

Não, ele percebeu enquanto subia a escada. O que ele sentia agora não era uma ferida, nem uma pontada da culpa que ainda pesava sobre seu peito. Algo havia se quebrado dentro dele, sim, mas isso lhe dera uma nova clareza, uma nova força. Ele havia sido levado a um extremo e agora, algo dentro dele o estava trazendo de volta.

Quando voltou para seu apartamento, ainda estava nervoso, mas sua raiva era mais focada e controlada do que a ira feroz que havia ameaçado tomar conta dele antes. Sentou-se no sofá com MJ e contou o que havia acontecido com a voz tensa, mas firme.

– Não acredito! – ela disse quando ele terminou. – Jonah já forçou os limites do bom gosto antes, mas colocar fotos de crianças machucadas?

– Pode acreditar – Peter disse. – Sempre que desconfio que há algum resquício de dignidade ou limite naquele homem, ele prova que estou errado. Mas dessa vez ele realmente passou dos limites. Não tem perdão. Eles são meus alunos, MJ! Ninguém faz meus alunos de vítima e sai impune. *Ninguém!*

– Que pena que você não trabalha mais para ele – ela disse. – Você poderia largar o emprego.

– É exatamente o que eu vou fazer – ele disse. – Largar. Tudo.

Ela arregalou os olhos.

– Tudo o quê?

– O que eu faço toda vez que algo dá errado na minha vida. Faz anos que Jameson está me perseguindo. Os policiais estão atrás de mim. Meus professores e meus chefes sempre me chamaram de preguiçoso e irresponsável porque eu estava ocupado salvando essa maldita cidade de assassinos psicóticos. Todo mundo fica me culpando por tudo que dá errado na minha vida, e sempre fiquei lá, liderando o esquadrão da culpa. Entrei no jogo de Jameson junto com todos os outros. Fico me martirizando, exatamente como ele quer. Bom, não vou mais fazer isso!

Ele se levantou do sofá.

– Cansei de deixar Jameson me colocar para baixo, e cansei de me colocar para baixo. Cansei de aceitar a culpa por tudo que dá errado mesmo que eu não tenha controle sobre as coisas! Você tinha razão, MJ, o que aconteceu ontem não foi culpa minha. Era eu quem estava tentando parar aquilo! Era eu quem estava salvando vidas lá fora!

– Isso! Esse é o espírito.

– Não fui eu quem machucou aqueles alunos. A culpa foi do Electro. A culpa foi de quem ajudou aquele bandido a pegar aqueles robôs. Caramba, a culpa foi do Jameson por fazer a cidade se voltar contra mim! Se eu tivesse mais apoio pelo que faço, talvez tivesse conseguido colocar Electro atrás das grades há muito tempo! A única coisa que eu faço de errado – ele continuou – é acreditar nessas críticas contra o Aranha. Enfim, agora chega. Estou cansado de duvidar de mim, de questionar toda maldita decisãozinha. Estou cansado de ser o Woody Allen dos super-heróis. Já tem pessoas demais querendo acabar comigo; eu é que não vou ajudar. Não vou gastar energia me punindo quando deveria estar indo atrás das pessoas que realmente merecem ser punidas!

MJ lhe deu um abraço por trás.

– Esse é o meu tigrão. Adoro quando você ruge.

Ele sorriu.

– Valeu, mas acho que agora não estou no clima.

– Não, sério. Você é um homem muito bom, Peter. É muito difícil ver você duvidando de si mesmo, se martirizando desse jeito. Você merece coisa melhor. Você é um herói e quero que o mundo inteiro saiba isso. – Ela lhe deu um beijo. – Incluindo você mesmo.

– Você tem razão. Mereço coisa melhor. E vou conseguir o que eu mereço.

– Hmm, me diz, tigrão, como você vai fazer isso?

– Encontrando a pessoa que realmente está por trás disso – ele falou. – Electro nunca foi um mestre do crime. Para fazer algo tão grande, ele deve ter recebido ajuda.

Ele caminhou até a janela e olhou para a cidade que, naquele momento, parecia pequena e fácil de domar.

– Eu vou descobrir quem está por trás disso e vou entregar essa pessoa para a justiça. Depois vou fazer J. Jonah Jameson engolir todas as palavras que já escreveu sobre o Homem-Aranha.

5 AINDA MATO ESSE CLARINETISTA

– JONAH, A GENTE PRECISA CONVERSAR.

Quando Joseph Robertson irrompeu na sala de seu editor, encontrou Jameson debruçado no teclado, digitando mais um pouco da sua prosa imortal (ou seria mortal?).

– Fala quando chegar a sua vez, Robbie – Jameson resmungou. – Eu pago você para editar um jornal, não para exercitar suas habilidades orais.

– Você precisa ouvir, Jonah. É sobre sua cobertura do incidente dos robôs.

Jameson tirou o rosto da tela e voltou a carranca impaciente contra Robertson. Pelo menos noventa por cento das expressões de JJJ eram carrancas, mas Robbie já o conhecia há tempo suficiente para discernir o tipo impaciente do tipo furioso, do tipo desconfiado, do tipo "você espera que eu te pague por isso?" e de todo os outros tipos.

– Já conversamos sobre isso, lembra? Aquelas fotos já estavam na internet. Qualquer pessoa poderia ter encontrado em dez segundos. Elas faziam parte da matéria e eu as publiquei.

– Você sabe que isso é uma desculpa, Jonah. Aquele canalha com a câmera invadiu a privacidade dos adolescentes e, quando você republicou as imagens, fechou os olhos para o que ele fez. É por isso que não as colocamos no *Clarim*. Caramba, você nem *sugeriu* colocar aquelas fotos no *Clarim*, porque sabia disso!

– Blogs são diferentes de jornais, Robbie! Os padrões não são os mesmos. As regras não são as mesmas.

– Os padrões de bom gosto deviam ser iguais em qualquer meio.

– É meu blog pessoal, Robbie, e vou colocar o que bem entender nele.

– Eles são alunos do Peter, Jonah! – Robertson parou para respirar depois do acesso de fúria, continuando com menos volume, mas não com menos raiva. – Eles são alunos da turma do Peter Parker. Ele era um dos nossos, Jonah. Fez parte da família do *Clarim* durante anos. Você nem... nem parou para pensar em como ele se sentiria?

Para variar, Jameson ficou sem palavras. Ele desviou os olhos, tendo a decência de parecer envergonhado. Era o tipo de momento que Robertson havia presenciado muitas vezes em sua relação com J. Jonah Jameson, o tipo que fazia com que continuasse trabalhando para ele apesar de todos seus defeitos. Claro, JJJ era difícil, irascível, tinha opiniões agressivas, era movido pelo lucro e, em algumas ocasiões, estava disposto a extremos questionáveis para obtê-lo. Às vezes, esses eram seus piores defeitos como profissional e como pessoa, quando o levavam a escravizar a equipe ou comprometer a ética jornalística em sua guerra pessoal contra o Homem-Aranha. Mas eram também algumas de suas maiores qualidades. Um dono de jornal colocava sua reputação em jogo diariamente e precisava ter coragem para manter suas convicções e sua determinação para defender aquilo em que acreditava apesar de todas as pressões contrárias. E um dono de jornal precisa ter dinamismo para fazer o que é preciso a fim de tornar sua empresa lucrativa, pelo bem dos empregados que dependem dela. Robbie Robertson tinha visto JJJ enfrentar políticos corruptos, defender programas sociais e lutar pelo bem-estar de seus funcionários inúmeras vezes. Como editor-chefe, Robertson acreditava ser sua responsabilidade atuar também como uma consciência de Jonah, e impedir que os excessos e más decisões ocasionais dele (movidos pelo seu desejo de vender jornais a qualquer custo ou por ódio ao Homem--Aranha) superassem a decência que Robertson sabia existir por trás da aparência rígida de seu chefe.

Mas um dono de jornal precisava manter a casca dura, de modo que, enquanto pensava no argumento dele, Jameson não demonstrou nenhum remorso além de uma sutil mudança no aspecto da cara feia.

– Certo, vou compensar o menino de alguma forma. Já sei... manda Sibert falar alguma coisa boa sobre a mulher dele na página de teatro.

– Que tal tirar aquelas fotos do seu blog?

– Tá, tá, elas já atingiram seu objetivo mesmo. – Seu tom era de desdém, mas, quando Robertson olhou na tela, pôde ver que Jonah já estava excluindo as fotos.

– Enfim – ele disse, continuando –, não foi sobre isso que vim falar com você.

– Não? Então por que você gastou meu tempo choramingando se deveria estar trabalhando na edição da tarde?

– Jonah, o *Globo Diário* publicou uma coisa sobre a Cyberstellar Tech, a empresa que construiu aqueles robôs.

– O *Globo*? Por que você está me falando o que eles publicaram se o *Clarim* devia ter publicado antes?

– Jonah! Eles disseram que *você* é dono de ações da Cyberstellar.

– Eu?

– Isso é verdade?

Jonah ficou confuso por um momento, mas logo afastou a confusão.

– Como eu vou saber? É por isso que pago meu conselheiro de investimentos. Não tenho tempo para conhecer todo meu portfólio!

– Jonah, você devia ter conferido. É conflito de interesses em potencial. Vai pegar mal tentar culpar o Homem-Aranha por isso se você é dono de ações da empresa que fez os robôs.

– Você sabe que não tenho nada a ver com aqueles robôs! Mas o Homem-Aranha foi...

– Vamos lá, eu não deveria ter que te explicar sobre aparência de impropriedade!

– Eu não estou me justificando, Robbie! Não estou tentando mudar a pauta do jornal. Essas colunas, esses blogs, são opiniões. As pessoas sabem que não podem considerar essas coisas como fatos.

– Será que sabem, Jonah? Você acredita mesmo nisso? Se sim, por que não desiste de convencer as pessoas de que está certo?

Jameson suspirou.

– Faça uma matéria sobre a minha relação com a empresa. Abertura total. Vou dar acesso a todos meus registros financeiros. O *Globo* pode ter conseguido a matéria antes, mas o *Clarim* vai fazer melhor! A gente não se esconde atrás dos nossos erros como certas pessoas. – Um brilho previsível surgiu em seus olhos. – Já posso visualizar meu próximo post. J. Jonah Jameson não vai se esconder atrás de uma máscara! Eu confesso e olho o público nos olhos! Desafio Homem-Aranha a fazer o mesmo!

Robbie riu para si mesmo e deixou Jameson com seu blog.

• • • •

– É isso!

A exclamação súbita de Peter chamou a atenção do caixa e dos clientes que estavam na frente dele na fila, além de atrair o olhar intrigado de MJ.

– Desculpa – ele disse aos outros. – Podem voltar para suas coisas.

– O que é "isso"? – MJ perguntou em um tom mais normal.

Ele apontou para o artigo do *Globo Diário* pelo qual estava passando o olho enquanto esperavam na fila do mercado. Como os ensaios dela a mantinham muito ocupada nos últimos tempos, fazer compras parecia ser uma das únicas chances que ele tinha de sair com a esposa.

– É o Jameson. Ele é acionista na empresa que fez os robôs. Ele deve ter alguma coisa a ver com isso.

Ela se aproximou, falando baixinho.

– Talvez você esteja exagerando, tigrão.

– Vamos lá, MJ, não seria a primeira vez em que ele usa ro... – Seu próprio sentido-aranha calou sua boca, quando ele se deu conta de que as outras pessoas na fila ainda podiam ouvir e que ele estava prestes a dizer algo comprometedor. – Hmm, vamos esperar até estarmos lá fora, tá?

– Também acho melhor.

Mas a ideia ficou se agitando em sua cabeça enquanto aguardavam na fila. Embora, nos últimos tempos, Jameson parecesse contentar-se em atacar Homem-Aranha com palavras (e fotografias, ele acrescentou, com um nó de raiva na garganta), houve o tempo em que o atacava mais abertamente. Seu ódio era tão forte que ele havia chegado a contratar cientistas malucos para desenvolver uma maneira de derrotar Homem-Aranha. Sua primeira tentativa havia transformado o detetive particular Mac Gargan no poderoso Escorpião, mas o tiro saiu pela culatra; o poder tinha mudado Gargan, que se voltou para o crime e passou a sentir um ódio por Jameson que se igualava apenas ao seu ódio pelo Aranha, culpando o dono do jornal por seu destino. O Aranha acabou tendo que salvar JJJ de sua própria arma-secreta mais de uma vez.

Mas Jameson não havia aprendido com seus erros. Meses depois, um inventor chamado Spencer Smythe abordara Jameson e lhe oferecera o uso de um robô projetado para caçar e capturar o Homem-Aranha. Para ser justo, Jonah havia relutado a princípio e o jovem Peter Parker – em um dos seus momentos menos brilhantes – havia insistido para que ele tentasse, achando que seria fácil derrotar o aparelho de aparência ridícula. O robô, porém, se revelou muito mais ameaçador, atraindo o interesse de Jameson, especialmente por causa do controle remoto e da tela bidirecional que permitia que o próprio JJJ guiasse o robô e tivesse sua careta exibida na tela (de longe, a característica mais assustadora da máquina). Incapaz de resistir à oportunidade de lutar contra o Homem-Aranha pessoalmente, Jameson contratara os serviços de Smythe e se divertiu muito caçando sua presa. O Aranha escapara por um triz.

E esse tinha sido só o começo. Nos anos seguintes, Jameson pagou para que outros dois robôs de Smythe, cada vez mais poderosos, caçassem o Homem-Aranha, e o cientista, mais e mais obcecado, acabou apelidando os robôs de “Esmaga-Aranhas”. Com o tempo, Smythe passou a desenvolver uma rixa pessoal contra Homem-Aranha e, assim como o Escorpião antes dele, também se voltara contra Jameson, culpando o dono do *Clarim* pelo câncer terminal que havia desenvolvido por causa das fontes de energia radioativa de seus diversos robôs. O charme peculiar de J. Jonah Jameson atacara mais uma vez.

No entanto, Jameson havia abandonado Smythe muito antes disso, quando encontrou uma nova criadora para seus robôs Esmaga-Aranha, a eletrobióloga Dra. Marla Madison. O primeiro e último Esmaga-Aranha dela também foi o último encomendado por Jameson; todas as gerações de Esmagas seguintes foram obra do agora falecido Spencer Smythe ou de seu filho, o igualmente vingativo Alistaire. Talvez JJJ tivesse se amargurado depois que o Smythe pai usara seu último robô para tentar matá-lo. Ou talvez simplesmente tivesse encontrado outras prioridades, pois Madison fora a exceção à regra; em vez de jurar vingança contra Jameson, acabou se casando com ele. Peter não sabia qual era o sinal mais claro de insanidade.

– Mas e se Jonah tiver decidido voltar à empreitada de robôs antiaranha? – ele perguntou à MJ no caminho para casa com as compras na mão. – Talvez ele tenha investido na Cyberstellar para conseguir acesso aos robôs. Talvez tenha contratado Electro para controlá-los.

MJ não estava convencida.

– Mas você não falou que o ataque não foi contra você? Que Electro não tinha como saber que você estaria lá?

O sinal de pedestres se abriu e eles começaram a atravessar a rua, mas o sentido-aranha o fez parar e puxar MJ quando um ciclista atravessou a faixa de pedestres diante deles, mostrando um típico desprezo pelo conceito de direito de passagem. O menino estava freando, mas não com força suficiente; ele pararia no meio do cruzamento quando conseguisse parar. Peter puxou a parte detrás do banco dele com dois dedos, fazendo-o parar com segurança antes de chegar ao trânsito adiante. O ciclista olhou ao redor, atordoado, mas Peter e MJ já tinham retomado a caminhada.

– Foi o que eu pensei no começo. Mas talvez seja isso que eles queiram que eu pense. Quer dizer, era um crime de alta visibilidade e que levaria um tempo para acabar. Era bem provável que eu ficasse sabendo e aparecesse em algum momento.

– Você e meia-dúzia de outros super-heróis.

– O QF e os Vingadores costumam lidar com lances ligados ao destino do mundo. O Demolidor se foca mais no Hell's Kitchen e no crime organizado, o Dr. Estranho cuida do sobrenatural, os X-Men resolvem problemas de mutantes. Quando se trata de crime de rua em geral, roubos, assaltos, esse tipo de coisa, costumo ser o primeiro a aparecer. Não seria a primeira vez que encenariam um crime para me pegar. Caramba, não seria nem a centésima primeira vez.

– Mas não acredito que Jonah colocaria tanta gente em perigo só para atingir você. E faz tanto tempo que ele não tenta mais te atacar desse jeito. Depois do escândalo que estourou sobre o Escorpião, imaginei que ele tinha aprendido a lição.

– Eu também – Peter disse, lembrando da vez em que uma ameaça de chantagem havia levado Jameson a confessar seu envolvimento na criação do Escorpião e abandonar o cargo de editor-chefe do *Clarim*. Ele ainda se lembrava da discussão que tiveram. Jonah havia se gabado de sua integridade em ser franco com o público, ao contrário do Aranha. O herói havia retrucado que ele não tinha sido "honesto" até correr o risco de ser inevitavelmente exposto, e que ainda não tinha confessado seu envolvimento com os Esmaga-Aranhas ou com outros atos antiéticos. Peter tinha ficado furioso com a hipocrisia dele. – Mas, se ele tiver desistido depois daquilo, aposto que foi mais por medo de exposição do que por qualquer outra coisa. Talvez, dessa vez, ele tenha achado que conseguiria sair impune.

– Não sei – MJ duvidou, quando chegaram ao prédio deles. Peter manobrou para manter a porta aberta, confiando na agilidade de aranha e nos dedos pegajosos para fazer isso sem derrubar nenhuma das compras. – Obrigada. O que estou querendo dizer é que você precisa admitir que pode estar exagerando. Jonah não é o único investidor na empresa. E você não tem nenhuma evidência do envolvimento dele.

– Então vou ter que tentar encontrar alguma.

– Ah, não.

– Ah, não o quê?

– Esse seu tom de voz – MJ disse enquanto subiam a escada. – Essa frase determinada e ameaçadora. Se fosse um daqueles filmes de ação cafonas que eu fiz, seria a deixa para subir a música e entrar a cena em que o herói entra no esconderijo do bandido, vai atrás de informantes ou coisa do tipo. Por favor, me diz que você não vai fazer nada precipitado. Não vá atrair problemas para você.

– Quem, eu? – Peter perguntou, equilibrando dois sacos de compras com habilidade numa mão enquanto abria a porta do apartamento com a outra. – Poxa. Nem tem um diretor aqui para gritar "Corta!".

• • • •

Certo, certo, pensou o Aranha enquanto se balançava por Midtown East naquela mesma noite. *MJ me conhece bem demais. Corta para Externo,* Clarim Diário, *noite. Nosso intrépido herói entra na sala de Jameson.* Sob a máscara, ele sorriu. *É, claro. Como se algum dia fossem fazer um filme sobre mim.*

Para ser honesto, MJ tinha razão: ele não tinha nenhuma evidência real de que Jameson estava envolvido com aquilo. Na verdade, até ontem, ele teria concordado com ela de que aquele velho enrugado nunca colocaria tantas pessoas em risco. Ele podia ser resmungão, avarento e tirano, mas Aranha havia passado a pensar nele como no máximo um incômodo, ou até como um contraste cômico de si mesmo. E Jameson tinha mostrado evidências de ter um bom coração aqui e ali, por mais que fosse um bem pequeno.

No entanto, depois da maneira como Jameson havia explorado os alunos de Peter, tudo mudou. *Se ele foi capaz disso, não posso ignorar mais nada. E, convenhamos,* ele pensou enquanto pousava no terraço do Goodman Building, ao lado da enorme placa do *CLARIM DIÁRIO, eu adoraria descobrir que ele é o culpado. Assim teria uma desculpa legítima para acabar com ele.*

Ele suspirou por sob a máscara. *Reconheça, Aranha: você deve estar procurando agulha no palheiro. É bem provável que MJ esteja certa e Jonah seja só uma pessoa detestável, não um gênio do crime. Mas é a única pista que tenho.* Podia não passar de um tênue fio de lógica, mas toda a carreira de Homem-Aranha dependia de fios.

A sala executiva de Jameson, onde estavam seus arquivos particulares, ficava no último dos quarenta e seis andares da torre, mas não seria fácil para ele entrar lá. Aranha tinha invadido as salas de Jonah tantas vezes ao longo da sua carreira que o dono do jornal tinha instalado um grande sistema de segurança – janelas à prova de balas, alarmes ultraeficazes e coisas do tipo. Nada disso impediria que um homem com força de aranha entrasse, mas chamaria a atenção da segurança antes que ele tivesse tempo suficiente de vasculhar os arquivos de Jameson. Por isso, Aranha teria de ser furtivo. *Pena que Felicia está fora da cidade*, ele pensou, pensando na sua antiga paixão e parceira ocasional, a gatuna semirrecuperada conhecida como Gata Negra.

Aranha achou melhor entrar pelos dutos de ventilação. Normalmente, ao contrário dos filmes de assalto, esse método fazia muito barulho para servir como uma maneira eficaz de ação clandestina. Mas os dedos aderentes do Aranha conseguiam se prender e soltar com muito mais delicadeza do que muitos ímãs e ventosas, e ele conseguia se mover com uma graça sobrenatural, quase sem fazer barulho. Os dutos eram estreitos e um humano normal não teria conseguido lidar com aquelas curvas, mas o Aranha conseguia se dobrar de maneiras inimagináveis. *Por outro lado, nem Felicia teria conseguido isso.*

Ele saiu no corredor a uma certa distância da sala de Jameson e rastejou pelo teto até chegar a ela. JJJ não esperaria que o Homem-Aranha invadisse o local pela porta como um ladrão comum. Tanto que o sentido-aranha sequer formigou quando ele estendeu a mão para tocar a maçaneta, indicando que a porta não tinha nenhuma forma de segurança além de uma simples fechadura. Não seria difícil arrombar a porta. *Poxa, ele consegue pagar uma fechadura nova. Não é nada comparado com o que ele me deve pelas fotos mal pagas ao longo dos anos.*

Ele sorriu, pois tinha trazido sua velha minicâmera consigo desta vez. Não costumava se dar ao trabalho de levá-la mais consigo, visto que havia trocado a fotografia pelo trabalho de professor, mas naquela noite, poderia precisar dela para fotografar evidências.

Começou pela mesa de Jameson, arrombando as fechaduras da escrivaninha da mesma maneira que tinha feito com a porta. Não havia nada incriminador ali, mas encontrou uma planilha contendo as senhas de Jameson. *Isso vai economizar tempo*, ele pensou, ligando o computador.

Sob o som da ventoinha e dos giros do disco rígido, ele começou a ouvir outro som, mas baixo e agudo. A princípio, achou que o computador precisasse de conserto, mas então seu crânio começou a zumbir. A sensação logo se intensificou e se espalhou, e o Aranha saltou para longe do caminho no exato momento em que algo passou quebrando o vidro supostamente inquebrável.

Seu salto o levou para o teto, onde se segurou com as duas mãos antes de balançar os pés para fixá-los também, virando a cabeça para trás para ver o intruso de ponta-cabeça. Era um tipo de equipamento mecânico com duas hélices giratórias, uma maior em cima e uma menor embaixo, que girava no sentido contrário, e uma enorme base cilíndrica. Parecia uma grande armação de guarda-chuva presa a um ventilador de teto de cabeça para baixo possuída pelo demônio. Fazia o som de uma broca de dentista enquanto girava e espalhava os papéis na mesa de Jameson com o vento que criava. O barulho e o ritmo das hélices estavam diminuindo; os rotores estavam perdendo velocidade, descendo no processo. Voar até aquela altura e quebrar a janela devem ter exigido muita energia da máquina. Ela pousou sobre a mesa, que soltou um rangido, deixando claro ao Aranha que aquele aparelho não era nem um pouco leve. E ele pôde ver que as hélices tinham lâminas fortes e afiadas nas extremidades.

Depois de um momento, porém, ela pareceu começar a usar novas reservas de energia, pois as lâminas voltaram a girar, subindo de volta à horizontal. Elas ajustaram sua velocidade de modo que o robô levantou voo da mesa e partiu direto contra o Aranha. Ele saltou para desviar e se escondeu atrás de uma poltrona enquanto o robô fazia um buraco nos painéis do forro, fazendo voar pedaços em alta velocidade para todos os lados. Um dos estilhaços atingiu seu ombro com força suficiente para feri-lo.

Aranha se lembrou da febre de lutas de robôs que ele havia acompanhado nos tempos de faculdade, quando essas coisas faziam tanto sucesso que até passavam na TV. Os robôs giratórios sempre eram alguns dos competidores mais perigosos por causa da alta velocidade rotacional e da força que conseguiam acumular. Um desses robôs, o infame Blendo, tinha sido banido da *Guerras de Robôs* porque fazia pedaços de seus oponentes voarem sobre os escudos de proteção e atingirem o público. *E aquele negócio era só uma frigideira de cabeça para baixo com duas hélices nela. Esse sim é barra pesada.*

O robô cortador tocou o chão e rolou na direção da poltrona, fatiando seu estofado com as lâminas inferiores sem o menor esforço e transformando a estrutura de madeira em gravetos. Aranha pulou para o canto mais distante e disparou contra as lâminas uma teia que logo foi retalhada. Ele lançou mais, na esperança de colar as lâminas, mas a teia foi rasgada e atirada para o lado, sem se prender. *Cobertura de Teflon*, ele adivinhou, o que sugeria que havia sido projetada pensando nas teias do Aranha. E a máquina rodopiante estava se aproximando dele, sem deixar dúvidas de que tinha sido projetada com objetivos assassinos. Como última tentativa desesperada, ele pegou um cartucho de fluido de teia reserva no cinto e jogou contra as lâminas. Como pretendia, o cartucho abriu com uma explosão no impacto, mas se voltou contra ele. Ele precisou desviar para não ficar preso na própria gosma de teia, que se expandiu, preenchendo um dos cantos da sala.

Ele correu para trás da mesa, e as lâminas quebraram a forte madeira no meio. Faíscas voaram quando o computador de Jameson foi destruído. Aranha saltou de novo para o forro e, mais uma vez, o robô levantou voo contra ele. Dessa vez, desviou pelo buraco que o robô já tinha feito e tentou se esconder sobre o forro. Mas seus ouvidos e o sentido-aranha lhe disseram que o robô tinha mudado de direção e logo as lâminas dele estariam destruindo as placas do forro na perseguição. No entanto, Aranha já havia desviado do caminho, rodeando o buraco de modo que o robô não pudesse vê-lo. As lâminas destruíram o lugar onde ele estava e não se viraram para segui-lo. Em vez disso, ele ouviu o robô tocar o chão, e o barulho diminuir até chegar ao modo de espera.

Se ao menos eu conseguisse diminuir a velocidade dele, ele pensou. Mas então se deu conta de uma coisa. *Claro! Parte dele já está mais devagar!*

Ele manobrou com cuidado, tentando ficar diretamente acima de onde vinha o som da máquina. Fechando os olhos, confiou no sentido-aranha. Quando ele se concentrava e o sentido estava suficientemente elevado pela adrenalina, ele agia quase como o sentido sonar do Demolidor, dando-lhe uma consciência espacial do ambiente que o fazia andar sem a visão. A marca de perigo intenso representada pelo robô cortador não atrapalhava nesse aspecto. Ele só precisava encontrar o ponto em que o perigo era mais intenso, que ironicamente era o ponto onde tinha mais chances de deter aquela coisa.

Depois que assumiu a posição, precisava agir rápido. Primeiro, tirou vários cartuchos reservas do cinto. Em seguida, deu um soco no painel do forro abaixo dele, que caiu e foi imediatamente despedaçado pelas palhetas do helicóptero. As lâminas aceleraram seu giro conforme o robô cortador se preparava para avançar contra ele. Porém, já estava atirando cartuchos por entre elas, mirando na lateral do eixo central, cujas lâminas estavam mais lentas, tendo menos distância angular para cobrir em menos tempo. Por isso, as lâminas cortaram os cartuchos e os abriram, mas não com força suficiente para fazer com que voassem para longe. Gotas de fluido de teia saíram dos cartuchos pressurizados, expandindo-se em contato com o ar e cobrindo o eixo interno e as lâminas do robô cortador. A massa das longas cadeias de polímero grudentas começou a colar os motores, diminuindo a velocidade das lâminas até que elas começassem a parar.

O Aranha chutou um painel do forro perto dele e pulou para o chão, soltando uma rede de teia nas lâminas para baixo. As lâminas em si podiam ser antiaderentes, mas a rede pousou sobre elas e se prendeu à gosma de teia que as cobria, e quanto mais ele lançava, mais ficavam envolvidas em torno delas a cada rotação. A teia foi se apertando conforme se solidificava, obrigando as lâminas rotatórias a descer e girar para dentro. Ele lançou ainda mais teia para prendê-las com força.

Em pouco tempo, as lâminas estavam tão cobertas que o Aranha conseguiu segurar uma delas como se fosse uma grossa alça, que usou para balançar o robô como um taco de beisebol, batendo sua base cilíndrica nas paredes e no piso até que o mecanismo parasse de funcionar por completo. Depois de desligado, Aranha se ajoelhou para abrir o revestimento e tentar descobrir como ele funcionava.

Mas então seu crânio voltou a zunir e ele ouviu a porta do elevador se abrir no fundo do corredor. Os alarmes de Jameson devem ter disparado quando a janela foi quebrada, e agora os policiais e/ou seguranças do prédio estavam a caminho. Sem querer ficar e tentar dar uma explicação, o Aranha correu até a janela, disparou um fio de teia até o arranha-céu do outro lado da rua 39, e mergulhou noite adentro.

Mesmo assim, ele não considerou a expedição completamente inútil. *Eu entro na sala de Jameson para investigar suas relações com os robôs e outro robô aparece para tentar me transformar em purê. Acho que é uma evidência bem sólida.*

• • • •

Como era de esperar, Jameson estava em todos os jornais no dia seguinte. Acompanhando pela TV desde que chegou em casa, não demorou muito para que Peter encontrasse uma entrevista coletiva em que Jameson acusava Homem-Aranha publicamente de vandalizar seu escritório em retaliação a seus editoriais.

– *O fato de que ele usou um robô para fazer seu trabalho sujo é um forte indício de que Homem-Aranha estava por trás do ataque dos robôs no Distrito do Diamante no outro dia* – Jameson insistiu. – *Sem mencionar o roubo dos robôs, além de um ou dois outros roubos em empresas de alta tecnologia relatados nos últimos dias.*

– *Mas Sr. Jameson* – perguntou um repórter –, *se o robô foi usado pelo Homem-Aranha, por que o relatório da polícia disse que ele foi imobilizado por teias e parecia ter sido quebrado por alguém de força sobre-humana?*

– *Isso eu não sei, talvez tenha fugido dele.*

– E por que uma pessoa com poderes sobre-humanos como Homem-Aranha, que, segundo meus dados, tem uma força estimada em mais de quarenta vezes a de um humano comum, precisaria usar um robô para destruir seu escritório?

– Talvez ele tenha ficado com preguiça! Na verdade, todo o incidente deve ser um truque para fazer parecer que ele foi a vítima. Mas, se ele foi uma vítima tão inocente, o que estava fazendo no meu escritório antes do robô atacar?

– O senhor tem como provar essa declaração? Talvez ele tenha visto o robô atacando sua sala e interveio.

– A porta do meu escritório foi arrombada pelo corredor. Alguém virou a maçaneta com tanta força que quebrou a fechadura. Está aí seu poder sobre-humano. Se ele estivesse apenas passando e visse aquele guarda-chuva destruindo meu escritório, por que se daria ao trabalho de entrar às escondidas no prédio e arrombar a porta?

– Mas, se o objetivo dele era usar um robô para vandalizar seu escritório, um robô capaz de voar e atravessar sua janela, por que precisaria arrombar a porta?

– Quer saber? Quando a polícia prender esse criminoso por invasão de propriedade e vandalismo qualificado, vou pedir para perguntarem isso a ele.

– Isso está ficando ridículo – Peter disse, desligando a TV. Ele estava acostumado a ouvir o velho rabugento ultrapassar os limites da calúnia e da difamação em suas acusações de crimes cometidos pelo Aranha, e fazia tempo que desenvolvera a capacidade de não se deixar atingir. Mas agora parecia que Jameson podia estar começando a usar essas acusações inconsistentes para encobrir seus próprios crimes, incluindo, talvez, ter colocado os alunos de Peter em perigo. Isso ele não conseguia aguentar sentado.

E todas essas buscas por pistas e informações também não eram seu forte. Coloque Peter Parker em um laboratório de ciências e ele será capaz de fazer uma pesquisa meticulosa e atenta com as equipes mais experientes. Entretanto, atrás da máscara, ele era outra pessoa, um combatente impetuoso e impulsivo que preferia o confronto cara a cara.

Homem-Aranha representava tudo o que Peter Parker era tímido demais para ser antes da máscara. Talvez esse fosse o principal motivo para ter feito a máscara quando entrara na competição de luta livre, pensando em usar os poderes recém-adquiridos como um meio de ganhar dinheiro. Talvez ele soubesse que aquele Peter Parker tímido e estudioso nunca fosse ter confiança suficiente para se apresentar em público, que ele precisava se tornar outra pessoa, uma pessoa extravagante e desinibida. O momento em que se tornou um enigma sem rosto, entrou no ringue e fez Hogan, o Esmagador, virar pó, o encheu de uma sensação de poder, liberdade e euforia que ele nunca havia experimentado antes. Era isso que o Homem-Aranha significava para ele, uma energia primitiva e livre.

Claro, várias vezes ele colocou sua disciplina e suas habilidades científicas em ação para derrotar seus adversários. Mas normalmente isso só acontecia depois de ter sido incapaz de triunfar com os punhos. E, de certo modo, a urgência e a adrenalina dessas crises o inspiravam a novos graus de inventividade, capacitando-o a preparar, em poucas horas, poções e apetrechos em que ele nunca teria sido capaz de pensar em um estudo calmo e metódico. O método do Homem-Aranha era enfrentar um problema e acabar com ele com os punhos.

E assim, ele já tinha saído pela janela e se colocado a caminho do *Clarim* de novo quando começou a repensar sua intenção de confrontar Jameson cara a cara sobre seu papel nos ataques dos robôs. *Sei que parece suspeito, mas esse não é o jeito do JJJ. Pode ter sido uma coincidência eu ter sido atacado na sala dele.*

Mas ele se deteve. *Não, Peter. Chega de repensar, de chafurdar em dúvidas. Confie em seus instintos.*

Em velocidade máxima, o trajeto do Lower East Side até a rua 39 levou meros minutos. Quando chegou ao *Clarim*, a entrevista coletiva estava no fim; Jameson havia subido, e os repórteres e câmeras estavam começando a guardar seus equipamentos.

– Ei! – ele gritou ao pousar na parede do prédio, logo acima do pódio onde Jameson havia se pronunciado. – Aqui em cima! É, estou falando com todos vocês! – Quando os jornalistas viram quem chamava, começaram a reposicionar os equipamentos. O Aranha quis dar tempo para que avisassem suas emissoras e transmitissem tudo ao vivo. Antes, ele não ficava à vontade diante da opinião pública, recorrendo à mídia apenas em tempos de necessidade desesperada. Mas aquele era o velho Homem-Aranha. O modelo novo e mais confiante não tinha medo de falar o que pensava publicamente. Afinal, fazia anos que Jameson conseguia usar a imprensa contra ele, então por que não revidar?

Depois de um momento, ele saltou para o pódio.

– Agora, ouçam! Estou aqui para responder às alegações de Jameson contra mim. Estou cansado de ficar sem fazer nada enquanto ele me insulta, por isso vim falar a verdade!

– Então você nega envolvimento no ataque do robô contra o escritório do Sr. Jameson? – gritou um repórter.

– Ei, eu é que estava sendo atacado!

– O Sr. Jameson diz que você encenou o incidente.

– Gente, se liga! Quantas vezes Jameson me acusou de um crime e teve que se contradizer na edição seguinte? Quanto mais ele fala de mim no *Clarim*, mais as vendas dele caem, porque as pessoas estão cansadas de mentiras. É por isso que ele recorreu a um blog para vomitar suas maluquices.

– Homem-Aranha, o que você estava fazendo no escritório do Sr. Jameson na noite passada?

Ele olhou para o repórter, sem ter uma resposta. *Eu estava cometendo uma invasão ilegal para folhear os arquivos particulares dele com base em um instinto. Isso vai pegar bem.*

Mas ele não podia mostrar fraqueza, não podia ser desviado do assunto.

– Olha, eu não sou o assunto aqui! Alguém está deixando robôs assassinos à solta em toda a cidade e sou eu quem está arriscando a vida para salvar a de vocês!

Então, um berro conhecido veio da entrada do *Clarim*.

– O que está acontecendo aqui? O que essa ameaça aracnídea está fazendo na *minha* propriedade?

Aranha o ignorou.

– E seria bom se vocês, seus sensacionalistas, prestassem um pouco de atenção no bem que eu faço para essa cidade em vez de deixar que o baixinho aqui crie a pauta! – ele completou, apontando o polegar para Jameson, que se aproximava.

Mas, de repente, sua cabeça começou a zumbir com a sensação de perigo iminente. *Que foi agora?* Ele virou, mas a única pessoa atrás dele era Jameson, descendo furiosamente para o pódio para confrontá-lo.

– Agora, ouça, seu canalha mascarado! – ele berrou, espetando o dedo no emblema bordado de aranha no peito do herói. – Quem te deu o direito de usar o *meu* pódio na *minha* propriedade para *me* insultar em público?

Era tudo que Homem-Aranha podia fazer para não atacá-lo bem ali, já que seus instintos gritavam para que ele fizesse exatamente isso. Não havia dúvida agora: J. Jonah Jameson era o perigo que ele estava sentindo.

– Achei que era apropriado – ele retrucou. – Os dois ataques de robô nesta semana tiveram alguma relação com você. Você pode explicar isso para essa boa gente?

– Assim que você explicar o que estava fazendo na cena dos dois ataques.

– Eu estava fazendo meu trabalho, seu cara de uva passa!

– Que trabalho? Quem contratou você? A quem você responde? Você não passa de uma aberração que acha que ter superpoderes é desculpa para passar por cima dos direitos dos outros!

– Ah, belo discurso, Espártaco. Mas você me cheira muito mal e eu não vou descansar até descobrir por quê! – Finalmente cedendo ao forte instinto de lutar ou fugir que o sentido-aranha evocava, o herói saltou para o céu e disparou uma teia para balançar para longe. Ao se afastar de Jameson, o zunido de perigo foi diminuindo, reafirmando o que ele já sabia. *Jonah virou uma ameaça ativa contra mim. Não tenho mais dúvida.*

E eu vou acabar com ele.

6 RAZÃO E SENSIBILIDADE ARANHA

– EU SIMPLESMENTE NÃO CONSIGO ACREDITAR. – May Parker balançou a cabeça enquanto colocava pratos cheios de seus famosos bolinhos de trigo na frente de Peter e MJ. – Jonah Jameson pode ser bem, digamos, *desbocado*, e sei que ele nunca gostou muito de você... quer dizer, do seu alter ego, querido. Mas eu não consigo acreditar que ele colocaria outras pessoas em risco para atacar você.

Por mais maluca que sua vida ficasse, Peter sempre tentava arranjar tempo para um *brunch* semanal na casa da sua tia May em Forest Hills. Os bolinhos de trigo dela eram a comida mais reconfortante que existia, e aquela casa era repleta de lembranças queridas de tia May e do tio Ben. Ele preferia não conversar sobre trabalho, mas desde que tia May descobrira seu segredo, lhe pedira para mantê-la informada de tudo que acontecia em sua vida, fosse como Peter ou como Homem-Aranha. Houve muitos segredos entre eles por tempo demais e, embora tia May tentasse esconder, Peter sabia que ela ficara magoada pelos anos de mentiras. Por isso, nos últimos tempos, ele tentava ao máximo manter tia May e MJ a par de tudo, e era mais seguro fazer isso ao vivo do que pelo telefone. Então era melhor conversar sobre o trabalho mesmo.

– Não seria a primeira vez que ele vem atrás de mim, tia May. Lembra que ele esteve envolvido na criação do Escorpião? Sem falar do Mosca Humana e dos Esmaga-Aranhas. Spencer Smythe morreu por causa do trabalho dele com os robôs. E o Escorpião matou o criador dele, Farley Stillwell.

– É pavoroso, eu sei. Mas o Sr. Jameson pediu ao Dr. Smythe que usasse padrões de segurança tão baixos? Ele pediu para o Dr. Stillwell caçar o Escorpião?

– Não, mas a culpa ainda é dele.

– Talvez seja, e essa é uma questão para a consciência dele. Mas faz anos que ele não tenta nada desse tipo, não é?

– E ele nunca foi tão longe – MJ acrescentou, com a boca cheia de bolinho de trigo.

Tia May olhou feio para ela.

– Muito impressionante, Mary Jane. Falar com a boca cheia é algum tipo de exercício de dicção para suas atuações? Porque se for, acho que posso deixar passar dessa vez.

MJ tomou um gole de leite.

– Desculpe, tia May.

– Não se preocupe, querida.

– Vocês têm razão nesse ponto – Peter retomou. – Faz anos que Jonah não vem atrás de mim e eu achei que ele tinha aprendido a lição. Mas meu sentido-aranha nunca mente. Ele estava disparando feito louco perto dele. Isso significa que ele é um perigo real e imediato.

– Peter andou pegando uns DVDs do Harrison Ford na biblioteca de novo – MJ provocou. Muitas vezes era assim que ela lidava com assuntos estressantes: usando seu jeito divertido como escudo. No passado, costumava ser uma forma de negar a realidade, mas nos últimos tempos ela costumava usar isso apenas para quebrar a tensão.

– Bom, você vai ter que me desculpar, mas ainda estou tentando entender o que é e como funciona esse seu "sentido-aranha" – tia May disse. – Eu entendo o básico, que ele alerta você do perigo, mas o que exatamente isso significa? É... alguma coisa psíquica, como daquele adorável Doutor Estranho?

Peter demorou para encontrar uma resposta.

– *Acho* que não. Já me sugeriram essa possibilidade. Mas eu não acredito, porque não faz sentido: não tem por que a mordida de uma aranha me dar poderes psíquicos.

– Talvez a radiação tenha despertado alguma habilidade mutante latente? – MJ sugeriu.

– Bom – tia May disse, com recato –, nunca ouvi falar de nada desse tipo na família do Ben.

– Eu preferia não complicar as variáveis sem evidências – Peter interpôs. – Acho melhor pensar que é literalmente baseado nos sentidos das aranhas, na capacidade que aracnídeos têm de detectar coisas que os humanos normais não conseguem. Por exemplo, as aranhas tem um olfato apurado e conseguem ver em ultravioleta. Elas também são muito sensíveis às mínimas vibrações no ar e na terra. Acho que esta deve ser a base: eu consigo sentir o movimento de tudo ao meu redor, dizer as formas e posições das coisas pelo seu efeito na passagem do ar, mesmo quando não estão no meu campo de visão. Consigo sentir as vibrações quando alguém saca uma arma ou começa a apertar o gatilho. Talvez eu consiga sentir o cheiro de pólvora e lubrificante. Mas, seja lá o que for que meu cérebro faça para processar essa informação, ela está num nível instintivo, animal, então não consigo registrar essas coisas conscientemente. Nem consigo saber direito o que estou sentindo. Mas reconheço o perigo quando sinto.

– E você sente um... formigamento? Foi assim que você descreveu? Não entendi direito.

– Ele me falou – começou MJ – que é o tipo de calafrio que desce pela espinha quando você está com muito medo ou nojo de alguma coisa. Como um arrepio.

– Mais ou menos – Peter corrigiu. – Só que é... mais profundo, mais intenso. Parte do motivo pelo qual eu o chamo de sentido-aranha é porque, quando é muito forte, sinto que há mil aranhas andando dentro do meu cérebro. – Ele notou a reação das duas. – Desculpa, não devia ter falado isso enquanto vocês estão comendo.

– Não tem problema, querido. Meu apetite não é mais o que era antigamente. Pode continuar.

– E esse é só o aspecto físico. Não é só uma questão de perceber o perigo, mas também de reagir a ele. Quando o sentido-aranha dispara, minha adrenalina sobe e consigo desviar de qualquer que seja a ameaça. Esse instinto já salvou minha vida várias vezes. Ele permite que eu comece a desviar do trajeto das balas antes mesmo que elas saiam da arma.

– Então sou imensamente grata a ele – tia May disse.

– Eu também – acrescentou MJ.

– Não esqueça do Peter aqui.

– Mais uma coisa – tia May retomou. – Já matei aranhas o bastante nas minhas décadas de faxina para saber que elas não têm nenhuma capacidade sobrenatural de desviar do perigo. A menos que você tenha um ponto cego para jornais gigantes enrolados que esqueceu de mencionar, Peter.

Ele riu.

– Não, acho que ninguém nunca tentou isso comigo ainda. – Ele ponderou por um momento. – Acho que faz sentido que algo tão pequeno quanto uma aranha precise de uma maior consciência a possíveis ameaças em seu ambiente e um forte reflexo de fuga. Quer dizer, não há dúvida de que elas podem sentir seu jornal vindo se aproximando. Talvez elas não consigam escapar a tempo porque é grande demais em comparação ao tamanho delas. Nem eu consigo me mover tão rápido, tanto que várias coisas muito grandes já caíram em cima de mim.

– Então o sentido-aranha não é infalível – tia May apontou.

– Ele sempre me alerta do perigo, mas nem sempre consigo escapar. Eu sei aonde a senhora quer chegar, tia May, mas ele não me dá sinais falsos. Sempre que ignorei os avisos dele no passado, me arrependi.

– Então, acho que ainda estou confusa, Peter, querido. Eu entendo que ele avise você se, por exemplo, eu de repente tentar acertar uma frigideira em sua cabeça. Mas e se eu só *pensar* em fazer isso, você também sentiria?

Peter riu.

– Esse... meio que não é um bom exemplo. Lembra quando a senhora trabalhava como governanta na casa do Doutor Octopus? E você quebrou aquele vaso na minha cabeça?

Tia May fez uma careta.

– Bom, claro que eu não sabia que era você na época, Peter. E não sabia que o Doutor Octopus era um demônio. Mas, enfim, eu sinto muito, muito mesmo.

– A senhora estava fazendo o que achava certo, tia May. Enfim, meu sentido-aranha não reage a você ou a outras pessoas muito próximas a mim, mesmo quando elas estão tentando me atacar. Acho que porque eu me sinto seguro com elas.

Ela sorriu.

– É muito doce da sua parte, querido.

– Ei! – MJ exclamou. – Eu sei que disparei o seu sentido-aranha pelo menos uma vez... e foi só quando bati em você com um travesseiro!

– Bom, eu, hmm... quer dizer, eu...

Tia May deu um tapinha carinhoso na mão dela.

– Não leve para o lado pessoal, querida. Os maridos sempre têm um *pouquinho* de medo das suas esposas. E é melhor assim para a gente, não é?

Depois de um momento, MJ riu, tirando-o da situação difícil.

– Não se preocupa, tigrão. Na verdade, eu fico lisonjeada. Afinal, eu sou uma força a ser temida.

Tia May se virou para ele novamente.

– Mas pode responder a minha pergunta, Peter?

– Ah, claro. Então, com qualquer outra pessoa, eu consigo sentir que elas são perigosas mesmo se não estiverem fazendo nada especialmente perigoso na hora. Pode ter alguma coisa a ver com os feromônios delas; como eu disse, as aranhas têm um excelente olfato. Ou talvez minha sensibilidade à vibração me faça notar agressividade na linguagem corporal delas ou reconhecer a maneira como os inimigos conhecidos se movem sob um disfarce. Ou, caramba, talvez seja psíquico mesmo; não posso descartar essa possibilidade completamente, por mais improvável que seja. Qualquer que seja o motivo, eu simplesmente sei quando alguém é perigoso, mesmo quando não estão tentando me atacar.

– Então, quando o Sr. Jameson mandou o Escorpião atrás de você, ou aqueles robôs Esmagadores horrendos, seu sentido-aranha, err, "formigou" perto dele?

– Sim, eu... – Peter começou, lembrando. – Na verdade, não. – Quando Jameson contratou Stillwell para criar o Escorpião, ele tentou levar Homem-Aranha para uma armadilha, agindo com uma simpatia surpreendente. Peter lembrou de ter ficado desconfiado só por isso, mas relembrando naquele momento, ele se deu conta de que não houvera nenhum formigamento de alerta. Mesmo em uma situação ocorrida anos depois, quando Jameson confrontou Peter com fotos que provavam que ele era o Homem-Aranha (antes de Peter fazê-lo acreditar que aquelas fotos eram forjadas), ele também disparou o sentido de perigo de Peter, embora este sempre o alertasse quando sua identidade corria risco de exposição. – Para falar a verdade, não lembro de Jameson já ter disparado meu sentido-aranha antes. Talvez porque ele não tente me atacar pessoalmente. A única vez em que senti um zumbido de alerta com ele foi quando não era ele de verdade, quando o Camaleão se passou por ele durante algumas semanas. Meus sentidos-aranha devem ter reconhecido o Camaleão sob o disfarce.

– Bom, será que não pode ser isso então? – MJ perguntou. – O Camaleão não pode ter substituído Jameson de novo?

– Da última vez que ouvi, ele ainda estava numa cela em Ravencroft. Acho que vou ter que dar uma checada.

– Ou ele também pode ser um robô – continuou MJ. – Ou até mesmo um clone.

Peter olhou feio para ela.

– MJ!

Ela se encolheu.

– Desculpa, eu sei. Nunca, nunca mesmo, mencionar clones.

– Bom, pelo menos você poderia estudar a possibilidade, Peter.

Ele se voltou para a tia May.

– Vou considerar todas as possibilidades. Mas também é possível que esse seja o verdadeiro J. Jonah Jameson e que ele finalmente tenha despirocado de vez. O ódio dele por mim sempre beirou a psicose, e talvez fosse só questão de tempo até que perdesse a cabeça. Pode crer que isso acontece com uma frequência deprimente na minha vida. E, se agora ele enlouqueceu mesmo, esse pode ser o motivo pelo qual de repente começou a disparar meu sentido de perigo. Mas seja lá o que possa ter lhe acontecido, tenho certeza que ele tem alguma relação com os robôs. E eu vou descobrir qual é, mesmo que tenha que virar Manhattan de ponta cabeça.

Tia May se levantou da mesa.

– Então você vai precisar de mais bolinhos de trigo.

Ele sorriu para MJ.

– Adoro essa mulher.

• • • •

Antes que Homem-Aranha pudesse começar suas investigações, Peter Parker precisava passar no hospital para visitar seus alunos. Ele tentava visitá-los diariamente, sempre que seus deveres de combate ao crime lhe permitiam. A recuperação da maioria deles era encorajadora. Susan Labyorteaux e Koji Furuya já haviam recebido alta, embora Koji fosse usar muletas por um tempo. Susan só tinha sofrido uma fratura simples no braço esquerdo, além de vários cortes e hematomas. Seus pais declararam um milagre ela ter sido poupada de coisa pior, e Peter não podia cercear a crença deles, embora achasse que um Deus benevolente e disposto a intervir na vida das pessoas não se limitaria a ajudar apenas a pessoa que professasse mais alto sua fé. Mas Susan foi melhor do que seus pais, afirmando que todos os alunos tinham sido poupados por Deus, com uma ajudinha do Homem-Aranha. Peter gostara disso. Em sala de aula, ele e Susan viviam se digladiando em questões de ciência contra religião, mas ele estava começando a entender que ela era o exemplo das melhores qualidades da fé. Só teria de se esforçar mais para ajudar a menina a reconhecer que estar aberta a novas ideias não era incompatível com a fé, independentemente do que os pais dela dissessem.

Joan Rubinoff e Angela Campanella continuavam internadas, tratando ferimentos mais graves. Angela, uma loira jovial e popular, vinha conseguindo manter o bom humor habitual apesar dos tubos enfiados em seu corpo, sem dúvida graças ao mar de flores, balões e bichinhos de pelúcia com que seus muitos amigos e admiradores haviam povoado o quarto dela, além da multidão de colegas que vinha visitá-la (embora Peter suspeitasse que a maioria dos meninos a visitava, na verdade, com a esperança de dar uma olhada embaixo de sua camisola de hospital). Por outro lado, Joan, que costumava ser tão engraçada, havia ficado mais triste e deprimida. Peter desconfiava que a adolescente de óculos e cabelos crespos recebia poucas visitas além dos seus avós dedicados e, na maior parte das vezes, ficava se remoendo ao ver a multidão de admiradores de Angela do outro lado do corredor. Peter se lembrou de si mesmo nos velhos tempos, quando usava o bom humor para esconder sua dúvida e sua tristeza interior. Talvez houvesse uma maneira, ele pensou, de levar Joan a descobrir a mesma autoconfiança que ele tinha agora. *Claro que tem um jeito*, ele disse a si mesmo. *Dá um tempo que você consegue pensar em alguma coisa.*

Mas Bobby Ribeiro era o pior caso. Ele sofrera um traumatismo craniano quando os escombros caíram em sua cabeça e ainda estava em coma. Respirava sem a ajuda de aparelhos, e seu corpo estava se curando, mas os médicos não sabiam informar se seu cérebro se recuperaria ou em que grau se daria essa recuperação. Aquela mente brilhante, ativa e disposta a discordar, que dava tantas dificuldades e esperanças ao professor Peter, jazia agora adormecida e poderia nunca se recuperar.

A mãe de Bobby, Consuela, passava todos os dias cuidando do filho, com um bebê a tiracolo que não parava de chorar, deixando seus outros quatro filhos aos cuidados da irmã, já que o pai a abandonara antes do nascimento do mais jovem Ribeiro.

– Alguma mudança? – Peter perguntou, ao encontrá-la lá naquele dia.

– *Nada* – ela respondeu em espanhol, abanando a cabeça. – Não sei o que fazer. Não tenho dinheiro para deixar o menino aqui mais tempo. Mas como eu vou cuidar dele em casa, com tantos outros?

Peter pensou na sorte de Flash Thompson por ter uma estrutura de apoio, sem mencionar uma amiga rica como Liz, disposta a financiar seu tratamento em casa.

– Se tiver alguma coisa que eu possa fazer, é só me avisar.

Ela balançou a cabeça.

– Não estou pedindo caridade. Aquele homem, Jameson – ela disse, pronunciando o *J* espanhol –, tentou me oferecer dinheiro. Disse que era para compensar por ter colocado a foto de Roberto na internet, onde qualquer pervertido podia ver. Mas ele queria uma entrevista em troca! Mais exploração! Falei para ele enfiar o dinheiro naquele lugar.

Peter cerrou os dentes.

– Bom para você. – Ele pousou a mão no ombro dela. – Fique tranquila, Sra. Ribeiro, porque eu vou fazer tudo que estiver ao meu alcance para encontrar o responsável pelo que aconteceu com essas crianças e fazer com que ele responda pelos seus atos.

Ela lançou um olhar fixo e penetrante para ele.

– Chega de palavras vazias, *Señor* Parker. Você é um professor, não *la policia*. Não se gabe de coisas que não pode fazer. Isso não vai ajudar meu filho.

Não, Peter respondeu em silêncio enquanto se afastava. *Talvez eu não possa ajudar o menino. Mas vou* sim *fazer com que a justiça seja feita. Custe o que custar.*

– Não leve para o lado pessoal. – Ele se virou e viu que Dawn Lukens se aproximava, com o rosto triste em vez de seu sorriso costumeiro, e o cabelo castanho e ondulado solto. – Todos estamos nos sentindo frustrados e impotentes por isso. Desejando que houvesse alguma coisa que pudéssemos fazer para ajudar, mas sabendo que não há nada a não ser esperar e torcer.

– Há algo que podemos fazer – ele assegurou, impaciente com a atitude derrotista dela. – Podemos ajudar as crianças a passar por isso, mostrando nossa confiança. Sendo fortes por elas.

Dawn balançou a cabeça.

– Não sei se consigo mais, Peter. – Ela suspirou. – Eu tinha tantos ideais quando comecei. Queria moldar a mente dos jovens, inspirar a curiosidade deles, compartilhar meu amor por Shakespeare, Twain, Donne, Frost... Queria ser um tipo diferente de professora, uma amiga que dividiria a jornada com eles, e não uma tirana. Em vez disso, passo metade do meu tempo confiscando celulares, separando brigas e rezando para que ninguém tenha uma arma na sala de aula... lutando uma batalha perdida para manter esses alunos focados na lição de casa quando eles estão lutando contra a miséria, sofrendo com gangues e aturando pais desempregados. – Ela parou e olhou para o quarto de Bobby. – E agora isso.

– Não seja tão dura consigo mesma – ele disse. – Você é uma boa professora. Os alunos te respeitam.

– Esse é o problema. Não acho que mereço mais esse respeito... se é que algum dia mereci. Meus alunos não param de me perguntar por que isso aconteceu e não sei mais o que dizer para eles. Não sei o que dizer sobre nada. Não tenho mais respostas. Acho que não posso mais continuar nesse emprego.

Ele a observou.

– Dê algum tempo. As coisas *vão* melhorar. Tenho certeza.

Ela lhe lançou um olhar feio.

– Você não entende, né? Acha que tudo é tão fácil. Você é jovem, não passa de um amador. Pensei que aprenderia a ter alguma humildade com essa experiência, mas está em negação.

– Não estou – ele disse, reconhecendo tarde demais a ironia em sua resposta, mas continuando mesmo assim. – Aconteceu uma coisa terrível aqui. Isso eu entendo... mais do que qualquer pessoa que você conheça. Mas também entendo que a gente não ganha nada se culpando por isso. Isso só nos impede de encontrar soluções de verdade.

– Nem tudo tem uma solução, Peter! Bobby Ribeiro pode nunca acordar de novo! Que tipo de solução a gente pode dar a nossos alunos para algo assim?

Peter conteve sua resposta agressiva, lembrando a si mesmo que estava no controle da situação. Ele era o mocinho e seu trabalho era ajudar as pessoas necessitadas e confusas. Mas ela não estava disposta a dar ouvidos ao que ele tinha a dizer.

– Acho que você precisa fazer o que achar melhor. Se acha que não pode mais ajudar essas crianças – ele acrescentou, com a voz branda –, talvez precise encontrar uma maneira de fazer uma contribuição significativa. Mas eu não tomaria nenhuma decisão apressada se fosse você.

Ela não pareceu tranquilizada.

– Olha, Peter... Eu sei que você tem boas intenções. Mas não largue seu emprego para virar psicólogo, tá? – Ela lhe deu as costas e foi embora, deixando-o desconcertado.

Bom, enfim, ele pensou. *Eu tentei. Talvez depois ela entenda, quando não estiver tão abalada.*

Ele começou a caminhar em direção à saída. *Fiz tudo que eu podia aqui. Mas Dawn está errada. Existe sim uma coisa que eu posso fazer para ajudar. Ela pode achar que não tem nenhuma resposta, mas eu sei onde procurar as minhas.*

• • • •

Uma passada rápida no Instituto Ravencroft confirmou que Dmitri Smerdyakov, também conhecido como o Camaleão, também conhecido como milhares de outras pessoas em épocas diferentes, estava encarcerado em segurança e não tinha qualquer condição de fingir ser outra pessoa. Riscando essa possibilidade da lista, Aranha passou os dias seguintes recolhendo informações sobre os suspeitos habituais em casos como aquele. Ele achava uma perda de tempo, pois tinha certeza de que Jameson estava envolvido de alguma forma e teria preferido manter o foco nele. No entanto, investigou os outros construtores de robôs que conhecia só para contentar MJ e tia May e mostrar que estava considerando todas as opções.

A primeira parada, obviamente, foi Alistaire Alphonso Smythe, o inventor maluco que herdara a franquia de Esmaga-Aranhas do falecido pai. Até onde Peter sabia, Smythe ainda estava encarcerado na Ilha Ryker desde seu último embate, mas como seus velhos inimigos pareciam ressurgir de maneira inesperada, ele sabia que precisava confirmar. Felizmente, ele tinha experiência em invadir aquela penitenciária em particular, embora não com frequência suficiente para que os diretores tivessem colocado tecnologias à prova de Aranha no prédio ou treinassem os guardas a ficar de olho nos telhados.

Ele chegou à cela de Smythe e a encontrou ocupada pelo presidiário esperado. Smythe havia mudado muito o visual ao longo dos anos, mas Aranha o reconheceu pelo seu último confronto: magro, de pele pálida, com o cabelo castanho desgrenhado na altura dos ombros. A única coisa que estava faltando eram os óculos. Ele andava de um lado para o outro da cela, como um animal selvagem enjaulado, absorvido em seus pensamentos, até que Aranha avançou e chegou ao seu campo de visão. Smythe ergueu os olhos estreitados, sem precisar de uma visão apurada para reconhecer quem estava agachado de cabeça para baixo no teto.

– Homem-Aranha! – ele exclamou entre cuspes.

– Ahh, agora sim – o Aranha respondeu. – Finalmente um bandido que entende a etiqueta dessas coisas. Eu apareço, o bandido olha para cima, grita meu nome e faz xixi nas calças.

– Não fique se achando, aracnídeo. Mesmo que não houvesse reforçado entre a gente, você não me daria medo.

– E também é por isso que eu gosto de vilões mais instruídos. Muita gente lá fora não sabe a diferença entre inseto e aracnídeo. Mas você sempre acerta, e só quero que você saiba, Aly, que eu fico grato com isso.

– Continue falando, Homem-Aranha. Os guardas vão passar a qualquer minuto.

– Ah, só passei aqui para bater um papinho. Como você está, Aly? Está gostando da comida da prisão? Se exercitando bastante? Fazendo novos amigos? Construiu algum robô bom recentemente?

Smythe estreitou os olhos.

– Ahh. Sim, ouvi falar das suas briguinhas. E você acha que eu teria alguma coisa a ver com aquilo? Daqui?

– Não seria a primeira vez que um preso daqui faz uso criativo das máquinas da oficina.

– Sim, as fugas do Doutor Octopus e do Abutre são verdadeiras lendas na prisão. É por isso que eles não deixam mais presidiários tecnicamente bem-dotados usarem a oficina sem forte supervisão. De qualquer modo, fico ofendido que você atribua aquelas máquinas toscas a mim. Pode confiar, Homem-Aranha, quando você encontrar a morte nas mãos de um Esmaga-Aranha, vai saber que é obra minha. E além disso, você não estava acusando Jameson de estar por trás dos ataques?

– Estou explorando várias pistas diferentes – Aranha replicou.

– *Humpf!* Você é realmente maluco o bastante para achar que *eu* trabalharia com aquela escória da humanidade? Com o homem que causou a morte do meu pai jogando-o contra você, para começo de conversa?

– Ei, foi ele quem abordou Jonah!

Mas Smythe o ignorou.

– O homem responsável pela minha prisão? Que me bateu com um taco de beisebol na última vez em que a gente se encontrou? Quero aquele canalha morto, Homem-Aranha! Talvez mais do que quero você morto, embora isso esteja sujeito a mudanças.

– Ei, Aly, você devia me agradecer! Você era um gorducho preguiçoso, mas depois de todos esses anos me caçando, ganhou até um tanquinho.

– Na verdade eu preferia ser um gorducho preguiçoso, Homem-Aranha. Dava muito menos trabalho. Contudo, não posso relaxar até ver você e Jameson mortos. Só espero que seja lá quem estiver atrás desses robôs cuide de pelo menos metade dessa tarefa por mim.

– E quem seria essa pessoa?

Smythe deu uma risada ameaçadora.

– Bem que eu queria saber, Homem-Aranha, assim teria o prazer de não te contar. Mas vou ter que me contentar com o prazer de saber que você está completamente perdido.

Homem-Aranha esperou, mas Alistaire não disse mais nada.

– Ah, vá. Não ganho nem uma gargalhada malévola? O que aconteceu com a etiqueta?

Mas seu sentido-aranha começou a formigar e, um segundo depois, ele ouviu o som de passos.

– Talvez os guardas lhe deem uma lição sobre a etiqueta de entrar onde não é chamado. Adeus, Homem-Aranha.

Aranha saiu dali às pressas, mas ainda tinha mais uma parada a fazer antes de sair da prisão. Ele precisava confirmar que Electro ainda estava encarcerado. Encontrou-o em uma ala reservada aos prisioneiros "especiais", numa cela com paredes de borracha equipada especialmente para ele. Não pôde resistir a fazer uma pequena provocação por trás do grosso painel de vidro insulado.

– Você em uma sala de borracha. Não sei por que, Faísca, mas combina tanto com você!

– Você! – Dillon rosnou e cerrou os punhos; seu cabelo se arrepiou e crepitou. Mas nada além disso aconteceu; os Vingadores haviam garantido que ele fosse descarregado e, sem acesso a uma fonte de energia, não teria como carregar a bateria química viva que era seu corpo. Tudo que ele tinha agora era a carga que seu próprio sistema nervoso conseguia criar. O isolamento servia mais para impedir que ele influenciasse sistemas elétricos fora da cela do que para impedir que ele fugisse como um raio.

Mas Dillon se acalmou e riu.

– Pode me zoar o quanto quiser, Cabeça de Teia; o fato é que eu derrotei você. De novo. E, dessa vez, você nem me deu trabalho.

– Talvez, mas o que você ganhou com isso? Você não ficou com os diamantes, perdeu seus brinquedos moderninhos e apanhou de uma menina!

– É, sim. Mas ouvi dizer que você continua tendo problemas com robôs.

Aranha se aproximou.

– Onde você ouviu isso?

Dillon deu de ombros.

– Por aí.

– Se você souber de alguma coisa...

– Do que eu saberia daqui? Nem tenho TV ou rádio. Alguns policiais me interrogaram, só isso. Este é o problema dos meus poderes: quando estou aqui, não tem telefone, luz, automóvel, nenhum luxozinho. – Ele abriu um sorriso afetado. – Só me dá mais motivo para querer dar o fora.

O Aranha inclinou a cabeça.

– Então por que os policiais te interrogaram?

– Porque eles são burros. Sempre investigam todas as pistas, mesmo as mais idiotas. Eu roubei uns robôs, planejei um assalto e você entrou no caminho, então obviamente, quando algum maluco manda um robô especialmente para te matar, precisam saber se eu sei de alguma coisa. Falei para eles o que eu sei: que eles são um bando de babacas sem noção. – Ele riu consigo mesmo. – Caramba, não preciso te matar, já acabei com a tua raça.

– Que ótimo! Então agora você pode se aposentar e largar a vida do crime.

– Até parece.

O Aranha saiu antes que os guardas chegassem. Ele estava cansado do jeito arrogante de Electro e não havia mais nada a descobrir ali. Mesmo que Electro tivesse aprendido a controlar robôs a distância, ele não tinha como construir nenhum deles.

• • • •

– Então quem sobra? – MJ perguntou quando estavam se deitando na noite seguinte, praticamente a primeira chance que tiveram de conversar desde o *brunch* no dia anterior, embora tivessem esperado para conversar depois de tratarem de prioridades conjugais mais urgentes. E ele a tinha deixado falar antes, já que parecia chateada. Ela tinha ido visitar uma pequena livraria que conhecia, a qual antes fora um teatro, localizada um pouco ao sul do Distrito Teatral, que reunia estudantes de artes dramáticas. Eles deram muito apoio a ela no começo de sua carreira, mas ela constatara que, em uma estranha demonstração de elitismo reverso, passaram a ser frios agora que ela estava conseguindo trabalhos relativamente frequentes nos palcos. Pelo jeito, achavam que atores profissionais se achavam bons demais para se rebaixar a fazer uma visita, e o fato de MJ ter ido por vontade própria, aberto um espaço na sua agenda lotada para passar e dizer "oi", não causou nenhuma reação calorosa da parte deles. Mas ela decidira seguir o exemplo de Peter e não se deixar abater pela negatividade deles, resolvendo deixar para lá e simplesmente não se incomodar mais. Talvez ela realmente fosse melhor do que eles, mesmo que não pelos motivos que eles pensavam.

Mas, apesar de sua demonstração de indiferença, MJ ficou feliz em mudar de assunto e falar sobre a investigação de Peter, ajudando-o a repassar a lista de suspeitos.

– Tem o Consertador – Peter disse, referindo-se a Phineas Mason, um inventor extraordinário que fornecia equipamentos, armas e outros aparelhos mecânicos para diversos criminosos. – Robôs não costumam ser o tipo dele, mas ele já construiu um ou dois, pelo que sei.

– Mas por qual motivo? Quero dizer, ele pode não ser seu maior fã, mas nunca foi diretamente atrás de você, foi? Ele é um homem de negócios, então cadê o lucro nisso?

– Você tem razão. – Peter riu baixinho. – Na verdade, a maior parte dos negócios dele vem de pessoas à procura de armas mais fortes para acabar comigo. Acho que foi graças a mim que ele pagou a faculdade dos netos. Se é que ele tem netos.

– Se tiver, eles devem ter os brinquedos mais legais.

– Enfim, pedi para Felicia dar uma olhada. – MJ esfriou com a menção da ex-namorada. Mas Felicia Hardy havia feito negócios com o Consertador no passado, comprando equipamentos que aumentavam poderes para compensar a perda dos seus superpoderes e permitir que ela continuasse atuando como Gata Negra. – Eles têm uma relação profissional, então talvez descubra se ele está envolvido nisso. Mas eu acho improvável.

– Então quem mais é suspeito? – MJ refletiu. – E o Mestre dos Robôs?

Peter balançou a cabeça.

– Eu dei uma olhada. Stromm ainda está dormente.

– Dormente?

Peter deu um tapa na própria cabeça.

– Não te contei? Aconteceu um pouco antes de eu descobrir que você estava viva. – MJ fez uma careta ao ser lembrada do sequestro.

Peter continuou contando sobre seu último encontro com Mendel Stromm, o industrial e inventor que havia se voltado para o crime com o codinome de Mestre dos Robôs. Em vez de tentar atacá-lo com robôs, como fizera no passado, Stromm tinha entrado em contato com o Homem-Aranha em busca de ajuda. Um programa de computador que Stromm criara à sua própria imagem o tinha transformado em ciborgue, tentando controlar a sua mente e desmontar seu corpo até que ele se tornasse nada mais do que uma cabeça presa a um equipamento de suporte à vida em um esconderijo sob a subestação elétrica de uma das maiores empresas de energia de Nova York. O programa havia feito experiências com a rede de energia da cidade para tentar tomar controle sobre ela e, no processo, sobrecarregara as linhas de energia da Times Square, causando uma tempestade de sobretensões elétricas, pondo em risco centenas de vidas apenas para aprender a andar. Stromm havia lhe contado sobre a ambição do programa de se reproduzir e tomar conta das redes de computadores do mundo. A única maneira de impedir que o violento programa se espalhasse, dissera ele, seria matar o próprio Stromm, livrando-o do sofrimento no processo. Incapaz de tirar uma vida, mesmo naquelas circunstâncias, Peter pedira a um amigo programador que desenvolvesse um vírus que congelasse Stromm e seu sósia de inteligência artificial em um circuito recursivo que, basicamente, o deixaria em coma até que Peter encontrasse uma maneira de resgatar o Stromm humano sem liberar o programa Stromm no mundo. Infelizmente, as complicações da sua vida deixaram pouco tempo para que ele pensasse numa solução e, embora sempre estivesse com o problema em mente, não tinha feito nenhum avanço. – Stromm ainda está em coma e faz tempo que desmontei todo o equipamento que não fazia parte do seu suporte de vida. Então não pode ser ele.

– Quem mais?

– Bom... tem o Edwin Hills, o bilionário dos computadores. Quando você estava em Hollywood, ele mandou um robô atrás de mim como parte de um esquema maluco para encenar batalhas entre heróis e vilões para canais de TV alternativos e fazer apostas para ver quem ganhava. Só que o robô dele era tão, mas tão *tosco*... Não era nem feito para lutar. Ou seja, ele anunciava os ataques antes de cometê-los! Um nerd que nem ele nunca criaria algo tão maligno quanto aquele robô cortador.

– E o Doutor Octopus? Ele inventou aquelas armas.

– Mas nunca fez muita coisa com robôs. Ele é egoísta demais para deixar uma máquina matar o Aranha por ele, com exceção dos tentáculos, mas ele acha que aqueles braços de metal fazem parte de si. E ele ainda está nas notícias depois daquele lance do Triple X; se ele tivesse fugido depois daquilo, a gente ficaria sabendo.

– Algum outro robô no seu vasto passado?

Peter tinha pouco a contar além de alguns encontros aleatórios. Havia inúmeros supervilões com o conhecimento técnico – o Mago, o Arcade e até mesmo o Doutor Destino –, mas nenhum deles tinha motivos que ele conseguisse discernir. O Mago costumava atacar o Quarteto Fantástico, e Arcade era especializado em sósias androides e armadilhas mortais extremamente elaboradas. E o Destino mal dava atenção para o Homem-Aranha. Certa vez, ele dera na cara do ditador latveriano, mas isso tinha sido depois de salvar a vida dele, o que, segundo a noção bizarra de honra do Destino, os tinha deixado quites.

– E, no fim das contas, Jameson foi o único que disparou meu sentido-aranha. Ele é meu maior suspeito.

– Ele não é um construtor de robôs.

– Mas a mulher dele é.

– Marla? Você acha que ela está por trás disso também?

– É o que vou descobrir amanhã.

– Mas ela não tem nada contra o Homem-Aranha.

– Mas é casada com Jonah. As pessoas vivem fazendo coisas pelos cônjuges que não fariam por outros motivos.

MJ abriu um sorriso malicioso.

– Nem me diga. Sou uma das especialistas nesse assunto.

– Bom – Peter disse, acariciando o cabelo dela –, mas existem *certas* compensações, não?

– Ahh, pode apostar – ela respondeu, com uma risada sonora. – Essa sua flexibilidade de aranha tem algumas utilidades bem interessantes.

– Sei fazer algumas coisas bem legais com minha teia também. Eu adoraria mostrar...

– Talvez... se você se comportar *muito* bem.

• • • •

O Homem-Aranha sempre se sentia um pouco desconfortável quando seu trabalho o levava para o Upper East Side. Aqueles provavelmente eram os terrenos mais caros em todo o país, a região favorita de políticos e pessoas influentes, e Aranha sempre se sentia como se precisasse colocar uma gravata e abotoaduras brancas sobre o uniforme antes de ir para lá. Era um tanto nobre demais para um menino de classe média vindo do Queens.

Mas esse, ele se lembrou, era o antigo e inseguro Homem-Aranha. *O que faz com que as pessoas que moram aqui sejam melhores do que eu?*, ele se perguntou enquanto passava pela Museum Mile em meio ao ar fresco da manhã. *A maioria deles herdou a riqueza, ganhou aparecendo na frente das câmeras ou se aproveitando de um jeito ou de outro de pessoas. Tipo, se liga, muitos deles são políticos! E um deles é o J. Jonah Jameson.*

Além disso, ele já tinha morado por um curto período perto dali, quando a carreira de MJ era particularmente lucrativa. *E isso não me fazia nem um pouco melhor do que sou agora, morando em um prédio velho de frente para um rottweiler maluco que fica tramando contra mim. Sou eu que mantenho essa cidade segura para eles. Por isso, tenho tanto direito de estar aqui quanto qualquer outra pessoa.*

Ainda mais porque sua vida estava em jogo. Ele estava decidido a descobrir se Marla Jameson era a pessoa por trás da construção dos robôs. Então, empoleirou-se do outro lado da rua do prédio em cuja cobertura moravam ela e Jonah, e ficou à espreita.

Depois de um tempo, viu uma figura conhecida – de quarenta e poucos anos, cabelo curto e óculos, séria, mas bonita – saindo do saguão e sendo levada por dois seguranças até um carro que esperava por ela. *Jonah previu que eu apareceria*, ele pensou. *Mandou proteger Marla. Mas tudo bem... não quero atacar a mulher dele, só ver aonde ela está indo.* Ele sabia que ela tinha um laboratório na Universidade Empire State, mas se estava trabalhando em um projeto secreto, era possível que agisse em alguma outra instalação.

Em silêncio, ele desceu pela lateral do prédio a fim de se aproximar o bastante para lançar um rastreador aranha no carro dela. Ele confiava em sua capacidade de rastrear o carro visualmente, mas caso o perdesse no trânsito ou fosse distraído por algum crime no caminho, o sinal do rastreador o ajudaria a reencontrá-lo.

No entanto, antes que conseguisse disparar o rastreador, um dos guardas o avistou e gritou:

– Homem-Aranha, nordeste, alto! – *Maldição. Jonah tinha feito um bom trabalho explicando a eles o que procurar. Tanto esforço para fazer uma abordagem sutil.* Ele não teria como seguir Marla agora.

Então, decidiu conduzir uma entrevista improvisada. Os guardas o cercavam, mas ele lançou teia em suas armas e pousou em cima do carro.

– Precisamos conversar, Sra. Jameson – ele disse, ao mesmo tempo em que sentia um zumbido de perigo vindo dela, assim como havia sentido perto de Jonah. – Qual é a sua relação com os ataques de robôs? – ele exigiu saber.

Mas o sinal de perigo se intensificou, alertando Aranha para novas ameaças vindas de todos os lados. Outras tropas de segurança estavam surgindo do saguão e das laterais do prédio, e um impulso repentino levou Aranha a olhar para o peito, onde vários pontos de raios laser se convergindo.

– Para o chão, Homem-Aranha, ou vamos abrir fogo! – alguém gritou.

– Vocês querem que eu deite no chão? Mas estou tão confortável em pé! – Ele fez menção de encolher os ombros enquanto falava, mas apenas o suficiente para posicionar os braços de maneira a disparar uma rede de teia à sua frente como um escudo. Um instante depois, pulou para trás do carro e se escondeu sob ele, escorregando por debaixo do veículo estacionado à sua frente, tudo em questão de segundos. Ao olhar para trás, viu os guardas levando Marla de volta para o prédio. Ele disparou um rastreador para ser fixado sob o chassi do carro de Marla, mesmo sabendo que seria bem improvável que desse certo, afinal, achava que a equipe de segurança de Jameson encontraria e neutralizaria o rastreador antes de deixar que ele voltasse a ser usado. Ele tinha perdido a sua chance e, seja lá o que Marla estivesse planejando, ela seria ainda mais cuidadosa dali em diante. Em vez de tentar confrontar os seguranças, Aranha continuou rastejando sob os carros até encontrar uma boca de esgoto por onde descer.

Mas agora sei que ela e Jonah estão armando alguma coisa, ele pensou a caminho da estação de metrô mais próxima da Avenida Lexington para pegar uma carona para casa. *Talvez seja a coisa mais importante que eu precisava descobrir aqui.*

7 POR UM FIO

COMO ERA DE SE ESPERAR, Jameson encheu o blog com suas opiniões sobre o incidente com Marla. Ele resmungou sobre como Homem-Aranha havia começado a perseguir sua família, que sua esposa tinha medo de sair às ruas e se via sitiada na própria casa, e assim por diante. Citou a atitude mais agressiva de Aranha como prova de sua instabilidade crescente – assim como cada vez mais convencia Peter de que tinha sido ele quem puxara seu tapete. O frustrante, porém, era que a opinião pública parecia estar do lado de Jameson. Os noticiários locais estavam cheios de entrevistas com pessoas expressando sua preocupação pela "pobre Sra. Jameson", rotulando Homem-Aranha como um obcecado e fazendo insinuações perturbadoras a respeito de suas intenções para com Marla. Mesmo as manchetes nos jornais mais equilibrados como o *Times* e o *Globe* estavam começando a soar como uma típica manchete do *Clarim*.

Não importa, Peter se tranquilizou. *Já fui acusado de coisas piores e a verdade sempre veio à tona. Quando eu desmascarar a família Jameson, as pessoas vão ver.* Ele estava cada vez mais certo da culpa deles nos incidentes com os robôs. Felicia havia relatado que o Consertador não estava trabalhando em nenhum robô e estava, na verdade, de férias fora do estado. Peter achou aquilo suspeito, mas Felicia lhe assegurou que havia confirmado o álibi. Ela tinha investigado as oficinas vazias dele pessoalmente, confirmando que não existia nenhum projeto robótico de grande porte em processo. Rastreara as atividades dele e não encontrou nenhum sinal de que ele havia recebido o material necessário para tal projeto. Havia até obtido imagens de segurança que o mostravam embarcando em um avião do aeroporto JFK e desembarcando em

Miami, embora não deixasse claros os métodos que usara para obter essas informações (e ele não tinha certeza se queria saber). Felicia estava confiante de que Mason não estava envolvido, e Peter acreditava que, sempre que houvesse uma ameaça à segurança dele, Gata Negra não deixaria uma pista passar, a menos que tivesse certeza de que não levaria a lugar nenhum. Por isso, com poucos outros suspeitos possíveis, a família Jameson parecia cada vez mais culpada.

A ideia de Jonah Jovial desonrado e preso de uma vez por todas era muito atraente para Homem-Aranha. Ele imaginava com frequência como sua carreira teria sido diferente se JJJ não estivesse presente em todos os passos do caminho, tornando pública sua opinião contra ele. *Imagina se Jonah fosse embora para sempre, se Robbie dirigisse o Clarim*, Peter matutou. Robbie Robertson era um homem justo que acreditava nas boas intenções do Homem-Aranha. Talvez, num mundo como aquele que imaginava, o Aranha finalmente redimisse sua imagem e recebesse o merecido reconhecimento.

Mas antes, precisava conseguir evidências sólidas contra Jameson. E fazer isso como Aranha não estava dando muito certo; então decidiu que era hora de trabalhar disfarçado de Peter Parker. Ele já havia trabalhado no *Clarim* por tempo suficiente para que ninguém achasse estranho se ele aparecesse lá.

Além disso, seria uma boa oportunidade para rever velhos amigos. De fato, assim que entrou na redação, Betty Brant, sua ex-namorada do colégio e agora uma repórter experiente, avistou sua chegada e abriu um sorriso radiante.

– Peter!

– Ei, Betts – ele disse, enquanto ela corria até ele e o abraçava. – Como anda o chuchuzinho da redação?

– Por que você não pergunta diretamente para ele? – Betty retorquiu, apontando para Ben Urich. O copista despenteado e quase careca abriu um sorriso sarcástico para ela e acenou para Peter, mas pelo jeito estava ocupado demais em uma matéria para fazer qualquer coisa além disso. – Não fique ofendido – Betty disse. – Ele está no rastro de uma série de roubos.

– E quando é que não está?

Peter passou alguns minutos botando o papo em dia com Betty e com outras pessoas na redação, e não demorou para que Robbie Robertson percebesse o que estava acontecendo e viesse cumprimentá-lo.

– Pete, oi, estava torcendo para que você aparecesse aqui algum dia. Queria que você soubesse que sinto muito pelos seus alunos. Se algum deles precisar de ajuda com despesas médicas, é só avisar a gente.

– Obrigado, Robbie. Sabia que *você* pensaria assim.

Robertson entendeu a ênfase.

– Eu sinto muito pelo que Jonah fez. Você sabe como ele se deixa levar, mas quando percebeu que o que tinha feito magoaria você... bom, ele não é do tipo que admite, mas ficou arrependido.

– Você não precisa se desculpar por ele, Robbie. – Houve um tempo em que Peter acreditou que o bom caráter essencial de Robertson tinha passado para Jameson, melhorando-o enquanto jornalista e pessoa. Agora, estava começando a considerar se isso fazia de Robbie um catalisador ou só alguém que confiava demais nas pessoas. – Na verdade, vim aqui para falar com ele pessoalmente. A gente precisa conversar sobre algumas coisinhas.

Como se aproveitando a deixa, veio o berro:

– Que conversinha toda é essa aqui? Isto é uma redação ou um clube social? – O zumbido de perigo surgiu um momento depois, e Peter se virou para ver Jameson, que parecia ter acabado de voltar do almoço, já que ainda estava com o casaco. – Ah, Parker, é você. Devia ter desconfiado. Já não bastava você transformar essa redação num clube particular quando tirava fotos para mim! Você não tem mais o que fazer da vida, não?

Robbie riu para si mesmo.

– Ele sentiu sua falta, cara. – Robbie deu um tapinha nas costas de Peter e seguiu seu caminho.

– Você sabe que não consigo ficar longe da sua doce voz por muito tempo, Jonah – Peter respondeu, reprimindo a tensão. Ele não queria revelar suas desconfianças e nem que aqueles jornalistas inteligentes sacassem outras coisas. Ele nunca tinha conseguido fazer aquele lance de engrossar a voz que os dubladores de super-herói faziam ao trocar de identidade, pelo menos não sem parecer idiota. A máscara de Homem-Aranha, que cobria todo o rosto, abafava um pouco a sua voz, mas era um disfarce limitado. Na maior parte do tempo ele confiava nas personalidades diferentes que projetava. Como Peter, sempre falava com a voz baixa, algo originado pela timidez. Sob a máscara, ele se sentia livre para falar de maneira impetuosa, estridente e agressiva, liberando o nova-iorquino gritalhão que sempre esteve escondido dentro dele. Era uma camuflagem acidental porém eficaz para a sua voz, e ele havia aprendido a cultivar isso intencionalmente. Peter tinha vencido a timidez, mas ainda costumava manter a voz baixa, e o humor seco e reservado. Portanto, por mais que quisesse gritar com Jameson agora, sabia que precisava controlar a raiva para não deixar transparecer nenhum tom de voz do Homem-Aranha. Se Jameson estivesse em uma onda maluca de vingança, Peter não podia correr o risco de deixar que ele descobrisse sua verdadeira identidade. Ele não deixaria que MJ, tia May ou seus amigos se tornassem alvos mais uma vez.

– Isso significa que você finalmente decidiu voltar a trabalhar para mim? Tem alguma ideia de como tem sido difícil encontrar fotos boas do Homem-Aranha desde que você se demitiu?

– Achei algo mais importante para fazer, Jonah. Algo que significa muito para mim e para um monte de jovens de bom coração.

Jonah bufou.

– Olha... se você está aqui por causa daquelas fotos no meu blog...

– Prefiro discutir isso em particular.

– Certo, certo. Venha até meu escritório.

Quando entraram no elevador, Jameson voltou a falar.

– Você sabe que não fui eu quem tirou aquelas fotos, certo?

– O problema é elas terem sido publicadas.

– Então culpe o canalha que botou as fotos na internet!

– Ah, eu culpo sim.

– E culpe Homem-Aranha também! Você devia estar tão furioso com ele quanto eu, Parker. Aqueles seus alunos nunca teriam se ferido se ele não tivesse deixado aqueles robôs correndo por aí. Para começar, tenho certeza de que foi ele quem deixou os robôs à solta.

Mesmo sem o sinal de perigo constante em sua cabeça, teria sido difícil resistir à vontade de pular no pescoço do dono do jornal. Controlando-se muito, Peter perguntou:

– Você tem alguma prova disso?

– Nada sólido ainda. Mas eu talvez tivesse se você ainda fizesse seja lá o que fazia para conseguir aquelas fotos dele. – Jameson estreitou os olhos. – Ou talvez não. Sempre desconfiei da relação entre vocês dois. Sempre achei que você sabia mais sobre ele do que dizia. Você não deixaria de tentar proteger aquele maldito, não é, Parker? Nem mesmo depois que ele machucou seus alunos?

– Eu não tenho mais relações com o Homem-Aranha, Sr. Jameson. Sou um professor agora, não um fotógrafo. Não preciso mais dele. – Um pensamento passou pela cabeça de Peter. Jameson estava claramente tentando culpar o Homem-Aranha por aquele crime, um crime que poderia muito bem ter sido cometido por ele mesmo. Até que ponto ele estava disposto a chegar para conseguir isso? – Na verdade, a gente meio que teve uma desavença um tempo atrás. Fiquei cansado dele sempre se intrometer na minha vida, me enchendo para lhe dar alguma publicidade. Então mandei que enfiasse as teias naquele lugar.

Jameson deu uma gargalhada.

– Ora, Parker, e não é que você tem colhões? Estou orgulhoso de você, meu garoto. – Ele deu um tapa nas costas de Peter, que precisou reunir todo o seu autocontrole para não atacar Jameson violentamente, como seus instintos ordenavam. – Acredite em mim, é melhor para você ficar longe daquele maníaco. – Ele abriu um largo sorriso. – Por mais que isso não faça bem para nossa vendagem.

– Sabe – começou Peter quando saíam do elevador –, acho que eu poderia ser convencido a ajudar o *Clarim* pelos velhos tempos.

Os olhos de Jameson brilharam.

– Você está falando de pegar a velha câmera de novo? Sair no rastro do Aranha?

– É possível. Mas do meu jeito agora. Na verdade... como você me ajudou tanto ao longo dos anos – ele disse, esforçando-se para não ranger os dentes –, eu posso aceitar alguns trabalhos.

– Como o quê?

Jameson guiou Peter até seu escritório (ou melhor, o escritório temporário que estava usando enquanto sua suíte executiva no último andar era reformada) e pendurou o casaco no cabide ao lado da porta. Peter esperou enquanto JJJ se encaminhava para sua mesa. Quando o dono do jornal ficou de costas para ele, Peter tirou um rastreador aranha do bolso, apertou para ativar o sinal e enfiou dentro do casaco de Jameson. Sentindo seus pulsos ultrassônicos com o sentido-aranha, Peter saiu de perto do cabide enquanto Jameson se voltava para ele de novo.

– Bom, me diga você, Jonah. Você anda fazendo muitas acusações específicas contra o velho Cabeça de Teia nos últimos dias. Talvez queira fotos para... ilustrar essas acusações em particular.

– Parker, se você conseguisse pegar Homem-Aranha no flagra, ganharia um bônus por isso. Eu colocaria você na lista de cartão de Natal da minha família, isso sim. Mas se você e ele não estão mais se dando bem, como você se aproximaria dele o suficiente para encontrar provas?

– Tenho certeza de que poderia dar um jeito nisso – insinuou Peter, piscando um olho.

– Ei... espera um minuto – Jameson se levantou de um salto. – Espera só um minuto! Você está insinuando que eu permitiria que você forjasse uma foto? Como você ousa? Eu devia ter desconfiado! Você sempre foi uma fraude! Devia ter expulsado você daqui na vez que forjou aquelas fotos que mostravam que o Homem-Aranha era o Electro! Por que eu me deixei convencer em aceitar você de volta? Muita coragem sua de se aproveitar da minha famosa generosidade desse jeito!

– Calma, Jonah, foi só uma ideia à toa.

– Pois vai ficar à toa bem longe do meu escritório, seu charlatão de meia-tigela! Os jovens de hoje jamais saberão o que é integridade! Eu nunca aceitaria uma história sabendo que é uma fraude! As únicas vezes em que isso aconteceu foi quando aberrações como você se aproveitaram da minha confiança! E não é como se eu precisasse falsificar alguma coisa! – ele continuou, empurrando Peter para fora da sala. – Afinal, o Homem-Aranha é culpado! Não preciso falsificar o que já é verdade! Agora dá o fora daqui! Rápido, e não apareça na minha porta de novo!

E assim, Peter estava de volta ao elevador. Quando as portas se fecharam entre ele e Jameson, que ainda reclamava, ele praguejou. Tinha esperança de fazer com que Jonah confessasse alguma coisa, mas o dono do jornal estava decidido a seguir com sua atuação. *Eu quase teria acreditado nele se meu sentido-aranha não estivesse apitando o tempo todo. É óbvio que ele representou bem. Mas, enfim, ele consegue gritar desse jeito até quando está dormindo. E provavelmente grita. Isso não prova nada.*

Mas ele havia conseguido plantar o rastreador com sucesso. *Logo vou ter a prova de que preciso.*

Depois disso, era questão de esperar. Aranha passou as horas seguintes patrulhando Midtown East e Murray Hill, mas se manteve perto o bastante do edifício Goodman para sentir quando Jameson começasse a se mover. Ele impediu um assalto no St. Gabriel's Park e ajudou a limpar a área de um acidente com quatro carros na FDR Drive. Deu uma passada nas Nações Unidas para ver a chegada do Quarteto Fantástico para uma solenidade diplomática e suportou alguns minutos de piadas do Johnny Storm por deixar que Electro e os robôs escapassem. No entanto, recusou-se a aceitar a provocação e o Tocha seguiu seu caminho, dizendo que Aranha não tinha mais tanta graça. Um pouco depois, ficou com fome e pousou diante de um vendedor de cachorro-quente espantado. Ele sempre guardava um pouco de dinheiro no cinto de utilidades para emergências, e aqueles carrinhos metálicos eram a melhor fonte de comida barata da cidade.

Naquela noite, quando Jameson saiu do escritório, Aranha estava pronto, empoleirado sobre o prédio do outro lado da rua, de frente para o *Clarim*. Ele sentiu o sinal do rastreador ecoando enquanto se movia: o carro de Jameson estava saindo da garagem e dirigindo-se para o oeste pela 39. Aranha disparou uma teia e saltou atrás dele. No alto do balanço, lançou outra, mais curta, no Burroughs Building, que ficava na esquina da 39 com a 3. Se Jameson virasse para o norte em direção à sua casa, ele poderia dar a volta e segui-lo, mas, se o carro continuasse indo para o oeste, poderia soltar o fio e disparar outro para continuar reto.

O carro deu seta para fazer a curva, então o Aranha deixou que a teia também o levasse a fazer uma curva. Mas de repente, seu sentido-aranha disparou e a teia se soltou. Em queda livre, girou no ar e pousou com segurança na lateral do edifício de número 600 na 3ª Avenida do outro lado da rua. (A essa altura, não devia haver nenhum arranha-céu na cidade cujo número ou nome Aranha não conhecesse. Como dependia deles para se transportar, ele havia se tornado um especialista e tanto.) Olhou ao redor para encontrar a origem do ataque e a encontrou vindo de cima. Um vulto retangular descia em sua direção, suspenso no ar por um par de cabos finos ancorados àquela torre e ao Burroughs. Pelo som agudo que ele fazia, parecia estar rolando pelos cabos para descer, mas em ritmos diferentes, sendo que agora estava vindo na horizontal, em sua direção. Quando o trambolho se aproximou, ele pôde ver que era feito de uma série de polias empilhadas capazes de rodar independentemente, como o ferrolho da corrente de uma bicicleta deitado. Aranha saltou para o lado quando uma fenda em uma das polias se abriu na direção dele e disparou um tipo de projétil rodopiante. Pela maneira como o projétil se enfiou nos painéis de aço preto em que ele estava há pouco, aquele troço devia ser bem afiado.

Aranha se esquivou para trás da esquina sudoeste do edifício, estendeu a mão, dando a volta, e disparou uma gosma de teia contra o robô. Mas outro cilindro se abriu e disparou um forte jato de ar, que desviou a teia. Um novo cabo saiu para se ancorar acima dele, ao mesmo tempo em que os dois primeiros cabos se soltaram e começaram a girar. Eles revolviam com força enquanto o robô avançava contra ele, então Aranha precisou saltar em pleno ar para não ser esfolado vivo.

Infelizmente, o prédio mais alto do outro lado da rua, o Dryden East, estava vinte andares abaixo dele. Abrindo os braços para estabilizar a queda e planar um pouco para o oeste, ele disparou uma rede ampla de teia sobre a rua para ter onde cair com segurança. Ela se esticou quando ele caiu sobre ela, absorvendo seu peso, e ao se segurar na superfície elástica, ergueu os olhos para ver o que o robô dos cabos estava fazendo agora. Ele estava descendo pelo arranha-céu por um cabo e soltando outro para se ancorar no edifício Dryden East. Em seguida, usou mais um cabo para se ancorar no prédio de número 600 da 3ª, na mesma altura em que estava, soltou o primeiro cabo e começou a cair na direção dele, disparando discos afiados assim que chegou à altura de Aranha. *Caramba! Esses troços são tão rápidos quanto eu! Só que mais malvados!* Ele saiu da teia tropeçando, disparou um fio curto para os telhados baixos a oeste do Dryden e saiu correndo. O robô continuou seguindo-o, ainda soltando seus cabos e se equilibrando horizontalmente. Homem-Aranha subiu por uma teia até o Court Hotel, que era mais alto e ficava do outro lado da Lexington, e o robô soltou outro cabo, subindo para seguir o herói. Aranha disparou uma rede de teia na direção do robô, mas um jato forte de ar jogou a teia para o lado.

Se eu ainda tinha alguma dúvida de que esses ataques eram contra mim, pensou Aranha, *elas acabaram de acabar. Esse troço foi feito sob medida para rebater meus ataques.* Além de tudo, estava no caminho entre ele e Jameson.

Mas, enquanto o robô dos cabos continuava a subir, Aranha teve a chance de virar para o norte e captar o sinal do rastreador de novo. Disparando um fio de teia na direção dos prédios mais baixos do lado norte da rua, desceu em alta velocidade, esquivando-se de um disco afiado enquanto chegava na altura do robô. Ele estava a alguns andares do chão, e os clientes da lavanderia, da cantina e do restaurante gritaram e correram atrás de um abrigo. Ao soltar a teia e pular sobre o próximo telhado, ele avistou um anúncio de uma CARTOMANTE abaixo dele e pensou: *Queria saber o que ela tem a dizer sobre a minha vida nesse momento.*

Querendo evitar que a batalha acontecesse na rua, tanto por sua segurança como pela dos transeuntes, ele disparou uma teia na direção do prédio alto mais próximo em seu caminho e foi subindo pelos arranha-céus que ficavam cada vez mais altos em direção ao nordeste, na tentativa de recuperar o sinal do rastreador.

Mas um disco afiado vindo do nordeste cortou sua teia enquanto ele subia, obrigando-o a pousar na parede de aço inoxidável do Mobil Building, cujas falsas saliências piramidais se enfiavam desconfortavelmente nas solas de seus pés. Ele olhou para trás para verificar e, de fato, o robô dos cabos continuava subindo atrás dele, vindo do sul. Mas outro estava vindo na direção dele vindo do leste.

– Ah, que ótimo, gente, juntem-se contra o único que não tem pele de metal! – Ele escalou até o telhado, mas o segundo robô de cabos subiu mais rápido, com um som agudo cada vez mais cortante, e chegou ao topo antes dele. Quando Aranha chegou ao amplo terraço plano, o robô dos cabos já estava avançando em suas três pernas, parecendo usar jatos de ar para se propelir e disparando discos afiados contra ele.

Aranha se esquivou e deu um salto mortal para desviar dos discos. Uma rajada súbita dos fortes ventos daquela altitude soprou um disco na direção dele depois que já havia sido desviado, fazendo um corte na lateral esquerda do seu tronco que rasgou o elastano e a pele. Ele continuou seguindo apesar da dor, preparando-se para saltar e disparar um fio de teia até a gárgula mais próxima em cima do Chrysler Building do outro lado da rua. Se conseguisse chegar ao pináculo, o segundo ponto mais alto de Manhattan, estaria em terreno alto e controlaria a única rota de aproximação possível.

Mas, enquanto se aproximava da beira do terraço, viu uma garra compacta atracada no canto. Ele chegou à beira e viu o primeiro robô se lançando em sua direção, enrolando-se rápido para acumular velocidade enquanto subia e desenrolando-se, também rapidamente, conforme avançava em um trajeto ascendente. O robô disparou mais discos no trajeto de Aranha ao passar atrás dele, e disparou outro cabo para se ancorar na parte de baixo do pináculo sobre o terraço do Chrysler Building, bloqueando seu trajeto para noroeste. Preso em um fogo cruzado de discos afiados, Aranha sofreu outro corte, dessa vez na coxa.

– Vou mandar a conta do meu alfaiate para vocês! – E então o segundo robô, no outro canto do terraço, disparou mais um cabo para se prender em uma das gárgulas do Chrysler e se içou no ar, impedindo que Aranha seguisse para o nordeste. *Uh-oh. Eles se rebelaram, eles evoluíram, e eles têm um plano.*

Ele tentou prendê-los numa rede de teia, na esperança de que os jatos de ar dos robôs não tivessem força suficiente para a desviarem completamente; mas, por ironia do destino, a grande área de superfície da teia fez com que os ventos da altitude elevada a soprassem de volta contra ele. Ele precisou pular para a esquerda a fim de desviar da própria armadilha e pousou na beira do terraço, disparando uma teia para se prender ao canto sudeste do Chanin Building. Deu a volta segurando-se à teia para ficar atrás do prédio, longe dos robôs, e avançou para o oeste. Ele já podia ouvir os ruídos agudos o seguindo. Um estava logo atrás dele sobre a 41ª, o outro avançava pela 42ª para bloquear seu caminho para o norte.

Não estou jogando bem, ele pensou. *Este é o problema de lutar com robôs: sem ninguém para fazer piada, eu perco o ritmo.*

– Pelo menos com os Esmaga-Aranhas, tinha alguém com quem conversar – ele disse, só para ouvir sua própria voz. Deu meia-volta, voando de costas para gritar contra seus perseguidores. – Que tal isso, gente? Alguém está ouvindo? Vendo? Pode rir agora! – Mas os robôs continuaram em silêncio, exceto pelo ruído cada vez mais inquietante de suas bobinas e do ocasional assovio que indicava o lançamento de um disco afiado.

Mas uma coisa é certa: eles definitivamente estão tentando me manter longe de Jonah. Isso o encheu de uma nova determinação. *Então por que eu estou deixando? Para de só reagir e* faz *alguma coisa.*

Ele se virou para o sul sobre a Avenida Madison, em busca de um bom lugar aonde atrair um dos robôs para uma emboscada. Um momento depois, deu-se conta de que sua mudança de rumo havia sido motivada pelo fato de estar a um quarteirão da biblioteca. Ele não queria levar mais nenhum robô assassino para lá. Mas a onda de fúria que veio com esse pensamento aumentou ainda mais sua determinação.

Ele guiou os robôs pela Madison por mais dois quarteirões, desviando dos discos afiados, então virou para o oeste e escalou até o topo do 425 da 5ª Avenida, uma torre fina azul e amarela com listras brancas verticais, que parecia algo montado com peças de um Lego gigante. Era o prédio mais alto das redondezas, e era relativamente isolado, de modo que, para subir nele, os robôs precisariam ancorar seus cabos na própria torre. Isso daria a chance de que ele precisava. *Eles estão sabotando minha teia, então posso fazer o mesmo com eles.*

Assim que a garra compacta de um dos robôs se ancorou no prédio, Aranha saltou para baixo na direção dela. Ele lançou fluido de teia por todo o braço do robô, cobrindo-o com uma camada grossa de vários metros. Quando o robô se enrolou sobre o cabo na direção dele, logo começou a se enrolar na parte coberta, e o ruído foi diminuindo até se tornar um som baixo e agudo conforme a teia bloqueava o mecanismo de bobinas. Aranha parou um momento para colocar outro cartucho no disparador de teia, e então cobriu a garra com mais teia e a arrancou da parede, jogando-a em direção ao chão. O robô caiu, mas se segurou mais abaixo com os dois outros cabos, um sobre a torre de Lego e o outro perto do topo do número 260 da avenida Madison, um prédio branco mais baixo a meio quarteirão ao leste. Mas o cabo cheio de teia continuou pendurado inutilmente sob ele, contraindo-se conforme o mecanismo de bobinas se esforçava para se livrar da obstrução.

Aranha desceu até onde o cabo seguinte estava ancorado e repetiu o procedimento nele. O outro robô tentou acertar Aranha, mas ele conseguiu se segurar. O robô danificado (ou seu controlador) aparentemente havia aprendido com seu erro, pois dessa vez parou de rolar na direção do cabo cheio de teia e recuou na direção oposta. Aranha rastejou ao longo do cabo, desviando dos discos afiados enquanto lançava mais teia pelo cabo. O robô disparou um quarto cabo para acertar o Mercantile Building, ao norte, e soltou a garra do segundo, deixando o cabo cair na esperança de que Aranha caísse junto.

O herói se segurou a uma teia ancorada diretamente no novo cabo, balançando-se para subir sobre ele, e repetiu a manobra. Prestativo, o robô também repetiu sua reação e, com um só cabo restante, despencou. O robô conseguiu evitar uma colisão contra a lateral do número 260 da Madison disparando um jato de ar, mas Aranha já havia se posicionado e estava enchendo de teia o último cabo, disparando bem para onde o robô estava se dirigindo a fim de impedir que ele parasse e mudasse de rumo. Em vez disso, o motor morreu. Só dois dos motores estavam obstruídos, mas o robô não poderia subir completamente pelos dois outros cabos e, portanto, não conseguiria mirar e atirar. O robô estava imobilizado.

E agora? Ahh. No terraço abaixo dele, havia várias torres de água pequenas que eram marcas registradas do horizonte de Manhattan. Depois de arrancar a última garra do robô, Aranha o balançou de um lado para o outro e, por fim, lançou-o contra um dos tanques, onde o robô se espatifou sobre o teto cônico de madeira. O clarão reluzente e o estalido vindo dele provaram que o robô não tinha sido projetado para ficar embaixo d'água.

– Haha! Um a menos, baby, e agora vou atrás de você! – ele gritou provocando enquanto saltava para desviar dos discos afiados do outro robô.

No entanto, quando seguiu na direção da garra ancorada mais próxima do robô, um pouco acima no Mercantile Building, este soltou a garra e caiu, recuando-se para o oeste.

– Ha! Melhor sair correndo! Ninguém derrota o Homem-Aranha na minha cidade! Não aceite imitações!

Mas o som de vidro estilhaçado o silenciou. O robô dos cabos não estava batendo em retirada, mas simplesmente avançando para o prédio ao lado, o Fifth Avenue Tower, um condomínio de vidro de trinta e três andares de altura. O robô havia lançado três de seus quatro cabos pelo vidro e estava disparando dezenas de discos afiados pela lateral do prédio, fazendo cair uma cachoeira de estilhaços de vidro na direção do solário no nono andar do condomínio e da rua abaixo dele.

Aranha tinha poucos segundos para salvar os moradores e transeuntes abaixo. No entanto, estava a meio quarteirão de distância. O único ponto a seu favor era a resistência do ar, que reduzia a velocidade da queda do vidro, mas que não ajudava tanto. Ele pegou o maior impulso que pôde da lateral do 260 da Madison, descendo sobre um terraço no meio do caminho, e pulou diretamente sob o vidro que caía, disparando redes de teia sobre ele. A teia apanhou a maioria dos cacos e ele estendeu o disparador direito para prender a rede à fachada do prédio, de modo que a massa de teia e vidro grudasse à parede. O impacto quebrou mais vidro, e o pouso do Aranha sobre a teia quebrou ainda mais. No entanto, a teia aguentou.

– É! Por essa você não esperava, né? – ele gritou para o robô.

Contudo, o mecanismo estava descendo, disparando suas garras contra outras janelas e fazendo com que elas se estilhaçassem sobre Aranha e as pessoas abaixo dele. O herói olhou para baixo, vendo que havia algumas pessoas ali, feridas pelos cacos de vidro que não tinha conseguido apanhar. O velho Homem-Aranha poderia ficar paralisado pela culpa por ter sido lento demais. Porém, naquele dia, Aranha refreou esses pensamentos imediatamente e se concentrou na missão diante dele, lançando uma rede de teia o mais rápido que pôde para cobrir a rua sobre ele. O vidro que caía cortou alguns dos fios, mas a maioria aguentou. Ele lançou mais teia para apanhar o resto, e então desceu até o solário para checar os feridos.

Então ouviu o ruído familiar do robô de cabos descendo e soube que estava prestes a ser atacado. O robô havia colocado civis em perigo para distraí-lo, deixando-o vulnerável para o abate. Mas ele não cairia nessa. *Nenhuma vara de pescar com mania de grandeza vence o Homem-Aranha*. Ele pegou uma mesa do pátio e usou-a como escudo.

– Quem consegue se mover leve os feridos para dentro! – ele berrou quando discos afiados se afundaram na mesa. Quando os tiros pararam e ele ouviu o robô se enrolando para chegar a uma nova posição, lançou a mesa na direção em que o robô se movia. Jatos de ar sopraram a mesa, mas como esta tinha mais inércia do que um fio de teia, quase não teve seu trajeto desviado. Ela atingiu o robô com força suficiente para fazê-lo chacoalhar.

O mecanismo se recuperou e apontou para o Aranha, disparando uma garra contra ele como se fosse um arpão. *Os discos devem ter acabado*, ele pensou enquanto desviava às pressas e segurava a garra em pleno ar, enchendo o cabo de teia com a outra mão. Entretanto, o outro cabo disparado foi na direção dos civis, que ainda arrastavam os feridos para um lugar seguro. Aranha prendeu o cabo em pleno voo com um fio de teia e o fez parar com um puxão.

– Agora chega – ele gritou. Jameson havia passado dos limites, atacando inocentes de maneira deliberada como peças de seu jogo de vingança. Homem-Aranha estava fervilhando de raiva agora. Por sorte, ele tinha um alvo fácil.

Aranha catou alguns dos pedaços maiores de vidro que haviam caído sobre o solário e os atirou um a um contra o robô com toda a violência de sua fúria. Eles não eram tão afiados quanto os discos, mas o atingiram com força. O robô sofreu alguns cortes na carcaça, porém continuou se enrolando para cima e se afastando. Aranha pegou mais cacos de vidro e deu sequência ao ataque saltando vários andares até o terraço do outro lado da rua. O robô tentou lançar um cabo contra ele de novo, mas Aranha desviou com um pulo e agarrou o corpo do robô, acertando-o com os punhos. No começo foi uma liberação de raiva impensada, mas aos poucos ele começou a direcionar seus esforços, alargando os cortes na carcaça com os dedos e, em seguida, usando as mãos para abri-los ainda mais e enfiar os braços dentro do robô para arrancar suas peças. A bobina de um dos cabos cedeu e se deixou cair enquanto a outra ficou entupida e paralisada, de modo que o robô balançou para baixo e bateu contra o canto do Mercantile Building, dessa vez sem o jato de ar para amortecer o impacto. Aranha pegou carona nele e o chutou com os dois pés quando ele atingiu a parede, fazendo-o cair ainda mais. O herói fixou as solas dos pés na parede, agarrou os cabos, arrancou-os e deixou que a máquina quebrada caísse no pátio abaixo.

A essa altura, a polícia e os paramédicos já haviam chegado, e estavam entrando no prédio para cuidar dos feridos. Aranha desceu e interceptou dois deles.

– Posso levá-los lá em cima mais rápido, gente – ele disse. – Segurem-se na maca! – Eles se seguraram com firmeza e o Aranha ergueu a maca com os dois paramédicos sobre ela até o solário, por sobre a parede de vidro. – Cuidado por onde andam, tem vidro por todo lado – ele aconselhou quando os colocou no chão.

Olhando para a rua abaixo, notou que uma equipe de TV estava se instalando na área também. Ele desceu pela parede, prendendo-se apenas com alguns dedos para deslizar mais rápido e pousou na frente da repórter.

– A gente está ao vivo? – ele perguntou. – Quero fazer uma declaração antes que isso seja distorcido.

A repórter assentiu com a cabeça.

– Só um segundinho – ela disse, voltando-se para o câmera, que a ligou um segundo depois. – Obrigada, Diane. Estamos ao vivo na Fifth Avenue Tower, onde acabou agora há pouco uma batalha entre Homem-Aranha e dois robôs aracnídeos. O incrível é que o próprio Homem-Aranha acabou de aceitar dar uma declaração exclusiva para mim sobre o incidente. Isso mesmo, aqui vocês sabem antes.

Aranha deu um passo à frente antes que ela tivesse tempo de se promover ainda mais.

– Obrigado. Quero deixar claro o que ocorreu aqui antes que certas pessoas movidas por interesses egoístas distorçam os acontecimentos. Esses robôs me atacaram enquanto eu estava seguindo uma pista sobre os ataques anteriores. Está claro que eles foram projetados para me atacar, usando cabos para imitar meus movimentos e fortes jatos de ar para desviar minhas teias. Quando derrotei um deles, o outro começou a quebrar as janelas do prédio, colocando civis em perigo para me distrair. Infelizmente, houve alguns feridos apesar dos meus esforços, mas como vocês podem ver, coloquei minha segurança em risco para proteger o povo de Nova York. – Ele se virou para mostrar à câmera os cortes no tronco e na perna, assim como os machucados nas suas luvas rasgadas.

– Como você tem coragem?! – Aranha e a repórter se viraram para ver uma mulher abalada de meia-idade correndo na direção dele. – Vocês, grandes heróis e suas lutas no céu, não ligam para o que cai em cima da gente aqui embaixo! Meu marido morreu! Olha só para ele!

Em choque, Homem-Aranha seguiu o braço dela, o qual apontava para os paramédicos que levavam uma maca carregando um saco com um cadáver.

– O vidro caiu e cortou meu marido, um corte horrível... – Ela tremeu, perdendo a voz por um momento, e por reflexo, Aranha deu um passo à frente em solidariedade. Mas a mulher se enrijeceu com sua aproximação e gritou: – Por que você, senhor Grande Herói, estava ocupado demais se gabando que é invencível! Você estava se vangloriando quando devia estar vendo o que aquele troço estava prestes a fazer com a gente!

– Homem-Aranha, isso é verdade? – perguntou a repórter.

– Não – ele disse, e então repetiu com mais vigor. – Não. Eu sinto muito pela perda dessa mulher, mas ela não está lembrando claramente. Eu agi o mais rápido que pude e impedi que a maior parte do vidro caísse no chão. Sei que a senhora quer me culpar porque era eu quem estava aqui. Mas quem matou seu marido foi a pessoa que construiu aqueles robôs. E juro para você que vou encontrar essa pessoa e fazer com que ela pague por isso.

– Sai de perto de mim – gritou a viúva. – Sai daqui! – Ela correu em direção ao corpo do marido.

Homem-Aranha se voltou para a câmera.

– Você está me ouvindo? Sei que você está assistindo e que vai tentar voltar isso contra mim. Mas não vai dar certo, está me escutando? Você passou dos limites e isso muda tudo! Sei quem você é e vou provar isso para o mundo! De um jeito ou de outro, eu vou acabar com você!

8 TEIA DA CONFUSÃO

NA MANHÃ SEGUINTE, a postagem abaixo estava no blog *O Alerta*:

> Muitos comentaristas desta página reclamaram que dedico postagens demais à minha "obsessão" pelo Homem-Aranha. Alguns até chegaram ao ponto de fazer insinuações obscenas sobre o "verdadeiro" motivo porque passo tanto tempo pensando no aracnídeo. Embora eu não ficasse surpreso se o próprio Homem-Aranha tivesse feito essas afirmações. Aqui nessa coisa triste chamada internet, seria fácil para ele me assediar anonimamente. Aceito isso e me consolo com o fato de que, pelo menos aqui, ele não pode me calar à força. (As pessoas pensam que a teia dele é um tipo de arma moderna no combate ao crime, mas posso afirmar que, pela minha longa experiência com aquele vândalo, ele vive usando sua teia para pregar peças cruéis em jornalistas incautos, muitas vezes invadindo seus escritórios particulares para deixar "surpresinhas" em suas cadeiras, isso quando não os ataca fisicamente com aquela teia, fazendo com que corram risco de morrerem asfixiados.)
>
> Mas estou desviando do assunto. O fato é que eu adoraria ter a chance de falar sobre outros assuntos além de aberrações mascaradas com dedos adesivos. Tenho muitas outras coisas a dizer para o povo desta cidade, deste país e deste planeta. Teria o maior prazer em publicar minhas opiniões relativas ao que o prefeito, o governador e especialmente o presidente estão fazendo de errado, por que este país, antes grandioso, está entrando pelo cano, e sobre o que exatamente precisa ser feito para que os jovens de hoje tomem tento e ajam corretamente. Eu adoraria passar meu tempo falando com vocês sobre verdadeiros heróis, os policiais, os bombeiros e os cidadãos comuns que saem às ruas e protegem pessoas sem

se esconder atrás de superpoderes ou acessórios fetichistas, pessoas que simplesmente cumprem suas funções sem buscar glória ou fama. Sempre que pude, tentei ao máximo discutir essas ideias nesta página.

É o próprio Homem-Aranha que impossibilita isso. Ele continua a perturbar esta cidade com suas rixas infinitas contra cientistas malucos e aberrações mascaradas, e na última semana, esses ataques de robôs se agravaram ainda mais. Os cidadãos e prédios de Manhattan foram colocados em perigo, e Homem-Aranha esteve no centro de todos os incidentes. Se não os estiver maquinando pessoalmente, sem dúvida os provocou em parte por suas rivalidades contínuas.

Porém, desta vez, em sua última batalha, ele levou tudo a um extremo fatal, gerando uma cascata de cacos de vidro que cruelmente tirou a vida de Paul Berry, um recém-aposentado engenheiro elétrico que havia se dado bem na vida e só agora começa a aproveitar sua idade crepuscular ao lado da esposa, Iona. Infelizmente, essa não é nem de perto a primeira vez que inocentes perdem a vida por causa das lutas do Homem-Aranha. Mas raras foras as vezes em que ele foi tão insensível e oportunista em relação a isso. Raras foram as vezes em que ele esteve tão disposto a explorar a morte de um homem inocente para seus próprios objetivos perversos.

Se você assistiu aos noticiários ontem à noite, viu o Homem-Aranha pulando na frente de uma câmera para dar sua versão do incidente antes que alguém tivesse a chance de juntar os fatos. Ele alegou que a pessoa por trás dos ataques dos robôs pretendia "distorcer" os fatos do incidente contra ele. Isso apenas um dia depois que invadiu uma entrevista coletiva dada por mim e insinuou que eu tinha alguma relação com esses ataques.

Sim, senhoras e senhores, o verdadeiro plano do Homem-Aranha está claro agora e mostra o quão distorcido ele se tornou. Ele pretende acusar a mim, J. Jonah Jameson, de ser o responsável por essas agressões. Ele quer desonrar seu crítico mais ferrenho e não descarta explorar a morte de um ser humano para tanto. É essa a ação de um herói?

De fato, admito que houve o tempo em que participei de alguns experimentos robóticos voltados para a captura humana e o desmascaramento do Homem-Aranha. Na maioria dessas ocasiões havia mandados de prisão expedidos contra ele, de modo que eu estava apenas cumprindo meu dever como cidadão proeminente de Nova York. E nunca apoiei ou participei de qualquer ataque contra qualquer pessoa que não o próprio Homem-Aranha.

Foi ele mesmo quem agravou a situação nos últimos dias. Sem se contentar mais em pregar peças de mau gosto contra mim, ele agora busca me culpar por uma série de ataques fatais contra nossa cidade, ataques pelos quais ele próprio é responsável, de uma forma ou de outra. Essa nova agressividade, essa nova tática de usar a imprensa para difamar seus opositores, esse maior desprezo pela vida humana apontam em uma direção que tenho medo de contemplar. O Homem-Aranha sempre foi detestável, irresponsável e nunca passou de um vândalo de meia-tigela cujo poder subiu à cabeça. Agora, porém, ele parece estar ficando cada vez mais insano, cada vez mais perigoso. Temo pela minha própria segurança agora, e pela segurança da minha família.

Mas não pensem que vou recuar. Já enfrentei bandidos, mafiosos, espiões, assassinos e monstros ao longo da minha carreira, e nunca deixei que me impedissem de realizar meu trabalho de jornalista. Sempre estive disposto a dedicar minha vida à busca da verdade e, se for derrubado por ter a coragem de falar a verdade sobre a ameaça que é o Homem-Aranha, não consigo pensar em uma maneira mais honrosa de cair. Mas homens melhores do que ele já tentaram acabar com J. Jonah Jameson, e ainda estou aqui. E pretendo continuar aqui, falando a verdade e colocando vândalos, covardes e criminosos em seu devido lugar por um bom tempo ainda.

Então, você acha que pode me enfrentar, Homem-Aranha? Vá em frente e tente.

– Talvez eu devesse mesmo publicar respostas no blog de Jameson – Peter falou para MJ naquela noite, no breve intervalo entre o retorno dela dos ensaios e a saída dele para suas funções de Homem-Aranha. Ele já estava colocando o uniforme e MJ aproveitava a oportunidade para admirar seu corpo musculoso e flexível, ainda que fizesse caretas discretas ao ver os cortes e machucados que o decoravam, uma visão rotineira a que ela ainda não tinha se acostumado. – Não anonimamente, mas como Homem-Aranha. Eu poderia provar que sou eu mesmo lembrando-o de algum detalhe particular ou coisa parecida, como aquela vez em que o prendi com teia no teto. Ou aquela *outra* em que eu o prendi com teia no teto. – A passos rápidos, ele atravessou o pequeno apartamento e MJ precisou sair do caminho. – Se eu postasse de um local diferente a cada vez, ficaria difícil para ele me rastrear pelo IP.

– Você não devia estar lá fora investigando em vez de estar se incomodando com isso?

– Eu preciso parar de deixar que Jameson monopolize a imprensa. Desta vez, vou publicar meu lado da história para que todo mundo veja. Deixar que as pessoas decidam a verdade por si mesmas.

Ela sorriu.

– Por que você não contrata um assessor de imprensa e acaba logo com isso?

– Não pense que nunca considerei isso. Estou pensando em fazer isso pessoalmente, afinal, até onde as pessoas sabem, Peter Parker foi o *paparazzo* particular do Homem-Aranha durante a maior parte da carreira dele.

MJ sempre ficava incomodada quando Peter falava de si mesmo na terceira pessoa, ainda mais como duas pessoas diferentes. Ela sabia que era uma maneira conveniente (às vezes, ela desejava que alguém inventasse novos pronomes para super-heróis), mas não conseguia deixar de se preocupar com o esforço de se manter uma dupla identidade. No entanto, desde que começara a atuar, ela se pegava caindo no mesmo comportamento, preferindo se referir a suas personagens pelo nome em vez de "eu". Ela ficava um pouco mais tranquila quando pensava no Homem-Aranha e, às vezes, até na imagem pública de Peter Parker como papéis que seu marido representava. Mesmo assim, havia momentos em que preferia que ele não fosse um ator tão metódico.

Esse era um dos momentos em que ela ficava com medo de que ele estivesse imerso demais no papel de Aranha.

– Peter Parker também é meu marido – ela o lembrou – e Mary Jane Watson-Parker não quer que "ele" chame muito a atenção das pessoas para a relação "dele" com o Homem-Aranha. Já me preocupo demais com você embaixo da máscara – ela continuou, suavizando o tom de voz e segurando as mãos. – Preferia que menos pessoas atacassem você quando tirasse a máscara.

Ele sorriu.

– Ei, não se preocupe, MJ. Eu sei me cuidar. – Ele retomou suas preparações, pegando um novo lote de cartuchos de fluido de teia do aglomerado de tubos e frascos que usava para misturá-los. Era "a destilaria", como ela havia passado a chamar, porque a lembrava das instalações que Hawkeye e outros personagens daquela série *M*A*S*H* usavam.

– Então, qual é o plano para hoje? – ela perguntou. – Uma patrulha rápida e de volta para a caminha, talvez? – Ela terminou a frase com um murmúrio convidativo na voz.

– Vamos ver. Talvez eu fique de vigia na casa do Jameson por um tempo.

Ela franziu a testa.

– Ainda não consigo acreditar que J. Jonah Jameson esteja por trás disso tudo. Quer dizer, ele não é nenhum Mahatma Gandhi, mas nunca matou ninguém.

– As pessoas mudam, MJ. Eu mudei, você mudou, nós dois para melhor. Mas às vezes as pessoas mudam para pior. Pense no Norman Osborn. Harry Osborn. Miles Warren. Curt Connors. Existem monstros dentro de todos nós.

– Pense um pouco, Peter. Você só tem uma intuição. Sempre que tentou encontrar alguma evidência sólida para apoiar essa teoria, apareceu alguma coisa para te impedir.

– Pois essa é a minha evidência, MJ. Eu vou atrás do velhote e sou atacado. Causa e efeito. Além disso, não existem outros suspeitos viáveis.

– Então talvez seja alguém novo.

– É o Jameson, MJ! Tenho certeza! O sentido-aranha não mente. É ele, e eu vou provar! Vou mostrar para o mundo o hipócrita mentiroso que ele é!

– Então é esse o problema? – ela perguntou, com as mãos nos quadris. – O que é mais importante para você, Peter, salvar vidas ou o seu ego?

– É isso que eu faço, MJ. Encontro os bandidos e acabo com eles.

– Mas você anda tão mudado ultimamente, Peter. Você está ficando tão...

– Confiante? Decidido?

– Agressivo. Inflexível. Você anda se jogando com tudo no trabalho e eu fico pensando que talvez devesse parar um pouco e olhar o quadro geral.

– Só porque eu não estou mais recitando Hamlet antes de toda luta não significa que não vejo o quadro geral. Pelo contrário. Finalmente deixei de permitir que as pessoas me convencessem de que estou sempre errado.

– Mas você não está sempre certo também.

– O que você está querendo dizer? – ele perguntou, incisivo. – Você acha que eu fiz besteira? Não venha me dizer que você acredita mesmo naquela mulher do jornal!

– Você está falando da Iona Berry?

– Ela estava nervosa, abalada. Não sabia o que estava falando.

– Então por que você falou dela? – MJ quis saber. – Só falei que você não está sempre certo e você pensou nela na hora.

– O que você quis dizer, então?

– Não quis dizer nada específico. Mas parece que você não tira isso da cabeça. – Ela colocou a mão no ombro dele. – Parece que *você* acha que não agiu rápido o suficiente.

– Eu reagi o mais rápido que pude.

– Então você não parou para se gabar?

– É óbvio que não. Claro, eu falei aquelas besteiras de sempre. Mas achei que ele estava fugindo. Não consigo ler mente de robô.

Não tinha como saber que ele quebraria o vidro. Ninguém teria como saber.

– Por que você pensou que ele estava fugindo? – Ela não sabia bem por que estava questionando tanto Peter sobre esse ponto. Parecia meio desleal. E, no entanto, também parecia necessário.

– Ele tinha acabado de me ver destruindo seu parceiro. Aquelas coisas se adaptavam ou estavam sendo controladas por seres humanos. Seja como for, reagiam ao que viam. Ele sabia que sofreria o mesmo destino se eu fosse atrás dele, por isso fugiu.

– Você quer dizer que ele mudou de tática. Atacou civis para distrair você.

– Sim, mas ele estava indo na direção contrária de mim. Fazia sentido supor que ele estava batendo em retirada.

– Não é você que vive dizendo que ninguém devia supor nada? – ela perguntou, tentando manter a voz suave.

– Escuta, o que você está tentando fazer aqui? Me convencer de que eu poderia ter salvado aquele cara, mas não salvei?

– Não é isso que estou dizendo. Só estou falando... que antes você costumava ser tão cuidadoso, e estou com medo do que possa acontecer se você ficar convencido demais.

Ele a olhou de cara feia.

– Não faz nem uma semana que você me falou que estava feliz porque eu tinha parado de duvidar de mim mesmo o tempo todo. Parece até que você mudou de ideia.

– Eu só estou...

– Não. Estou cansado disso. Estou cansado de levar a culpa pela maneira como todo mundo ferra com a minha vida. A culpa disso tudo é do Jameson por mandar aqueles robôs atrás de mim! Ele é o assassino aqui. Ele que é o vilão da história.

MJ olhou para ele com tristeza. Ela conhecia bem o som de alguém se recusando a encarar a realidade. Ela fizera o mesmo durante anos, escondendo-se de uma vida familiar problemática atrás de uma fachada superficial e extrovertida. Sempre que alguma coisa de ruim acontecia em sua vida, sempre que alguém que ela amava sofria, ela fugia em busca da próxima festa, onde dançava e fazia piadas até esquecer. Ela havia abandonado a irmã grávida e solteira quando ela mais precisava, um ato pelo qual ainda tinha dificuldade para se perdoar. E, quando descobrira que Peter era o Homem-Aranha, na mesma época em que estava se apaixonando por ele, havia fugido daquela relação, refugiando-se na vida rica e glamorosa de supermodelo. Levara anos para amadurecer a ponto de parar de fugir de seus problemas, admitir que estava errada e aceitar que, às vezes, era preciso se sentir mal pelas coisas. E Peter Parker a havia ajudado muito a alcançar essa maturidade.

Mas agora, as ações de Peter estavam começando a lembrá-la de seu antigo eu. Ela o conhecia bem demais para acreditar que ele fosse capaz de esquecer tão facilmente qualquer culpa por Paul Berry ou por seus alunos. A culpa estava ali, e ele estava evitando sentir.

– Ninguém está falando que você é o vilão da história, Peter – ela disse. – Mas você nunca teve medo de admitir seus erros antes.

– Por que você está se esforçando tanto para me convencer de que eu errei? Você é minha mulher, MJ. Você deveria estar me apoiando agora.

– Eu estou tentando te apoiar, Peter. Mas isso não significa que vou concordar cegamente com tudo o que você fala! – Ela se controlou. – Olha, ninguém pode estar certo o tempo todo. É por isso que é bom ter alguém do nosso lado, certo? Estamos juntos nessa.

– Ah, estamos? Então por que só vi você por uns cinco minutos nos últimos três dias?

– Você sabe como meus ensaios tomam tempo.

– Eu sei bem disso. Essa é qual? Sua terceira peça em dois meses? Assim que você termina uma, já sai procurando outra. Como assim? Você não pode tirar uma folga?

– Você sabe que peças não pagam tão bem quanto filmes. Você prefere que eu passe quatro meses em Hollywood a cada trabalho?

– Então trabalhe mais como modelo.

– E desistir de crescer como atriz?

– Quanto mais você cresce como atriz, mais diminui como esposa! Eu preciso de você aqui, MJ!

– Ah, sério? – ela retrucou. – Porque parece que você não precisa de mais ninguém, Sr. Super-Herói Que Não Erra Nunca!

– Bom, talvez eu nunca erre mesmo! – Ele terminou de colocar os disparadores de teia e vestiu as luvas.

– Então esse é o novo Peter Parker, hein? Acho que eu gostava mais do velho!

– Talvez seja porque ele deixasse você passar por cima dele. Assim como passa por cima de todo mundo. Agora chega!

Ele colocou a máscara, se fechando. Em seguida, partiu em uma direção por onde ela não poderia seguir, janela afora e noite adentro. Do outro lado da rua, Barker começou a latir, e seus resmungos ásperos contra a invasão em seu espaço aéreo soaram para MJ como ecos das palavras entre ela e Peter.

– Ah, cala a boca, cachorro idiota! – MJ gritou, pois não havia mais com quem gritar.

Logo em seguida ela se arrependeu, respirou fundo e saiu para a sacada minúscula.

– Ahh, Barker, foi sem querer – ela falou para o rottweiler, que a encarava desconfiado. – Desculpa. Você não é um cachorro idiota. Nós, as pessoas, é que somos idiotas. – Ela se agarrou aos sarrafos de metal da sacada quando as lágrimas começaram a cair incontrolavelmente. – Desculpa. Desculpa.

• • • •

– O que eu estou dirigindo aqui? – berrou J. Jonah Jameson ao entrar com tudo na redação do *Clarim Diário*. – Um jornal ou um museu de cera? Mexam-se e façam alguma coisa de útil! Eu quero respostas! Quero escancarar essa história dos robôs! – Na verdade, os repórteres não estavam exatamente parados; a redação estava movimentada como sempre àquela hora do dia. No entanto, esse movimento não o estava levando aonde ele queria chegar, ou seja, a respostas sobre a relação entre Homem-Aranha e os ataques de robôs.

Por isso, ele precisava insistir mais. – Urich! O que há de novo sobre aqueles roubos de empresas de alta tecnologia?

– Estou saindo para seguir uma pista, chefe.

– Isso pode esperar dois minutos! Você achou alguma coisa que ligue o Homem-Aranha aos roubos?

– Nada – disse Urich, com seu rosto perpetuamente enrugado. – Nenhum sinal de resíduo de teia, nenhum escombro que pareça ter sido puxado por um fio forte e fino. Os depósitos foram invadidos com força bruta, e os danos sugerem que alguma coisa mecânica foi usada. Não tem nada que sugira a maneira de agir do Aranha.

– Se ele está trabalhando com robôs, mudou a maneira de agir. Ele está escondendo. Escuta, partes dos roubos foram encontrados nos destroços dos robôs, certo?

– Uma parte sim, pelo menos no seu escritório e no Fifth Avenue Tower. Mas foram roubadas muitas outras coisas que ainda não apareceram.

– Ele pode estar construindo outros, então.

– *Alguém* pode estar, sim – Urich retrucou com a voz cínica, mas enfim, ele sempre falava com um tom cínico, então Jameson deixou passar. – Mas por que construir os robôs para destruir?

– Para parecer um herói por derrotar aquelas geringonças.

– Muito trabalho para fazer, considerando que ele já tem malucos demais em cima dele uma ou duas vezes por semana.

Jameson fez uma careta.

– Escuta, pago você para ser editor ou repórter? Pare de perder tempo e vai gastar essa sola de sapato! Não volte aqui até ter furos nela, está me ouvindo? – Depois de motivar Urich a sair e encontrar alguns indícios (aqueles repórteres preguiçosos e molengas de hoje em dia precisavam de estímulo para fazer qualquer coisa), Jameson voltou a atenção para outro lugar. – Brant! Alguma novidade sobre os adolescentes internados?

– Rubinoff vai receber alta em alguns dias – Betty respondeu sem sair da mesa. – Campanella está estável e melhorando. Nenhuma mudança no caso Ribeiro – ela acrescentou, com a voz triste. – E Campanella continua sendo a única que aceitou dar entrevista.

– Duplique a oferta para os outros. Não é exploração se forem bem pagos, e olha que isso já é um roubo. Vamos pagar a faculdade desses moleques se tivermos que gastar mais. Melhor a gente do que o *Globo*, então cai em cima! Pare de ficar sentada nessa mesa, você não é mais minha secretária, então vai! Vai, vai, vai!

Ele parou ao ver um perfil conhecido e grisalho atravessando a redação.

– Robbie! – ele chamou, caminhando para encontrar seu editor--chefe. – Que ideia é essa de mudar minha manchete para a matéria de capa sobre a tal da Berry? – Ele brandiu uma cópia do boneco provisório de primeira capa da edição seguinte, que mostrava uma foto do rosto mascarado do herói ao lado da manchete: HOMEM-ARANHA É PROCESSADO POR HOMICÍDIO CULPOSO.

– A ideia – respondeu Robbie – é que colocar só a palavra "Homicídio!" ao lado de uma foto do Aranha é uma acusação direta demais.

– Quero minha manchete de volta, Robbie! Quero esse jornal atrás de todos os passos de Iona Berry! – Esse não era nem de longe o primeiro processo contra o Homem-Aranha, mas até então, ninguém nunca tinha conseguido levar o Cabeça de Teia ao tribunal. Legalmente, o simples fato de não comparecer teria levado a uma condenação, mas rastrear o herói e obrigá-lo a pagar a indenização era outra questão. Além disso, Matt Murdock, aquele advogado de coração mole, costumava pegar casos relacionados a super-heróis (por "uma questão de princípio", segundo ele) e, em nome do Aranha, conseguia que ele fugisse de processos como aquele. Jonah pretendia instigar um protesto público contra essa injustiça, usando o caso Berry como símbolo de todos os outros para ter certeza que dessa vez chegassem a algum lugar.

– Jonah, na minha sala, por favor. – A voz de Robertson era calma, mas determinada. Sem parar de resmungar, Jameson seguiu Robbie até seu escritório e fechou a porta. – Quantas vezes vamos ter essa conversa, Jonah? – Robbie perguntou, com a voz mais acalorada. – Faz anos que você saiu da supervisão editorial direta do *Clarim*. Você mesmo reconheceu que sua objetividade não era confiável depois do escândalo do Escorpião. E você me colocou no comando porque confiava que eu manteria a neutralidade de que um jornal precisa. Mas, nesses últimos anos, você voltou a agir daquele jeito, como se ainda editasse o jornal. Eu aceito isso porque entendo que não faz parte da sua natureza guardar sua opinião para si mesmo e também porque confio no seu julgamento, na maioria das vezes. Mas numa situação como essa, Jonah, em que você faz parte da história, eu preciso bater o pé pelo bem do *Clarim*. Preciso insistir para que você mantenha suas mãos longe da cobertura da história dos robôs e de tudo relacionado a ela. Você pode continuar falando o que quiser no seu editorial, sem ultrapassar os limites da calúnia. Mas precisa deixar o resto do jornal em minhas mãos. Porque nem eu nem você vamos querer lidar com a merda que vai subir de novo, com o mal que vai ser feito contra a reputação desse jornal se você não se afastar.

Jameson vinha sentindo um calor subindo sob o colarinho ao longo do discurso de Robbie, enquanto se preparava para uma resposta mordaz... mas percebeu que não tinha nada a dizer. Aquele homem havia ganhado seu respeito e sua confiança, talvez mais do que qualquer outro ser humano. Claro, Jameson amava e confiava em sua mulher, mas... Robbie era um *jornalista*. O melhor jornalista com que Jameson já havia trabalhado. E jornalismo era o primeiro nome de J. Jonah Jameson.

Depois de um momento, Jameson suspirou.

– Eu sei, Robbie. Você tem razão. É só que... preciso fazer *alguma* coisa. Homem-Aranha está saindo do controle. Ele está atrás de mim, Robbie. Está atrás da *minha mulher*. Não posso ficar de mãos atadas.

– Entendo como você se sente, Jonah. Mas, ouvindo o que ele falou, parece que ele acha que *você* começou tudo isso. Talvez intensificar as coisas não seja o melhor a se fazer. Pode ser pior, na verdade.

– Eu *quero* que ele venha atrás de mim, Robbie. Marla vai sair da cidade; ela vai estar segura. Mas quero que ele se concentre em mim, para não machucar mais ninguém. Quero tirar aquele bicho da toca. E acabar com ele.

Robertson meneou a cabeça.

– Você já errou em relação a ele antes. Por que tem tanta certeza dessa vez? Ele nunca foi um assassino. Poxa, ele já salvou sua vida várias vezes! Ele me salvou da prisão! Ele deve ter salvado metade das pessoas neste prédio, sem falar do próprio prédio!

– E metade das vezes salvou de lunáticos que estavam atrás dele! Sim, eu sei que ele se acha um herói, Robbie. E às vezes, isso significa que ele tem sorte e salva uma ou outra vida. Mas ele é uma bomba-relógio. Alguma mutação ou acidente bizarro deu poder a ele, e ele se diverte mostrando como é forte e corajoso correndo pela cidade, batendo em seus companheiros bandidos e aberrações. Não se esqueça que ele não começou como combatente ao crime. Ele começou tentando ficar rico e famoso.

Jameson relembrou aqueles primeiros tempos, em que um misterioso "Masked Marvel" havia estreado em uma competição de luta-livre, humilhando seu rival alegremente. Em uma semana, ele começou a aparecer em programas noturnos de entrevista e competições de *monster truck* como "O Espetacular Homem-Aranha", usando sua fantasia intimidadora e extravagante, sua habilidade de escalar paredes e seus disparadores de teia chamativos que, sem dúvida, havia pegado emprestado ou roubado de algum lugar.

Na época, Jameson mal tomou conhecimento da existência dele, achando-o no máximo patético e detestável quando se dava ao trabalho de pensar na febre do momento. Mas então veio a notícia: o jovem rebelde e vaidoso havia se intrometido em uma operação policial, colocando vidas em risco ao invadir de maneira irresponsável um depósito onde um assassino armado estava se protegendo dos policiais. Foi somente a sorte que protege os criminosamente burros que possibilitou que o Homem-Aranha acabasse com o pistoleiro sem ser morto ou causar a morte de outras pessoas. Ironicamente, era o mesmo homem que havia assassinado o tio de Peter Parker poucas horas antes, e Jameson às vezes se perguntava se tinha sido algum tipo de gratidão inadequada o que levara à fascinação de Parker por fotografar o teioso. (Inclusive, houve o tempo em que ele havia cogitado, de maneira tola, que o próprio Parker pudesse ser o Homem-Aranha, usando uma câmera automática para tirar aquelas fotos malfeitas. Mas ele tinha visto os dois juntos mais de uma vez. Além disso, a tia de Parker era uma mulher doce e elegante – pelo menos até recentemente, quando mudara o tom e passara a defender as palhaçadas do Homem-Aranha. Senilidade era uma coisa triste. De todo modo, não haveria como uma mulher de classe como aquela ter criado um vândalo grosseiro como o escalador de paredes.)

Nos dias que se seguiram, Homem-Aranha começara uma cruzada súbita contra o submundo, ao mesmo tempo em que continuava com suas incursões no show business. Foi então que Jameson começou a perceber o perigo representado por aquele homem, aquele caçador de glórias que não buscava nada além de lucrar com seus poderes. Ele tinha visto que a perseguição do lançador de teias contra os criminosos não passava de mais uma tentativa de alcançar fama e fortuna, imitando os super-heróis que haviam começado a surgir nos últimos tempos. (Tanto que o Homem-Aranha tinha tentado quase imediatamente entrar para o Quarteto Fantástico, abandonando o objetivo quando descobriu que não havia dinheiro envolvido no trabalho.) E Jameson sabia que alguém assim podia acabar machucando as pessoas.

Por isso, Jameson havia começado a escrever editoriais advertindo as pessoas sobre a ameaça do Homem-Aranha. Ele não podia correr o risco de permitir que o escalador de paredes levasse o público a crer que era um herói. Infelizmente, seus esforços saíram pela culatra; a publicidade negativa havia tornado Homem-Aranha uma *persona non grata* no show business, deixando-o livre para assumir o combate ao crime em tempo integral. Jameson ainda especulava se o Homem-Aranha teria tirado essa ideia da cabeça e voltado para o show business se ele não tivesse acabado com essa carreira do aracnídeo. Mas a possibilidade de ser ele o responsável por isso só tornava ainda mais imperativo que fosse ele quem reparasse o erro.

– Ele está em busca da glória, Robbie – Jameson continuou. – E não se importa com quantas leis ou quantos bens quebre no caminho. Ele acha que está acima da lei, acima de todos nós que rastejamos aqui em baixo enquanto ele se balança acima das nossas cabeças e ri da nossa cara. Não há nada que impeça o Homem-Aranha, então por que ele não passaria dos limites?

– Por que o Capitão América, ou Thor ou Reed Richards não passaram dos limites? – Robertson perguntou. – Os heróis poderiam ter dominado o planeta milhares de vezes se quisessem e ninguém teria como impedir. Mas eles não dominaram porque acreditam que seus poderes foram feitos para o bem.

Jameson riu com escárnio.

– Ninguém é herói, Robbie. Os heróis são só uns valentões ególatras com um bom assessor de imprensa. Todos temos nosso lado negro, nosso egoísmo, nossa raiva, nosso ódio.

– Claro, mas nós nos controlamos.

– A *sociedade* nos controla. Nós não fazemos as coisas torpes que queremos fazer porque tem gente olhando. Porque vamos ser punidos por isso: vamos para cadeia, vamos ser demitidos, perder nossa posição social, ser olhados com desprezo ou repugnância pelas outras pessoas. É nosso medo de não conseguir sair impunes que nos mantém sob controle.

Ele balançou a cabeça, pensando em seu pai, o herói de guerra, e nas coisas nada heroicas que fazia quando ninguém estava vendo: as bebedeiras, a traição, as surras.

– Mas, se ninguém puder ver, se acharmos que podemos sair impunes, fazemos qualquer coisa. Para alguém que se esconde atrás de uma máscara... alguém que a polícia não consegue identificar, alguém cujos próprios amigos e parentes não devem saber o que faz... não há consequências a serem enfrentadas. Nada os impede. E, quanto mais ele conseguir sair impune, mais vai gostar de fazer essas coisas e mais longe ele vai.

Jameson lembrava de uma época em que teve inveja do Homem-Aranha. Ele salvara a vida do filho astronauta de Jameson, John, apesar do mal que o próprio Jameson havia feito à carreira dele. Embora JJJ tenha condenado publicamente o aracnídeo, culpando-o por ter sabotado a nave espacial de John em primeiro lugar em vez de dar a impressão de que estivera errado em seus avisos, em algum grau ele havia ficado grato. E, por um tempo, desejou em segredo se deixar convencer que Homem-Aranha era um herói afinal, um homem melhor do que Jameson por estar disposto a arriscar a própria vida para salvar os outros enquanto Jameson estava interessado apenas no lucro e no sucesso.

Mas isso não durou. Jameson se esforçou para se aperfeiçoar, para provar que não era um homem pior do que o escalador de teias. Ele havia se tornado um defensor dos direitos civis e da segurança pública. Havia fundado instituições de caridade de todo tipo. Tinha trazido Robbie, o melhor e mais honesto jornalista do pedaço, a bordo para aumentar a respeitabilidade do *Clarim*. Havia deixado para trás suas primeiras tentativas infantis de mandar aberrações superpoderosas ou robôs Esmaga-Aranhas atrás do Cabeça de Teia, percebendo que, ao fazer isso, só se rebaixaria ao nível do aracnídeo.

E ele havia percebido uma coisa. Por mais boas ações que praticasse, ele *ainda* as fazia em nome do lucro, mesmo que fosse pelo lucro pessoal de se sentir melhor em relação a si mesmo e ao que os outros pensavam dele. E isso também o fez perceber outra coisa: o Homem-Aranha não era melhor do que ele. O Homem-Aranha também havia começado a carreira atrás de dinheiro fácil. E se, no fundo, J. Jonah Jameson continuava sendo um oportunista atrás de dinheiro, apesar de todos os empreendimentos de caridade e campanhas heroicas que realizava pelo bem da cidade, o Homem-Aranha devia ser igual também. A única diferença era que Jameson mostrava o rosto. Era o seu próprio egoísmo que o mantinha na linha, porque ele sabia as consequências que teria de enfrentar se desviasse do caminho certo.

Ele declarou seus pensamentos para Robbie:

– Todo mundo sabe quem é o Quarteto Fantástico. Muitos dos Vingadores não têm identidades secretas, e o governo sabe quem eles são. Pessoas assim, pessoas que têm a coragem de mostrar a cara e aceitar a responsabilidade por suas ações, são dignas de confiança, pelo menos enquanto pudermos vigiá-las. Mas um solitário superpoderoso praticando justiça por conta própria com uma máscara ridícula? Aquilo é uma bomba prestes a explodir, Robbie. Não tem nada que o impeça. – E, sem nada que o impedisse, Jameson sabia que, mais cedo ou mais tarde, o Homem-Aranha faria... enfim, exatamente o que o próprio Jameson faria se achasse que poderia sair impune. Faria o que quisesse, roubaria o que quisesse e acabaria com todos no caminho.

Jameson nunca assumiria para Robbie, nunca assumiria para ninguém, mas este era o verdadeiro motivo porque odiava e temia o Homem-Aranha: porque ele o entendia. Porque sabia que, no fundo, eles eram iguais.

Que os céus tivessem piedade dos dois.

9 DE ONDE VOCÊ ESTÁ VINDO?

– ENTÃO VOCÊ NÃO CONVERSOU com Mary Jane desde a briga?

A voz de tia May era solidária e compreensiva, mas Peter podia ouvir um tom de pesar nela que ecoava sua própria tristeza. Ele estava debruçado na mesa da cozinha da casa dela e se afundou ainda mais na cadeira.

– Não. Mas nós dois andamos muito ocupados, é comum passarmos muito tempo sem nos falar. Não é nada demais.

Ela olhou para ele por sobre o ombro, sem diminuir o ritmo de seus afazeres na cozinha. Estava assando bolinhos de chocolate para uma feira de bolos da vizinhança a fim de angariar fundos para pesquisas que ajudassem pacientes em coma. Ela havia organizado a feira beneficente como forma de tentar fazer sua parte por Flash Thompson e Bobby Ribeiro. Muitas vezes, Peter pensava que ela era a verdadeira super-heroína da família.

– Esse é o mesmo tom que você usava ao dizer "não tem importância", quando os valentões da escola te provocavam. Eu te conheço.

– Tá, então não estou exatamente feliz com isso. Mas ela vai superar logo, eu sei.

– *Ela* vai, é?

Ele sentiu que ficou vermelho diante daquele tom de voz, mas se manteve firme.

– Olha, talvez eu tenha sido um pouco... grosso com ela. Mas ando sob muita pressão ultimamente. E cada vez ela me fala uma coisa! Primeiro, está feliz porque eu ando mais confiante; depois, me interroga sobre o que eu fiz ou deixei de fazer... num momento em que eu realmente precisava do apoio dela! E eu não tenho o direito de falar para minha mulher como fico chateado quando ela não está por perto? Não estou culpando MJ por isso. E, quando ela se acalmar um pouco, vai entender.

– Hmm – murmurou tia May enquanto checava a segunda fornada de bolinhos; a primeira assadeira estava esfriando em cima do balcão. – Sabe, Peter... em trinta e tantos anos de casamento, uma coisa que eu aprendi é a importância de deixar a outra pessoa ganhar algumas brigas. Chega uma hora em que você entende que faz parte de uma equipe, e que a harmonia da equipe é mais importante do que defender seu argumento, mesmo se você tiver razão.

– Sim. É exatamente isso que estou falando. – Ela o encarou com o olhar sereno e, depois de alguns segundos, ele entendeu que ela estava se referindo a ele, não a MJ. Ele suspirou. – Está bem. Vou fazer as pazes com ela... depois. Só vou dar um tempo para a gente se acalmar.

– Que bom para você, querido.

– É, pelo menos você concorda que eu tinha razão.

Ela lhe lançou um de seus olhares mais inocentes.

– Eu disse isso?

– Bom, você... hum... você concorda?

Tia May veio se sentar à sua frente.

– Claro que eu concordo, querido. Mas também acho que Mary Jane tem razão.

– Não dá para concordar com os dois.

– Por que não? Brigas em que só um lado está certo são as mais fáceis. É raro de encontrar.

Ele lançou um olhar cético para ela.

– No meu trabalho, vejo dessas o tempo todo.

– Bom, quanto a isso não posso falar. Só sei o que vejo ao meu redor. O que aparece no jornal ou na TV ou naqueles... *blobs* como o do senhor Jameson.

Peter riu baixinho.

– Acho que a senhora quer dizer "blogs".

Ela franziu o nariz.

– Palavra horrível. Não existe mais elegância na linguagem. Enfim, onde quer que eu olhe, vejo gente *falando* umas para as outras com ar de superioridade em vez de *ouvir* umas às outras. Gritando umas com as outras, dizendo que elas não têm o direito de abrir a boca. Quando uma pessoa tenta expressar um ponto de vista contrário, ninguém dá ouvidos; os outros gritam com ela, fazem com que fique quieta, respondem com tentativas de demonizar a pessoa ou tirar a credibilidade dela... tudo sem sequer entender os argumentos dela. Ninguém nem responde aos argumentos mais, porque isso exigiria *pensar* sobre eles, e não podemos fazer isso. Eles só atacam a pessoa e inferem que o argumento não tem credibilidade por associação. – Ela balançou a cabeça. – É assustador o que as pessoas fazem hoje em dia para evitar admitir que outra pessoa possa estar certa em alguma coisa. É considerado um sinal de fraqueza dar um pouco de razão para o outro lado. Como eu falei, querido, não é assim que funciona em um casamento. E eu não entendo por que seria diferente em outros aspectos da vida. As pessoas não vão conseguir viver junto em comunidade, não vão conseguir trabalhar juntas para fazer nada, se não baixarem a guarda e tiverem um pouco de confiança uns nos outros. Se elas não conseguirem resolver suas diferenças com um pouco de flexibilidade, procurar as coisas que têm em comum e usar essas coisas para resolver os problemas que as separam. E dá para ver isso em toda parte. O mundo está ficando muito mal-educado. Os líderes estão ocupados brigando uns com os outros em vez de procurar soluções reais para seus problemas. Não está dando certo, Peter. Porque as pessoas estão se esforçando tanto para "ganhar", ou pelo menos, fingir que ganharam, que não tentam resolver nada. Estão se esforçando tanto para não parecer errados que não questionam se poderiam aprender alguma coisa com os outros. E ninguém ouve a verdade entre trovões de acusação.

Peter fez menção de dizer que ela estava exagerando, mas ela continuou.

– Ben e eu sempre tentamos ensinar você sobre a importância de fazer perguntas. E mal precisamos nos esforçar, porque você aceitava isso muito bem. Você tinha o dom de reconhecer o que não sabia e se dedicar a aprender. Nunca teve medo de errar porque sabia que era uma condição que podia mudar quando se dedicava. – Ela sorriu. – Acho que foi isso que o transformou em um aluno tão inteligente em ciências, e num homem tão bom e tolerante. Ben se orgulhava disso em você, e eu ainda me orgulho.

Peter abaixou a cabeça, mais humilde diante das palavras dela. Depois de alguns momentos de silêncio, tia May se levantou e apertou o ombro de Peter ao passar atrás dele. Ele voltou a falar depois de pensar por mais alguns instantes.

– Entendo o que a senhora está falando, tia May. Você tem razão: desconfiar um pouco de si mesmo pode ser saudável. Acho que descontei minha frustração na MJ mesmo. Sinto falta dela, e guardo rancor porque o teatro faz com que ela fique longe de mim, e eu lido mal com isso. Acho que ela precisa lidar com a mesma coisa quando passo as noites fora pegando bandidos.

– Precisei lidar com isso quando você se mudou para a faculdade – tia May disse, com carinho.

– E o simples fato de ela ter questionado a morte daquele homem não significa que não me apoia. Eu... – Ele piscou algumas vezes e engoliu em seco. – Acho que ela só estava expressando os meus questionamentos. Eu tenho tentado não admitir que estivesse me questionando. Se fiquei convencido demais, descuidado demais. Se o que aconteceu foi minha culpa... em partes. É... difícil de encarar.

Ele sentiu a mão dela sobre seu ombro de novo.

– Eu nunca diria que foi culpa sua se você não conseguiu evitar uma morte causada por outra pessoa. A culpa é dessa outra pessoa, claro. Mas mesmo os melhores de nós cometem erros, e precisamos enfrentar esses erros e aprender com eles.

Depois de um instante, ele meneou a cabeça, franzindo a testa.

– Quanto a isso, talvez. Quanto a MJ, sem dúvida – ele continuou quando ela tirou as mãos e voltou ao trabalho. – A única coisa de que eu ainda tenho certeza é que Jameson está por trás disso tudo. Ele não estaria ativando meu sentido-aranha se não estivesse.

– Você precisa admitir, querido, que é difícil de acreditar.

– Eu sei. Eu sei. Mas preciso confiar nos meus instintos, certo? – ele perguntou, voltando-se para ela.

Ela colocou a mão no queixo e pensou sobre isso por um momento.

– Bom, as pessoas gostam muito de falar isso. Porém, tenho as minhas dúvidas. Não consigo deixar de pensar nas pessoas de que você me falou no... enfim, no seu ramo de trabalho... que são movidas principalmente por instinto. Pessoas como aquele Kravinoff, o tal do Caçador. Ou o pobre Dr. Connors quando ele se transformou naquele Lagarto. – Ela estremeceu. – Ou aquele alienígena preto terrível que se autodenomina Venom.

Ela havia acabado de listar três dos seus inimigos mais temíveis, selvagens e irracionais. Peter não podia culpá-la por ter medo até de pensar no nome deles, pois eles o matavam de medo também. E a ferocidade animalesca deles, sua insensibilidade à razão e à conciliação, era em grande parte o que os tornava tão letais.

Peter se levantou e pôs a mão consoladora no ombro de tia May. Ela abriu um sorriso, colocando a mão sobre a dele por um momento, e continuou:

– Acho que instintos podem ser úteis. Mas também acho que o que nos separa dos animais, de criaturas como essas, é que podemos ouvir nossa razão e também nossos instintos. Podemos reconhecer que um impulso que poderia fazer sentido em uma selva há milhões de anos pode não estar certo para um mundo povoado por seres humanos civilizados.

Ele olhou para ela fixamente.

– Mas como meu sentido-aranha poderia estar errado? – ele perguntou com sinceridade, sem desdém.

Tia May abriu um sorriso melancólico.

– Não faço ideia, querido. Não posso nem dizer que ele está errado. Mas pelo menos você começou a fazer a pergunta. E não pode haver mal nisso, não é?

Peter se virou, andando devagar de um lado para o outro enquanto se atracava com a ideia.

– Pense nisso um pouco enquanto cuido dos bolinhos – tia May disse.

Será que meu sentido-aranha já errou assim antes? Ele não conseguia se lembrar. Falsos negativos eram uma coisa. Os sentidos de aracnídeo dos quais acreditava depender – fossem de vibrações, de ultravioletas, de feromônios ou o que fosse – podiam sofrer interferências de chuvas fortes ou nuvens particuladas, assim como qualquer outro sentido. Em algumas situações, tinham sido mitigados quimicamente, de modo que ficou sem eles por um tempo. E havia seres que seu sensor de perigo não conseguia ver como uma ameaça, independentemente do contexto: tia May, porque era da família, e o simbionte Venom, porque estivera ligado a ele por tanto tempo que seu cérebro aprendera a reagir a ele como parte de si mesmo.

Mas falsos positivos? Até onde conseguia se lembrar, tudo o que ele havia imaginado como um falso positivo – como resultado de estresse, doença ou nervosismo –, em algum momento havia se revelado um aviso de perigo oculto a que ele deveria ter prestado atenção. No entanto, ele achava que a culpa disso era da razão. Era seu cérebro, não seus órgãos de sentido, que decidia se um estímulo excedia o limite de perigo e merecia uma reação de aversão. Venom não era exatamente invisível a seus sentidos subliminares, mas não gerava o tipo de informações que seu cérebro reconhecia como perigosas o bastante para gerar um alerta. *Cérebro burro e teimoso, deveria ter aprendido a essa altura, depois de todas as vezes em que Venom quase me matou.* Então, estava claro que, teoricamente, era possível que seu cérebro reagisse de maneira exagerada a informações que não fossem perigosas. Ele não sabia como, mas tia May tinha razão: ele precisava admitir o...

PERIGO! A explosão súbita de seu sentido-aranha formigou de maneira quase opressora. Ele saltou para o teto, para longe da ameaça mortal que sentiu atrás dele, e virou para ver o que era.

Tia May estava atrás dele, segurando uma faca de carne.

Em um segundo, ele pulou em cima dela.

– Quem é você? O que você fez com minha tia May?! – Ela abafou um grito, deixando cair a faca no chão. Ela parecia completamente horrorizada. Mas ele não podia deixar aquilo enganá-lo. Já havia sido enganado por impostores antes. E pensar que aquele quase o tinha convencido a duvidar do que sabia ser verdade...

– Peter, por favor, sou eu!

Mas seus instintos diziam outra coisa.

– Responda! Para quem você está trabalhando?!

Ela se esforçou para tomar fôlego.

– Peter... por favor... pense um pouco. É realmente... provável? Você estaria... disposto a correr o risco... de machucar a própria tia... com base em um instinto? Na sua certeza... de que não pode... estar errado?

Seu sentido-aranha continuava gritando dentro dele, mas ele olhou nos olhos dela... viu o pavor no rosto da tia... por sua culpa.

Ele a soltou, e recuou... Ele não sabia o que pensar, o que fazer. Ela caiu numa cadeira, tremendo, e procurou seus remédios para a pressão.

Olhando para ele com medo.

Ele saiu correndo. Não sabia mais o que fazer. Se aquela era realmente tia May, ele se odiava por deixá-la sem a certeza de que ela estaria bem. Mas, pela maneira como seus instintos estavam gritando para que ele a atacasse, ele não poderia correr o risco.

O que está acontecendo comigo?, ele gritou consigo mesmo enquanto colocava as roupas de Homem-Aranha em um lugar isolado. *Preciso de respostas. Preciso que existam respostas.* Ele partiu em direção a Manhattan, em direção a Jameson. Não sabia mais se Jameson estava realmente por trás de tudo aquilo. Mas torceu para que essa fosse a resposta verdadeira.

Tudo seria tão mais simples.

• • • •

Jameson havia finalmente chegado à conclusão de que não aguentaria mais esperar sentado até que alguma coisa acontecesse. Como declarou à esposa pelo telefone, era hora de Jogador Jameson voltar da aposentadoria.

– *Quem?* – foi a única resposta dela.

– Nunca te falei? Era como me chamavam nos tempos de repórter. Jogador Jameson. Eu conseguia montar todas as peças de um quebra-cabeça em tempo recorde.

– *Jura?* – Marla ironizou. – *Então por que você precisa de mim para programar o videocassete?*

– Sou um homem importante agora. Aprendi a delegar funções. Mas não dessa vez. Essa é pessoal. Preciso sair daqui e rastrear o Homem-Aranha pessoalmente. Ninguém conhece aquele homem como eu. Sou o único capaz de reconhecer o fedor dele atrás dessa história de robôs e seguir seu rastro até encontrar a origem disso tudo. Por isso me chamavam de Cão de Caça.

– *Pensei que te chamavam de Jogador.*

– Eles me chamavam de muitas coisas!

– *Bom,* nisso *eu acredito.*

Ele riu. Ninguém mais poderia falar com ele nesse tom sem sofrer as consequências. Mas havia algo no humor frio e sarcástico dela que sempre tocava seu coração. Talvez os opostos se atraíssem.

– Também te amo, querida.

– *Mas sério, Jonah, não gosto nada dessa história. Você devia agir com cuidado.*

– Não cheguei onde cheguei agindo com cuidado, Marla. E faz tempo demais que estou sentado naquela suíte executiva. É por isso que as pessoas duvidam da minha credibilidade: fico muito distante. Preciso voltar às minhas raízes, voltar a entrar em contato com a cidade. Não posso tirar o melhor dos meus repórteres se não me juntar a eles nas trincheiras, lembrar como é a sensação.

Ele suspirou.

– Mas principalmente, preciso fazer *alguma coisa*. Não gosto de me sentir de mãos atadas.

Depois de pensar por um momento, Marla voltou a falar.

– *Eu entendo. Faça o que precisa fazer. Mas por favor, Jonah, tome cuidado.*

– Eu vou tomar. Não se preocupe com isso. – Ele pegou seu antigo revólver militar, recentemente limpo e polido, para relembrar a sensação de tê-lo nas mãos. Ele esperava não ter que usá-lo, afinal, não era um assassino. Entretanto, se tivesse de enfrentar Homem-Aranha cara a cara, estaria pronto.

Assim como Marla, o chefe da sua segurança, Berkowitz, não gostou nem um pouco da ideia.

– O senhor deveria deixar que a gente fosse junto – ele insistiu.

– De jeito nenhum. Preciso sair às ruas e fazer contatos, encontrar informantes. Se eu tiver Homens de Preto ao meu redor vou assustar qualquer pessoa que possa me dizer alguma coisa de útil. Não, Jogador Jameson trabalha sozinho – ele insistiu. – Vocês vão ter que ficar a pelo menos uns trinta metros de distância. Tentem ser invisíveis.

A questão estava decidida. Jameson colocou o revólver e o bloco de notas no bolso, calçou um bom par de sapatos confortáveis, colocou um chapéu marrom e um casaco (em um dos bolsos estava o celular com discagem rápida para a polícia e para sua equipe de segurança – ele não era bobo) e saiu às ruas. Quer dizer, depois que seu motorista o deixou na parte certa da cidade.

• • • •

Homem-Aranha não tinha para onde ir.

Ele havia tentado ir para casa. Quando chegara ao seu prédio depois de fugir da casa da tia, avistou MJ chegando. Ficou aliviado por vê-la, até que o mesmo zumbido do sentido-aranha tomou conta dele, avisando para ficar longe. Ele havia se refugiado no terraço do prédio ao lado, na esperança de observar e descobrir o que estava acontecendo, mas um zumbido baixo e contínuo de perigo o deixou agitado demais para continuar parado, e ele se afastou até que o formigamento desaparecesse.

Mais tarde, quando MJ ligou no seu celular e perguntou onde ele estava, o zumbido em sua cabeça recomendou que não dissesse. Ele não quis acreditar. Não quis acreditar que ela e tia May não eram quem ele pensava que fossem. Sabia que havia uma chance de que algo estivesse errado em seu próprio sentido de perigo.

Mas como poderia correr esse risco? O sentido-aranha era como um alarme de incêndio na escola: era preciso levá-lo a sério todas as vezes, tratar como uma emergência real, mesmo que, na maioria, fosse culpa de alguma criança fazendo um trote idiota. Afinal, se você ignorasse o alarme uma vez, correria o risco de se expor a perigos reais. Por isso, Aranha *tinha* que continuar confiando no zumbido de perigo, ainda que houvesse a chance de que não devesse. Até que ele tivesse respostas de verdade, precisava agir com cautela.

Além do mais, não seria a primeira vez, ele pensou, ao se empoleirar no alto da antena do Empire State Building, o único lugar de onde conseguia vigiar toda a cidade e ter certeza de que nada pularia em cima dele (embora, com sua atual sorte, ele pensou, aviões biplanos poderiam surgir a qualquer momento para atirar nele). Seus inimigos haviam feito armadilhas cruéis contra ele no passado. Alguns anos antes, seus pais, que ele pensava estarem mortos desde a infância, aparentemente foram descobertos vivos e viraram parte da sua vida por um tempo, mas se revelaram androides impostores programados para matá-lo. A lembrança de ter seus pais arrancados dele mais uma vez, uma perda antes abstrata que então ganhou corpo de maneira terrível, ainda o despedaçava por dentro. Ele não conseguia suportar a ideia de MJ e tia May terem sido substituídas por androides impostores... mas também não conseguia tirar essa ideia da cabeça.

Especialmente porque isso significava que seja lá quem estivesse atrás dele conhecia a sua identidade. *Jonah teria como saber? Foi por isso que ele estava tão agressivo comigo no* Clarim? Havia outras possibilidades. Norman Osborn conhecia sua identidade. E a Oscorp sem dúvida seria capaz de lhe fornecer os recursos técnicos necessários para a construção daqueles robôs – afinal, Mendel Stromm tinha sido sócio de Osborn na empresa antes que Norman o acusasse de fraude, mandando-o para a prisão e levando-o a um caminho vingativo que o tornara o Mestre dos Robôs. Mas Aranha sabia que

Osborn estava preso em segurança; ele havia confirmado isso quando estivera lá para visitar Smythe e Electro.

Não adianta nada ficar sentado especulando, Aranha concluiu. Ele estava agitado; precisava de respostas. Então, teria que descer para a cidade e ver o que conseguiria descobrir. Teria de começar do começo, passar por todos os informantes marginais em que conseguisse pôr as teias e chacoalhá-los até que lhe dessem alguma informação sobre os robôs. Ou sobre Jameson.

E se o próprio Jameson for um robô? Isso explicaria muita coisa. Mas enfim, se fosse verdade, ele teria que perdoar o verdadeiro Jonah. E essa era uma possibilidade que Homem-Aranha não estava disposto a contemplar.

• • • •

Jonah "Jogador" Jameson não demorou para descobrir que o trabalho de repórter não era mais tão fácil quanto antigamente. Todos os seus antigos informantes do submundo haviam desaparecido fazia tempo, e ele era famoso demais para andar despercebido. Por isso, suas tentativas de descobrir alguma coisa através das redes criminosas tiveram pouquíssimo sucesso. Ele teve de mostrar o revólver algumas vezes para não ser maltratado, e enfrentou alguns momentos angustiantes de perseguição até que os homens de Berkowitz aparecessem e afugentassem os vagabundos.

Então, decidiu que estava agindo da maneira errada. *Esses crimes são de alta tecnologia*, ele se lembrou. *Muitas empresas foram roubadas e os frutos dos roubos apareceram naqueles robôs sofisticados. Talvez eu devesse começar por aí.* Era óbvio que investigar as cenas dos roubos pessoalmente e falar com os construtores dos equipamentos roubados poderia lhe dar algumas boas informações básicas sobre o caso. Se ele não estivesse tão enferrujado, teria começado ali.

Claro, fazia dias que Ben Urich vinha investigando esses roubos. Mas Urich não tinha o faro apurado de Jameson para o envolvimento do aracnídeo. Além disso, era apegado a seu próprio vigilante preferido,

Demolidor, um parceiro conhecido do escalador de paredes. *Vou usar minha visão mais objetiva para encontrar provas de que Homem-Aranha está por trás disso.*

Porém, estava difícil encontrar essa prova. Ele entrevistou todas as empresas atingidas, falou com os engenheiros, visitou os depósitos e inspecionou os danos. O primeiro roubo de alta tecnologia, dos robôs de Vênus da Cyberstellar, havia sido cometido por Electro, obviamente. O segundo, cometido entre esse e o caso do Distrito dos Diamantes, envolvia danos consistentes com o uso das sondas de Vênus para a invasão do depósito. Jameson poderia facilmente crer que Homem-Aranha e Electro estavam juntos nessa. No entanto, os outros roubos haviam acontecido depois que todos os robôs de Vênus foram destruídos e encontrados. Se Cabeça de Teia estivera em um daqueles depósitos, havia escondido bem o rastro, aparentemente usando outros robôs no lugar de sua própria força e suas teias. Jameson viu onde as portas tinham sido arrombadas por maçaricos e lâminas de alta potência. Assistiu às fitas de segurança e viu a estática de interferência eletromagnética encher a tela. Leu os relatórios policiais que revelavam que grandes quantidades de equipamentos haviam sido removidas em um curto espaço de tempo. Homem-Aranha podia carregar muito peso nas costas, mas seria logisticamente impossível para um homem carregar tantos engradados pesados em uma única viagem, sem nenhuma ajuda.

– O que precisaria para construir esses tipos de robôs com as peças roubadas? – perguntou aos engenheiros. Eles disseram que o robô que havia destruído o escritório de Jameson e os dois que perseguiram Homem-Aranha por Midtown East eram relativamente básicos, e poderiam ter sido construídos em questão de dias com as ferramentas certas, mas só se o construtor fosse um gênio da robótica. Muitas das partes roubadas haviam sido reutilizadas de maneiras que os engenheiros nunca teriam considerado, maneiras que ampliavam a força e a resistência dos robôs, além de aumentar sua agilidade e seu tempo de reação. Havia relativamente poucas pessoas no mundo com esses dons, entre elas Reed Richards, Henry Pym, Victor von Doom e

Alistaire Smythe. *Smythe*, Jameson pensou. *Vou ter que investigá-lo. Ele odeia Homem-Aranha, mas depois de eu ter atrapalhado a vida dele na última vez, talvez me odeie tanto que tenha feito um acordo com o teioso.*

Mas muitos dos componentes roubados não tinham aplicações robóticas claras, pelo menos foi o que os projetistas lhe disseram. Ele não conseguiu entender tudo o que os engenheiros contaram sobre os sistemas de prototipagem rápida, extração carbotérmica e sabe-se lá o que mais, mas tudo apontava em uma direção: quem quer que tivesse roubado aqueles componentes devia estar montando um grande projeto científico, algo que iria além de construir robozinhos de brinquedo para encenar lutas no alto dos arranha-céus de Manhattan. E tudo indicava que essa pessoa precisaria de habilidade, equipamento de precisão e fontes de energia consideráveis para isso.

Ao investigar Smythe, Jameson descobriu que o homem estivera preso em sua cela todo o tempo, não parecendo ser um suspeito viável. Doutor Destino estava indisponível para comentários. Richards era um suspeito improvável, mas Jameson o consultou para obter informações sobre robótica e possíveis personagens do submundo com a habilidade necessária. Richards tinha pouco tempo para a entrevista – algo a respeito do Quarteto Fantástico estar "a caminho de outra dimensão" – mas sugeriu que Jameson desse uma olhada em Phineas Mason, um inventor que ele alegou ser uma figura do submundo conhecido como Terrível Consertador.

Jameson passou na oficina de Mason, descobrindo que ele era um homem muito frio, quase ele mesmo um robô. O homem não deu nenhuma informação e não reagiu à intimidação de Jameson. O jornalista quase teve de admirar a rara capacidade dele de resistir ao Três Jotas (como seus antigos colegas de reportagem o chamavam) sem nem chegar a suar.

– Não pense que isto acabou – Jonah lhe disse antes de sair. – Vou continuar de olho em você. E, se eu encontrar uma teia de aranha nas suas coisas, você vai desejar nunca ter ouvido falar de Jogador Jameson.

– Quem?

Apesar disso, quanto mais Jameson investigava, mais passou a ser incomodado por um pensamento. Tentava não dar ouvidos a ele, mas estava ficando cada vez mais difícil de ignorar. Por fim, precisou reconhecer para si mesmo. *Isso não parece coisa do Homem-Aranha. Não tem uma única pista que aponte para ele.* Uma coisa era descartar isso quando estava sentado em sua suíte no quadragésimo sexto andar, supondo que seus repórteres estavam simplesmente deixando alguma coisa passar. Mas, quanto mais tempo passava nas trincheiras, quanto mais refrescava a memória de como era caçar uma matéria, mais difícil ficava negar que aquela história não o estava levando em nenhuma direção em que haveria teias no final.

Não, ele disse a si mesmo. *Homem-Aranha tem que estar envolvido. Ele está atrás de mim e da minha família, disso eu tenho certeza. Deve haver alguma relação entre ele e os robôs. Talvez... talvez ele não passe de um cúmplice de outra pessoa*, admitiu a contragosto. *Talvez seus ataques contra minha família sejam parte de algo maior.*

Mas ele tem *que fazer parte disso. Coloquei minha reputação em jogo por essa opinião e não posso dar para trás agora. Preciso me manter fiel às minhas convicções! Preciso estar* certo*!*

Entretanto, uma de suas convicções não era reportar a verdade? Seguir as evidências para onde quer que elas guiassem e informá-las ao público de maneira precisa?

Eu vou encontrar a verdade, ele jurou. *Mas o Homem-Aranha vai fazer parte dessa verdade. Tem que fazer.*

Não tem?

10 NA CENA DO CRIME

— ENTÃO PETER AINDA NÃO VOLTOU?

Mary Jane fez que não com a cabeça enquanto pegava e pendurava o casaco de tia May.

– Ele está atendendo ao telefone, pelo menos, mas não me fala onde está. Parece que não confia mais em mim.

Tia May acariciou o braço de MJ.

– Não leve para o lado pessoal, querida. Depois do que aconteceu no outro dia, acho que deve ter alguma coisa errada com o sentido-aranha dele. O pobrezinho está com medo da própria sombra. – Ela meneou a cabeça. – Desde que descobri tudo, fiquei com medo de que alguma coisa assim acontecesse. Ter genes de aranha misturados com os dele... – Ela sentiu um calafrio. – Sentidos que não são naturais para um homem ter... fiquei com medo de que isso fizesse alguma coisa com a cabeça dele. Ainda mais quando o sentido de perigo dele o deixa tão nervoso tantas e tantas vezes. Sabe, sempre me preocupo muito com as coisas e por isso aprendi na vida que, quanto mais você se deixa assustar, mais forte fica o hábito. É muito fácil ter medo de coisas pequenas.

MJ suspirou. De certa forma, era um alívio ter tia May para conversar sobre isso. Quando Liz, Jill e outros amigos de Peter tinham vindo perguntar sobre seu paradeiro, ela havia sido obrigada a dar uma desculpa para eles, odiando-se por mentir para pessoas que se importavam com Peter e tinham o direito de saber se ele estava bem. E assim, ela havia se privado da oportunidade de compartilhar seu fardo. A liberdade de despejar suas preocupações nos ouvidos compreensivos de tia May era uma bênção. Ao mesmo tempo, ela compartilhava suas preocupações com MJ e, no processo, a fazia enxergar as coisas por outros ângulos.

– Não sei – ela disse, por fim. – Ele simplesmente mudou muito nos últimos tempos. Os últimos anos foram muito difíceis para ele – ela disse, abafando a culpa por ter agravado isso ao lhe virar as costas. – E agora isso que aconteceu com os alunos dele... ele estava se culpando muito, então acho que só... decidiu ficar com raiva em vez de se culpar. Ele mudou. No começo, achei que fosse uma coisa boa, mas ele estava cada vez mais furioso, descontando tudo em todo mundo. Acho que está usando essa raiva para esconder seu sofrimento. – Ela olhou pela janela, perguntando-se onde ele estava. – Acho que, talvez, não seja o sentido-aranha que esteja errado e fazendo com que ele aja assim. Talvez, na verdade, ficar tão hostil e na defensiva tenha feito com que o sentido-aranha dele se sobrecarregasse. Ele achou melhor afastar todo mundo, e os instintos de aranha estão, enfim, levando isso ao pé da letra. E isso está virando um círculo vicioso, deixando o menino paranoico. – Ela balançou a cabeça. – Não sei o que a gente pode fazer.

Depois de um momento, tia May disse:

– Bom, simplesmente não consigo aceitar isso, querida. Peter precisa da gente. Nós somos a família dele e o amamos. Só a família pode vencer o medo. A gente só precisa encontrar Peter, sentar com ele e ter uma boa e longa conversa. – Ela abriu um leve sorriso para si mesma. – Andei descobrindo que isso faz maravilhas.

MJ se voltou para a janela.

– Certo... Encontrar Homem-Aranha, onde quer que ele esteja em toda Nova York, e convencê-lo a descer e ter uma conversa. Fácil.

– Mas não é Homem-Aranha que estamos procurando, querida. Estamos procurando Peter. E essa é a nossa vantagem. Nós o conhecemos melhor do que ninguém.

– Talvez. Mas, nesse momento, acho que ele está virando cada vez mais o Homem-Aranha e cada vez menos o Peter. – Ela franziu a testa quando um pensamento começou a se formar no fundo de sua mente. Tia May fez menção de dizer algo, mas MJ estendeu a mão pedindo silêncio. – Espera um minuto. – Ela se concentrou para deixar a ideia vir à tona. – Talvez conhecer Peter *e* Homem-Aranha possa ajudar.

Ela caminhou até o armário e começou a vasculhar.

– Sei que vi aqui em algum lugar...

– O quê, querida?

– Quando Peter começou, quando construiu os primeiros rastreadores-aranha, ele não os sintonizava ao sentido-aranha como faz agora. Ele rastreava por rádio. Usava um... achei! – Ela encontrou o que estava procurando, uma pequena caixa com uma antena e uma telinha, e mostrou para tia May. – Um radar! Faz tempo que ele o modificou para captar o sinal do novo rastreador, da vez em que o sentido-aranha dele não estava funcionando. Desde então, ele guarda por via das dúvidas.

– E você acha que a gente pode usar isso para... quê? Encontrar os rastreadores que ele carrega? – tia May perguntou, esperançosa.

Ela se curvou.

– Não. Acho que só funciona quando estão ligados. Só ficam ativos quando acertam alguma coisa ou quando ele aperta um botão.

– Ah – tia May refletiu por um momento. – Mas ele está usando um dos rastreadores para seguir o Sr. Jameson, não está?

MJ abriu um sorriso triste.

– Nós sabemos onde encontrar Jameson. É difícil não saber.

– Mas Peter pode ainda estar atrás dele... ou talvez tenha encontrado outra pessoa para seguir. E talvez...

– Talvez, se sintonizarmos o rastreador que ele está seguindo, possamos encontrar Peter também! – Animada, MJ ligou o localizador.

Nada.

Ela o levou até a janela e o ergueu em várias direções, mas não houve nenhuma reação.

– Está com pilhas novas? – tia May perguntou. – Eu troco as baterias das lanternas e dos detectores de fumaça da minha casa todo ano.

MJ abriu um sorriso involuntário.

– As luzes estão acesas. Está funcionando. Mas não tem nenhum rastreador ao alcance.

– Ahh, eu me sinto em *Missão Impossível*. O que você acha que Peter Graves faria em seguida?

– Voltaria para o camarim e estudaria o roteiro – MJ respondeu.

– Como assim, querida?

Ela se voltou para tia May.

– Acho que, se quisermos encontrar um rastreador, precisamos fazer o que Peter faria... Parker, não Graves. Damos uma volta pela cidade e torcemos para captar alguma coisa.

– Seria muita sorte – tia May opinou. – Quando Peter voltar, a gente devia tentar ajudar o menino a melhorar as técnicas dele. – Então, ela franziu a testa. – Ah, querida. O trabalho de Peter leva nosso menino para algumas regiões perigosas, não é?

– Acho melhor eu fazer isso sozinha, May. Tenho treinamento de defesa pessoal.

– Eu não tenho medo, não, minha querida! – tia May insistiu. – Já te contei da vez em que solucionei um roubo na Casa de Repouso Descanse em Paz...?

• • • •

Enquanto o Homem-Aranha saltava por entre os caibros do depósito, desviando de uma saraivada de balas, ele se pegou lembrando de uma coisa: armas eram *muito* barulhentas. Ainda mais quando disparadas em lugares fechados. Seus ouvidos estavam zunindo e ele só conseguia pensar que os membros da gangue de bandidos que o havia seguido até ali estavam apenas causando danos auditivos permanentes a si mesmos.

Normalmente, ele conseguia ignorar essas coisas. No calor da batalha, conseguia se render ao sentido-aranha, deixar que seus instintos lhe dissessem quando desviar, como se mover e bloquear as distrações de seus sentidos mais convencionais. Porém, já não sabia mais se podia confiar no seu sentido de perigo. Então, precisava se manter atento – sem deixar de usar os alertas que não teria de outro modo, ele se mantinha preparado para ignorar os instintos caso notasse que algo não correspondia ao que eles lhe diziam. Até agora, esses instintos não haviam lhe dito nada de errado; aqui e agora, ele sem dúvida estava em perigo. E perder um pouco da audição era o menor dos seus problemas.

Ele havia se metido naquela situação por escolha própria. Vinha rastreando um comprador de mercadorias roubadas chamado Marty Barras, também conhecido como "Rubor", na esperança de conseguir uma conversa particular com ele sobre negociações recentes de equipamentos de alta tecnologia. Rubor tinha um famoso medo de altura, que o tornava uma vítima ideal para a intimidação característica do Aranha, a chamada "Já conheceu minha amiga gravidade?". Infelizmente, Aranha o encontrara bem na hora em que ele estava prestes a fazer um acordo com um grupo de traficantes de armas. O vigia deles o avistou e eles começaram a dar a Rubor uma demonstração improvisada de seus produtos, e Aranha foi o convidado especial. Daí sua exposição a altos níveis de ruído que excediam em muito as recomendações do ministério da saúde. O que não era nada comparado ao risco de exposição a chumbo.

Mesmo sem querer, as tiradas vinham à sua mente por força do hábito. Contudo, ele as ignorava, lembrando-se de que não tinha tempo para brincadeiras. Fazer piadas seria uma distração na sua busca por respostas, e ele tinha que acabar com aquilo o mais rápido possível. Era mais fácil falar do que fazer. Normalmente, poderia inutilizar aquelas armas com teias em segundos. Mas precisava poupar as teias agora, pois toda vez que se aproximava do seu apartamento, independentemente de MJ estar ou não em casa, seu sentido-aranha o afugentava. Ele não podia gastar muita teia porque não sabia quais eram as chances de conseguir um refil tão cedo.

Chega de brincadeira então. Os caibros de madeira já estavam cheios de buracos de balas. Ele saltou para cima de um especialmente perfurado e o chutou com toda a força, soltando um pedaço grande que lançou para baixo contra os atiradores. O zumbido em seus ouvidos sem dúvida impediu que eles ouvissem o estalo, e os clarões das pistolas no escuro turvaram suas visões, de modo que só perceberam o que estava caindo quando era tarde demais. Dois ficaram presos sob a viga pesada, e os outros se dispersaram. *Só um dos muitos motivos pelos quais as armas não valem a pena.*

Mas Aranha já estava chutando a coluna de sustentação, quebrando-a do caibro do outro lado e dividindo-a em duas. Ele se colocou entre as duas partes e as empurrou, arrancando a coluna pela base e jogando-a contra um dos atiradores. O homem se esquivou do caibro antes que sua perna fosse esmagada, mas o punho de Aranha garantiu que ele deixasse de ser uma ameaça. Atrás dele, a seção de caibros que havia empurrado, junto com o pedaço do teto que ela sustentava, caiu em cima dos outros atiradores. Ele pulou para ver se estavam vivos e incapacitados, não necessariamente nessa mesma ordem.

Ele sabia que não costumava ser tão duro. Mas se sentia cercado, perseguido, detectando inimigos em todas as esquinas. Ele não poderia se dar ao luxo de abaixar a guarda ou ser distraído da missão, e seu coração estava cansado demais de sentir pena de pessoas que tentavam parar os seus batimentos cardíacos. Os atiradores estavam fora da luta; era isso que importava. Agora era deixar que a UTI cuidasse do resto.

E levar a casa abaixo provou ter uma vantagem: bastou se aproximar de Rubor Barras que o negociante começou a pedir clemência e contar tudo. Homem-Aranha quase ficou desapontado por ter sido tão fácil.

– O que você sabe sobre os ataques de robôs? Quem está por trás deles? – Aranha perguntou.

– Eu... não sei – gritou Rubor, fazendo jus ao seu nome ao ficar vermelho de medo. – Não sei nada sobre isso. Juro! – ele gritou quando Aranha deu um passo à frente. – Tô por fora disso, juro por Deus! Com todos os roubos naquelas fábricas chiques, achei que alguma coisa ia passar pelas minhas mãos, mas nada! Desmontaram tudo e não venderam nada! Faz sentido não!

Aranha assimilou a informação, embora não tenha ficado surpreso. Se o equipamento não estava sendo vendido ilegalmente, estava sendo usado... por alguém que sabia como usar.

– Você sabe alguma coisa sobre as pessoas por trás dos roubos?

– Não, não. Como eu disse, ninguém veio falar comigo.

– Nem mesmo boatos? Ninguém trabalhando com robótica?

– Eu não... talvez...

– Desembucha!

– O Consertador! Ouvi dizer que ele está tramando alguma coisa.

– O quê?

– Num sei! Alguma coisa! É tudo que eu sei, juro!

– Você está mentindo! O Consertador está fora da cidade!

– Ele voltou! Faz uns dias! É tudo que eu sei! Não me machuca!

O Aranha ouviu a chegada das sirenes. Aquilo poderia lhe custar um informante no futuro, mas ele não tinha tolerância para alguém que havia participado da venda de espingardas para adolescentes, muito menos no seu atual humor.

– Sinto muito, amigo – ele disse, e nocauteou Barras com um direto no queixo.

O Consertador, ele pensou ao subir pelo buraco no telhado. *Agora sim uma pista promissora. Ele vende produtos tecnológicos para outros criminosos, às vezes até para gente de bem. Ele não veria problemas em trabalhar com Jameson nessa.*

Mas espera... Felicia me jurou que ele estava limpo. E ela não me avisou que ele estava de volta. Será que ela também se voltou contra mim? Ainda tem alguém em quem eu possa confiar?

Só em mim mesmo, ele respondeu. *Preciso confiar em mim mesmo. Senão não tenho ninguém.*

• • • •

Graças a Felicia, Aranha sabia a localização da oficina atual do Consertador, escondida em uma área industrial de Long Island. Ele pegou carona na traseira do trem para chegar à região e atravessou o resto do caminho pulando de telhado em telhado, usando a teia somente quando necessário.

Ao chegar ao depósito, Aranha atravessou uma das janelas do alto – um truque impressionante mas perigoso, ao qual conseguia sobreviver por sua pele resistente, ainda que sempre precisasse remendar o uniforme depois. Ele caiu a alguns metros de Mason em meio a uma chuva de cacos de vidro. Mas o velho magrelo tratou a invasão com grande desembaraço. Ele ergueu os olhos curiosos da mesa de trabalho, observando o intruso por sobre os óculos redondos sem demonstrar medo ou surpresa.

– Homem-Aranha. Não estou aberto no momento. Você vai ter que voltar mais tarde.

Em um segundo, Aranha estava agachado sobre a mesa puxando Mason pelo colarinho.

– O que você sabe sobre os robôs que andam me atacando?

– Não sei nada sobre robôs – ele disse, com uma calma impressionante.

– Não me venha com essa! Já vi seu trabalho antes. Lembra quando quebrei aquele seu *Toy*? – Ele esperava que isso causasse alguma reação de Mason. Toy era um grande robô humanoide que agia como capanga do Consertador alguns anos antes, em uma época em que ele tentava ativamente ser um supervilão. No auge de um confronto, Aranha havia feito com que Mason atirasse em seu próprio capanga robô; foi então que o velho perdeu o controle e chorou por Toy como se estivesse diante de um filho morto. Tudo indicava que o trauma havia levado Mason a retornar à antiga carreira, meramente fornecendo equipamentos para outros vilões.

Porém, mais uma vez, ele não mostrou nenhum sinal de perturbação.

– Sinto muito, mas você vai ter que ir embora.

– Não vou a lugar nenhum até você me dizer o que eu... *eita!* – De repente, estava voando em direção à parede; Mason o havia empurrado e lançado para frente com um movimento rápido e suave. Aranha girou no ar, pousou com segurança na parede e lançou uma rede de teia contra o inesperadamente forte Consertador, passando a achar sua calma inumana muito mais compreensível.

Seu alvo desviou da teia, dobrando-se para trás de uma maneira que nem a coluna do aranha teria conseguido, e voltou a ficar em pé, confirmando que aquele não era o verdadeiro Phineas Mason.

– Ora, se não é *Toy Story 2*! – ele brincou, antes de lembrar que não adiantava fazer piadas com um autômato, por mais humano que ele parecesse. – Cadê o verdadeiro Mason?

– Estou cuidando dos negócios enquanto ele está fora da cidade – respondeu o falso Consertador. – Isso é tudo que você precisa saber.

O robô avançou contra ele, estendendo as mãos para agarrar sua garganta. Aranha desviou e lhe deu um chute na cara, ficando um tantinho aliviado quando o rosto dele não caiu como naqueles programas cafonas de ficção científica. Esse alívio não foi nada perto da decepção pela cabeça toda não ter rolado. O robô simplesmente agarrou sua perna e o lançou por sobre o ombro de novo, fazendo com que ele caísse em cima da mesa de trabalho.

Isso se provou um erro de sua parte. Uma tocha de soldagem ainda estava ligada em cima da mesa. Aranha a apanhou e abriu sua válvula ao máximo, avançando contra o androide. A chama fez um corte no torso do robô, que se retraiu, tentando apagar o fogo que havia tomado conta de sua camisa. Aranha continuou atrás dele, lançando a tocha contra o pescoço do robô. O androide deu um giro e jogou a tocha para longe, voltando a atacar, mas ele estava mais lento e seus movimentos mais irregulares. De novo, ele tentou estrangular Aranha, que deixou, pois estava ocupado enfiando os dedos pela fenda queimada na pele de látex do peito do robô, agarrando e arrancando suas vísceras. O que quer que ele tivesse extraído não devia ser vital, pois o ataque continuou. Ele enfiou a mão mais fundo e apalpou, encontrando cordas duras que deviam ser músculos artificiais. Ele as puxou até que se soltassem, e um dos braços do robô ficou mole. Depois de se livrar da outra mão e jogá-la para o lado, Aranha virou o androide de costas e acertou sua nuca repetidas vezes até que as conexões danificadas se rompessem. O androide caiu, contorcendo o corpo flácido a esmo. Arrepiado, Aranha o acertou várias vezes até que ele parasse.

No entanto, ele havia tomado cuidado para minimizar os danos à cabeça, pensando que a CPU estaria lá dentro. Considerando a forma como o dano do pescoço o desligara, parecia provável. Dito e feito: logo em seguida, ele abriu a cabeça e encontrou o processador central. Depois de levar o chip para o computador de Mason, avaliou sua memória para ver o que poderia encontrar.

Deu algum trabalho, e suas poucas habilidades de hacker não conseguiram revelar nenhuma informação sobre o verdadeiro paradeiro ou os planos de Mason. *Não que esteja surpreso. Por que ele construiria um substituto para esconder onde estava e depois armazenaria a informação na memória dele?* Mesmo assim, continuou procurando, e acessou uma gravação de sua memória de vídeo na esperança de descobrir alguma coisa sobre as pessoas com quem ele havia interagido.

Ele avançou pelos arquivos de vídeo, assistindo apenas as raras ocasiões em que alguém entrava na oficina. A maioria dos visitantes estava entregando comida, sem dúvida para manter a simulação de que o lugar era ocupado por uma pessoa viva. (Embora parecesse que o androide realmente consumia o alimento, pelo que ele pôde ver através de seus olhos. Ao examinar o corpo, encontrou um "estômago" que mais parecia uma fornalha que o robô usava para queimar e processar o alimento a fim de receber energia química.) Alguns visitantes pareciam ser clientes, e o Aranha reconheceu um ou dois, mas eram personagens sem importância que não estavam entre seus inimigos mais comuns. Além disso, o androide parecia tê-los mandado embora, ainda que os arquivos de áudio estivessem danificados demais para serem recuperados.

Foi então que o Aranha deu um pulo quando um rosto inconfundível surgiu no monitor. *Jameson!* De novo, não conseguiu saber o que estava sendo dito, mas estava claro que a conversa ia além de uma simples dispensa. Jameson estava desafiando o androide, indo para a frente e para trás por alguns minutos. *Por que nunca aprendi a ler lábios?* O dono do jornal foi ficando cada vez mais hostil ao longo da conversa, mas isso acontecia em quase todas as conversas de JJJ. O olhar em seu rosto perto do fim era um dos que Peter Parker reconhecia dos anos em que havia trabalhado para Jameson. Era um olhar que dizia que ele esperava algo de você e que não ficaria satisfeito até conseguir.

– Eles estão juntos nessa! – Aranha gritou. – É isso! Finalmente uma evidência sólida! – Podia não ser uma prova, mas já era um começo, algo que mostrava uma relação real entre Jameson e um especialista em robótica. Claro, aquele era apenas um androide falso, mas quem poderia dizer que não era o mesmo, ou outro como este, que

Felicia havia rastreado? O verdadeiro Mason podia ainda estar na cidade, trabalhando no submundo – talvez deixando que o androide cuidasse de seus afazeres de rotina porque estava se dedicando a um projeto especial. Talvez Jameson estivesse passando instruções através do androide, ou acreditasse que estava se dirigindo ao verdadeiro Consertador e o repreendendo por não estar trabalhando.

Qualquer que fosse a explicação, Homem-Aranha se apegou a essa pequena evidência com todas as forças. Ela lhe dava algo em que acreditar e uma garantia de que estava no caminho certo, afinal de contas. *Isso. Nunca deveria ter duvidado de mim mesmo. Sabia que era Jameson o tempo todo!*

Ele lembrou de que ainda tinha um rastreador no casaco de Jameson. *A bateria ainda deve aguentar mais um ou dois dias*, ele pensou. *O que significa que é melhor eu agir rápido. Preciso encontrar Jameson*, ele continuou, ao saltar janela afora e noite adentro. *E dessa vez vou conseguir minhas respostas.*

• • • •

O Alerta estava soando com menos frequência nos últimos dias. Jameson não só estava ocupado investigando o caso como também não achava mais tão fácil escrever a coluna. Estava decidido a continuar fiel à sua opinião no blog e manter sua retórica anti-Homem-Aranha a todo custo. Claro, tinha lá suas dúvidas, mas não poderia deixar que elas transparecessem; se cedesse terreno, o público perderia a confiança nele. Homem-Aranha ainda estava à solta, mais agressivo do que nunca, considerando os últimos relatórios da polícia. Estando ou não envolvido nos ataques dos robôs, suas táticas quase letais contra uma quadrilha de pistoleiros tinham sido imperdoáveis, e Jameson não poderia suavizar o tom em relação aos robôs sem parecer indulgente em relação às táticas de Aranha. Claro, havia pessoas sensatas e pacientes o bastante para ler um argumento ambíguo com atenção e compreender suas sutilezas, mas qualquer idiota sabia que a grande maioria do público era constituída de gente estúpida e instintiva que queria respostas o menos complicadas possível, separando claramente os mocinhos dos bandidos. As pessoas não tinham paciência para distinguir as nuances do cinza; por isso, era preciso ser tudo preto no branco. Mesmo que isso significasse tratar de maneira superficial algumas questões secundárias, como exatamente de quais crimes um homem era ou não culpado.

No entanto, já não era tão fácil manter essa aparência de certeza. O furor que o fazia escrever sobre os crimes do Homem-Aranha não estava mais lá e não voltaria a estar até que ele encontrasse alguma evidência real. *Em qualquer direção*, ele acrescentou relutante.

Na realidade, havia cada vez mais evidências, mas ainda nenhuma que apontasse diretamente para o Homem-Aranha. A última evidência, na verdade, apontava numa direção surpreendente. Envolvia Stanley Richardson, um segurança que trabalhava para a Stark Enterprises, a primeira empresa de alta tecnologia roubada depois da prisão de Electro, na noite específica em que Richardson estava encarregado de vigiar o depósito. Essa invasão foi a que mostrou menos evidências de assistência mecânica; na verdade, embora a equipe de segurança da Stark odiasse admitir, Ben Urich havia encontrado indícios de que uma pessoa de dentro havia sido cúmplice do roubo. Logo depois, Richardson desaparecera – até o dia anterior, quando seu corpo fora trazido pela correnteza até a costa de Staten Island, com o crânio perfurado por um equipamento metálico pesado. Isso levara Robbie Robertson a pedir uma investigação mais profunda sobre o passado dele... e Urich tinha descoberto um fato inesperado.

– Parece – Robbie relatou a Jonah – que Richardson chegou a trabalhar como engenheiro elétrico com Max Dillon.

Atrás de sua mesa, Jameson arregalou os olhos para Robbie.

– Electro?

– Não me lembro de nenhum outro supervilão com esse nome. Jonah, não pode ser uma coincidência que um ex-colega de Electro esteja implicado na mesma série de roubos relacionados a robôs da qual sabemos que Electro participou... e que depois ele apareça morto com um ferimento que pode muito bem ter sido feito por uma garra robótica.

Jameson abanou a mão como se dispersasse uma nuvem de fumaça.

– Sei, sei, não precisa soletrar tudo. Entendi aonde você quer chegar. Mas lembre-se que Dillon está na cadeia. Ele estava preso quando aquele depósito foi roubado e estava preso quando Richardson foi morto. Ele precisaria ter um cúmplice – ele disse, incisivo.

Robbie entendeu a indireta.

– Você está falando de Homem-Aranha.

– Quem mais?

– Jonah, o roubo foi em Jersey, e Homem-Aranha foi visto no Brooklyn dez minutos antes. Nem ele consegue se mover tão rápido.

– Você faz ideia de quantos babacas se vestem de Aranha e tentam sair por aí escalando paredes?

– Quantos deles pulam de uma rua para outra com um único salto carregando um saco nas costas com dois ladrões dentro? – Robbie suspirou. – Jonah, você está no caminho errado em relação ao Homem-Aranha. *De novo.* Mas acho que dessa vez, até você sabe disso.

Jameson não admitiu que Robbie tinha razão; mesmo assim, o editor pareceu satisfeito. Em seguida, JJJ retomou sua própria investigação, entrando em contato com a penitenciária em Ryker's Island e pedindo informações sobre as atividades de Max Dillon. Depois de estudar os arquivos dele por um tempo, tomou uma decisão. Era hora de fazer uma visita a Electro.

Aranha captou o sinal do rastreador ao atravessar Carnegie Hill. Aproximando-se, avistou a limusine de Jameson e a seguiu. Ela o levou até um heliporto da polícia, onde Jameson embarcou num helicóptero que cruzou o Rio East, tornando impossível a perseguição do Aranha. Mas ele pôde ver para onde o helicóptero estava indo: direto para Ryker's Island. *Indo encontrar outro cúmplice?*, ele se perguntou. *Agora estamos chegando a algum lugar. Vou dar um pouco de corda de teia para ele... vamos ver se ele vai se enforcar.*

11 VIOLÊNCIA GRATUITA

– ROBÔS? – MAX DILLON SE RECLINOU na cama de armação de plástico, examinou Jameson pela parede de vidro de sua cela com isolamento elétrico e abanou a cabeça. – Não sei nada sobre robô nenhum. Estava só cuidando da minha vida na Times Square quando aquela Gargântua verde puxou briga comigo.

– Ah, vá, Dillon – Jameson vociferou. – Para com esses joguinhos. Você nem tentou esconder seu envolvimento no roubo dos diamantes. Vocês de uniforme sempre gostam de ficar sob os holofotes. – Repensando, acrescentou: – E Gargântua era um homem, sua tomada analfabeta.

Dillon abriu as mãos.

– Certo, então eu arranjei uns brinquedinhos novos e queria me divertir com eles. Mas seu namoradinho, Homem-Aranha, e os amigos dele acabaram com todos; até onde eu sei a história acaba aí. Tô sentado aqui desde então, lembra? Foi o que eu disse para o Aranha quando ele passou aqui alguns dias atrás.

Jameson deu um passo à frente.

– Homem-Aranha entrou na prisão? E depois saiu? – Ao pensar um pouco, ele só via problema no fato de ele ter saído. – Por que ele queria ver você?

– Pelo mesmo motivo que você. Queria saber quem tava construindo os robôs. E eu lá vou saber alguma coisa sobre construir robôs? Eu só... hmm, peguei *emprestado*.

– E reprogramou – Jameson acrescentou.

– Reprogramei nada, não. Eles são elétricos, lembra? Passei a corrente em torno deles. Fiz os bichos se moverem como eu queria.

Como brincar com uma marionete. Precisei treinar um pouco, mas aprendi rápido.

– Você nunca fez isso antes? Como foi pensar nisso agora? – *Aquele neandertal teria problemas para usar um abridor de latas.*

Dillon encolheu os ombros.

– Sei lá. Passou pela minha cabeça.

– Quando?

– Alguns meses atrás. Acho que decidi que queria aprender habilidades novas. Preciso me atualizar nesse mercado competitivo de supervilões.

– E foi assim que você roubou os robôs da Cyberstellar?

– De quem?

– Ah, não se faça ainda mais de bobo. Não me diga que não sabe o nome do lugar de onde afanou os robôs.

– E não espere que eu vá me incriminar na frente de um jornalista – ele disse, depois de pensar um pouco. – Eles só podem me acusar de verdade por usar os bichos, não por roubar.

Mas Jameson sentiu algo por trás da resposta dele. Sua confiança vivaz havia desaparecido, como se o interrogatório de Jameson o tivesse deixado confuso em relação a alguma coisa. Como se ele também tivesse dúvidas sobre o que havia acontecido.

– Certo – continuou o dono do jornal. – Então vamos supor que você... *achou* um monte de sondas espaciais robóticas em algum lugar. E decidiu que seriam ótimas para testar seus novos poderes de marionete. Daí, tocou sua flautinha mágica, só que dessa vez você é o rato, e levou todos para casa. Então pensou: *ei, por que não destruir o Distrito dos Diamantes e pegar um presentinho para minha mãe?*

Dillon levantou da cama com um pulo.

– Ei, você não sabe nada sobre a minha mãe!

– E nem quero saber. Senta! Eu te fiz uma pergunta. Foi isso que aconteceu?

– Se é o que você diz – Dillon disse, depois de uma pausa, franzindo a testa para si mesmo. Ele começou a andar de um lado para o outro da cela. – Claro.

– Você não parece convencido.

– Ei, eu tava lá. Eu sei, tá?

– Então, como você sabia onde encontrar os robôs? Como sabia que a Cyberstellar estava construindo aquelas coisas? E de onde tirou a ideia de que máquinas para catar pedras em Vênus seriam boas para catar pedras preciosas na rua 47?

Dillon estava parecendo cada vez mais confuso.

– Eu só... ouço coisas. No vento, sabe como é.

– Alguém apontou a direção certa? Homem-Aranha talvez?

Ele estava balançando a cabeça, mas mais para si mesmo do que para Jameson.

– Alguém deve ter... não, não... talvez eu tenha visto na TV. Ou lido em algum lugar. Só sabia que queria aqueles bichos – ele acrescentou, quase na defensiva.

– Porque você tinha esses poderes novos e queria alguma coisa em que usar.

– Isso, isso. Alguma coisa bem poderosa.

– Por que esperar tanto tempo?

– Como assim?

– Você falou que faz meses que desenvolveu esses poderes novos. Por que demorou tanto tempo?

– Bem, eu precisava praticar, certo? Até ficar bom.

– Antes você falou que aprendeu rápido. Demorou ou não demorou?

– Então, eu...

– O que você fez nesses meses?

Dillon estava andando de um lado para o outro, cada vez mais nervoso.

– Fiquei praticando – ele disse, com a voz fraca.

– Só praticando? Nada mais?

– Claro que não. Um cara precisa comer...

– Então você passou meses só comendo e praticando. Nunca pensei que você era tão disciplinado, Dillon.

– Eu fiz outras coisas! – ele insistiu. – Eu saí. Estou na flor da idade, faço sucesso com as mulheres.

Jameson abriu um sorriso largo.

– Ah, é?

– Aah, é.

Dillon riu e Jameson riu junto.

– Passou muito tempo com mulheres, então?

– Claro. Elas também adoram. Esses poderes não servem só para abrir cofres, sabia?

Jameson não queria *mesmo* saber, mas continuou com a gargalhada sacana mesmo assim.

– Pegou umas garotas bonitas, então, hein?

– Ah, as mais bonitas.

– Pode descrever?

Dillon se deteve.

– Então... elas... sabe. Mulheres. Loiras... ruivas... o de sempre.

– Você não lembra, não é?

– Claro que lembro. Eu só... elas se misturam, sabe? – Impaciente, ele caminhou mais rápido de um lado para o outro. – É por ficar aqui. Privação sensorial, como eles dizem. Mexe com a cabeça da pessoa.

Jameson recuou.

– Bom, acho que isso explica então.

– Claro. É por isso que eu não lembro.

– Não foi isso que eu quis dizer.

Dillon o encarou.

– O quê, então?

– Só uma coisa que descobri estudando sua ficha na prisão. Os guardas notaram várias vezes em que você parecia desligado por um tempo, como se em transe ou algo assim.

Ele respondeu com escárnio:

– Transes. Como eles vão saber? Eu só ficava com a cuca entediada.

– Uma coisa interessante sobre os transes – Jameson continuou. – Parece que muitos deles aconteceram nas mesmas horas em que alguma empresa de alta tecnologia estava sendo destruída. Um aconteceu na mesma hora em que Homem-Aranha estava lutando com alguns robôs em Midtown. E todas as outras lutas de robôs com Homem-Aranha, assim como os outros roubos, aconteceram enquanto você dormia.

Dillon parecia confuso.

– É uma grande coincidência – ele disse, dando de ombros.

– É?

– Escuta, o que você está querendo dizer?

– Sinceramente? Não faço ideia. Mas é um padrão, e padrões costumam significar alguma coisa. E, se você anda apagando e esquecendo coisas, talvez haja alguma relação.

– Eu não ando apagando. Só... os últimos meses não foram tão memoráveis.

– Exceto por essa grande ideia nova que você teve para usar seu poder, e treiná-la muito.

– Isso. Tomou bastante tempo.

– E quando você teve a ideia exatamente?

Dillon ponderou por um momento.

– Exatamente? Sei lá. Faz um tempo.

– Quando? O que estava acontecendo? Como estava o clima? Que esporte estava passando na TV?

– Não lembro, OK? Só passou pela minha cabeça... feito um raio – ele disse, com ironia.

E então, franziu a testa.

– É, espera um pouco... teve uma coisa... eu estava na Broadway e... – Ele riu. – É isso. Começou onde tudo terminou.

– O quê começou?

Dillon hesitou.

– Não sei direito. Só... aquilo.

– Mas aquilo aconteceu na Broadway.

– Isso.

– O que você estava fazendo?

– Bom, eu precisava ir, não é? Eu sou Electro! Não vou ficar parado enquanto outra pessoa rouba meu...

Ele parou, fazendo uma careta súbita, e virou de costas.

– Dillon? – Jameson chamou. – Enquanto outra pessoa rouba seu o quê? Dillon!

Jameson se empertigou e estava prestes a chamar um médico quando Dillon voltou a se endireitar. Ele caminhou devagar até a cama, deu meia-volta e se sentou.

– Nada. Não há mais por que gastar seu tempo com isso. É uma tentativa fútil de mentir, e estou cansado de você encontrando lacunas na minha história. Então é melhor eu contar a verdade de uma vez.

Sua voz havia mudado, ficando mais fria, mais decidida. Jameson deu um passo à frente, aproximando-se do vidro e franzindo a testa.

– Sobre a Broadway?

– Esquece a Broadway. Eu inventei isso tudo. Foi o primeiro nome que me veio à cabeça.

– Então que verdade você vai me contar?

– A identidade da pessoa que me deu a ideia de ampliar os meus poderes. De quem planejou os roubos e o uso dos robôs. Foi Homem-Aranha, Sr. Jameson. Estamos trabalhando juntos em segredo há meses, elaborando nossos planos. A batalha no Distrito dos Diamantes foi encenada. Homem-Aranha fingiu lutar contra mim e contra os robôs, e fingiu ser derrotado. Nosso plano era que eu recuperasse os diamantes e os repartisse com ele. Não tínhamos previsto a chegada dos Vingadores. Os robôs de Vênus se mostraram muito mais destrutivos do que havíamos imaginado, por conseguinte atraindo maior atenção dos super-heróis.

Por conseguinte? Jameson ficou olhando fixamente por um tempo.

– E você está disposto a testemunhar isso em tribunal?

– Claro. Homem-Aranha me abandonou. Quando veio aqui, era para me falar que eu tinha fracassado e que estava pondo fim à nossa parceria. Quando o senhor chegou, tentei proteger Homem-Aranha por uma questão de lealdade. Mas agora reconheço que essa lealdade foi em vão. Se eu virar testemunha contra ele, posso pedir uma redução da sentença.

Jameson deu mais um passo à frente, ficando cara a cara com o vidro.

– Você sabe quem o Homem-Aranha é?

– Sim. – Dillon sorriu com frieza. – Não vou falar ainda para o senhor. Não até ter meu acordo. Mas, quando tiver, não vejo mal em dar a história exclusiva para o senhor.

Seu coração estava acelerado agora. Era tudo que Jameson queria: a prova de suas convicções sobre o escalador de paredes, a justificativa da posição que ele havia assumido diante da opinião pública. Era disso que seus sonhos eram feitos.

E, no entanto, ele não acreditou em uma palavra do que ouviu.

Ele queria desesperadamente engolir a história toda, mas havia um fedor nela que era forte demais para ignorar. Dillon estava prestes a dizer uma coisa e então... mudou. Não só a história, mas todo o comportamento. Até sua gramática havia melhorado. E o que ele estava alegando simplesmente não se encaixava com os fatos. Jameson tinha visto com os próprios olhos: Dillon não estava evasivo antes; estava confuso, preocupado. E então alguma coisa tomou conta dele.

– E os outros ataques de robô? – ele perguntou devagar. – Os outros roubos?

– Homem-Aranha está por trás dos roubos. Ele encenou os ataques para desviar as suspeitas.

– E como você explica que eles sempre aconteciam enquanto você entrava em transe?

– Coincidência. – Ele examinou Jameson. – Todos esses tais transes correspondem a algum roubo ou ataque?

– Não que a gente saiba.

– Pronto. Só deixo minha mente viajar de tempos em tempos. Como vivo fazendo isso, é inevitável que às vezes aconteça ao mesmo tempo que algo lá fora. Mas normalmente não. É só uma coincidência.

Jameson tinha sido repórter por tempo suficiente para saber diferenciar uma coincidência de um padrão real. Electro estava mentindo. E se estava mentindo sobre isso, Jameson não tinha escolha a não ser desconfiar de que ele também estivesse mentindo sobre o envolvimento do Homem-Aranha. Era terrível admitir. Tudo o que ele queria era acusar o escalador de paredes de um crime que colasse. Mas a história de Dillon simplesmente nunca colaria.

E havia mais do que a história questionável de uma só pessoa. Mais coisas que se somavam ao padrão. Electro tinha uma conexão com os roubos de equipamentos cibernéticos, e esses roubos faziam parte de algo maior, e Homem-Aranha estava sendo usado para distrair a atenção desse algo. E Jameson vinha caindo na isca dessa distração por causa do seu ódio contra Homem-Aranha. Ele tinha sido manipulado feito um amador porque estavam brincando com seus preconceitos.

A única maneira de chegar à verdade era admitir que estava errado. A respeito do Homem-Aranha.

Quase não valia a pena. Poxa, era duro só de pensar. Seu cérebro não foi projetado para processar esse conceito.

Ou talvez, ele se corrigiu, *só esteja sem prática.*

– Sabe o que eu acho? – ele disse. – Acho que você é um mentiroso. Acho que tudo o que você me falou nos últimos dois minutos não passa de uma mentira. Agora, nem sei direito se você é quem diz que é. Não me peça para explicar isso, porque ainda não descobri tudo. Mas eu vou descobrir. Pode confiar. Porque ninguém faz J. Jonah Jameson de bobo. – *Não duas vezes, pelo menos.*

No entanto, Dillon estava olhando para outra coisa. Sua atenção parecia ter se desviado no meio do discurso de Jameson, como se estivesse ouvindo um som distante. Mas, mesmo com o olhar fixo no vazio, ele disse:

– Nada disso é relevante agora. – Ele fez uma pausa. – Sabe o que eu acho de você?

O homem na cela focou o olhar em Jameson e sorriu.

– Acho que J. Jonah Jameson seria um ótimo refém.

Foi então que Jonah ouviu os alarmes – e os estampidos. E os tiros.

E os gritos.

Ele se colocou de pé e correu até a porta do outro lado do corredor.

– Guarda! O que está acontecendo? Me tira daqui! Guarda!

Mas o guarda estava muito ocupado com uma... *coisa*. Uma enorme monstruosidade de metal descia pelo corredor em alta velocidade na direção dele. Uma forte garra metálica avançou com um estalo, com suas pinças envolvendo o guarda...

Jameson desviou o olhar, com ânsia de vômito, e correu para o outro lado. Mas a única direção possível era a cela de Electro, que o observava com um sorriso frio e arrogante. Jameson se virou para trás quando o enorme robô arrancou a porta das dobradiças e dobrou o batente para o lado com suas garras para forçar sua entrada. Ruidosamente, caminhou na direção de Jameson, que fechou os olhos, pensando em Marla.

– Leve-o vivo – Dillon disse, e Jameson sentiu cabos frios de metal em torno de seu corpo, puxando-o para cima. Ele abriu os olhos novamente quando o robô o pousou nas suas costas e o manteve ali.

As garras bateram contra a estrutura de vidro, seguraram-na e a arrancaram. Dillon permaneceu parado, sem se esquivar, como se não se importasse de ser atingido pelos estilhaços. Ele teve sorte; foi atingido por poucos cacos que lhe causaram cortes pequenos. Ele nem pareceu sentir.

– Recarregar – Dillon disse, com a voz dura e imponente, ao subir pelas garras do robô, que haviam se movido para sustentá-lo de maneira quase dócil. Depois de se agachar nas costas do robô, logo à frente de Jameson, ele se segurou em um tipo de alça que o robô havia expelido. Faíscas saltaram entre ela e seus dedos emitindo estalidos sonoros enquanto ele as segurava. Jameson pôde ver os pelos castanho-avermelhados curtos de Dillon se arrepiarem enquanto ele se recarregava. Quase podia sentir os pelos do próprio bigode se enrijecerem pelo campo estático em torno do vilão.

Quando outros guardas entraram na sala e sacaram suas armas, Dillon ergueu a mão e soltou raios que atravessaram seus corpos. A ânsia de vômito de Jameson voltou quando sentiu o cheiro de carne queimada.

– Excelente – disse Dillon, com a voz analítica, conforme o robô avançava em direção à porta pisando nos corpos dos guardas.

– Você... você os matou! Como se não fossem nada!

– Uma avaliação correta.

– Seu louco assassino! Aqueles homens só estavam fazendo o trabalho deles! Eles tinham famílias para sustentar!

– Tudo isso será irrelevante em breve.

Jameson cerrou os punhos, querendo se livrar daquele bandido desprezível e puni-lo pela sua falta de humanidade. Mas ele sabia que tocar naquele fio vivo de eletricidade colocaria um fim na sua ilustre carreira, e Dillon não teria reservas em deixar que ele fosse eletrocutado, assim como não tivera ao matar aqueles guardas. Por isso, guardou a raiva para depois. *Você ainda vai pagar por isso!*

Eles estavam se aproximando dos sons de uma batalha e Jameson pôde ouvir balas, lâminas giratórias e outros passos metálicos. Poeira e fumaça enchiam o ar.

– No entanto – Dillon continuou –, você tem uma função a representar agora. Mesmo que carregado eletricamente, um corpo ainda é vulnerável a balas.

Sem nenhuma ordem (pelo menos, não verbal), o robô virou e continuou a andar na mesma direção, mas sua traseira havia se tornado a parte da frente. Dillon se virou para olhar para a frente e lançou uma olhadela para os tentáculos que seguravam Jameson. Eles diminuíram a força e o soltaram. Os olhos dele se arregalaram.

– Você está me soltando?

– Não. Estou livrando os tentáculos para o combate. – De repente, para sua surpresa, Jameson se sentiu empurrado para olhar à frente. Não, era mais do que isso: era como se seus músculos o virassem, mas não era ele quem os comandava. Eles se contorceram como se... *como se uma corrente estivesse passando através deles*. Electro estava controlando as correntes nos nervos de Jameson como fazia com os fios e servidores dos robôs! Ele tinha sido reduzido a um fantoche!

Electro o forçou a se sentar e segurar uma alça em cima do robô; por sorte, nenhuma carga passava por ela. Ele viu que o robô tinha braços nas costas – ou na nova dianteira – muito parecidos com os da outra extremidade. Ele estava começando a reconhecer que esses robôs tinham um design muito semelhante ao das sondas de Vênus, mas eram maiores, mais perigosos, mais cruéis. Eram ferramentas científicas poderosas cooptadas para o crime. Eram máquinas mortíferas.

Então, eles viraram na última esquina e avistaram uma luta entre guardas e robôs. Alguns dos defensores armados se voltaram na direção deles.

– Avise os guardas da sua presença – Dillon ameaçou.

– Não atirem! Não atirem! Sou eu! J. Jonah Jameson! Essa aberração me pegou como refém! Cuidado com os raios dele! *Humpf*! – De repente, seus dentes se cerraram dolorosamente, abafando seus gritos.

– Agora basta – Dillon disse. Para o alívio de Jameson, os guardas não estavam atirando. – Fale para os seus homens abaixarem as armas se quiserem que o refém sobreviva – Dillon gritou.

Relutantes, os guardas obedeceram, talvez reconhecendo que não estavam conseguindo vencer os robôs. Jameson quase ficou aliviado por não conseguir falar, porque senão, sua consciência o teria pressionado a dizer algo nobre e altruísta como: "Não se preocupem comigo, acabem com ele!". A ameaça que aquele psicopata representava diante de um exército de robôs era terrível, e valia muito bem o sacrifício de um homem para ser evitada. Mas essa decisão havia sido tirada das suas mãos, para o seu alívio.

Ele não era um herói. Não queria estar ali no centro da ação, arriscando a vida. Ele não conseguia lidar com esse tipo de risco. Não como...

Não. Nem diga isso. Os Vingadores, o QF, nem o Homem-Fuleiro! Ninguém a não ser...

Homem-Aranha, onde diabos você está quando eu preciso de você?

E desta vez, você vai se dar ao trabalho de me salvar?

• • • •

Homem-Aranha levou algum tempo para encontrar um barquinho adequado que ele pudesse confiscar – certo, roubar – sem que ninguém visse. Ele não gostava de recorrer a roubo, mas não via outra opção. Precisava chegar à prisão e descobrir o que Jameson estava planejando, com quem iria se encontrar. O Consertador tinha muitas relações no submundo e poderia ter colocado Jameson em contato com quase qualquer um dos figurões que residiam atualmente na Ryker's. *Ou talvez JJJ simplesmente tivesse feito as pazes com Smythe, uma trégua para se livrar de mim. Ódios em comum já criaram aliados muito mais estranhos do que eles.*

Quando se aproximou da ilha, desligou o motor e remou o resto do trajeto depois de jogar um pouco de teia em volta dos remos para silenciá-los. Era difícil encontrar um ponto de desembarque isolado, pois a costa era baixa e propositalmente aberta para dificultar infiltrações como aquela. Ele pensou em desembarcar sob a única ponte que ligava a ilha ao continente.

Mas notou outro som além do rumorejar da água: o som de sirenes na ilha. Desistindo de entrar furtivamente, voltou a ligar o motor e chegou lá o mais rápido que pôde. Em terra firme, correu na direção da alta cerca da prisão, descobrindo que alguma coisa havia feito um grande buraco nelas e passado por ele, deixando um rastro de guardas – e até mesmo presidiários – mortos ou feridos atrás dela.

Ou *delas*. Ele via dois dos culpados agora – robôs como aqueles do Distrito dos Diamantes, só que maiores e mais malignos. Eles estavam parados ao lado de um buraco aberto na parede da ala especial, em guarda, como que protegendo quem estava lá dentro. *Ahh, não. Isso me cheira mal.*

Coragem, Aranha. Você já enfrentou coisa pior. Chega de duvidar de si mesmo. É só se concentrar e acabar logo com isso.

Ele disparou uma teia para o alto de um dos faróis ao longo da cerca e saltou, deixando que a contração da teia o ajudasse a passar por sobre o arame farpado. Pousou dentro do terreno e correu na direção do buraco na parede. Um dos robôs de guarda o avistou e avançou para detê-lo. O sentido-aranha formigou e ele saltou para fugir de uma rajada de fogo disparada contra ele. Aranha pousou na lateral do prédio da prisão e escalou a parede para se aproximar enquanto o robô erguia a parte frontal para mirar nele e lançar outra rajada do lança-chamas. Mas o Aranha viu o acendedor de arco voltaico e o atingiu com uma rajada precisa de fluido de teia. O líquido inflamável saiu, mas sem nada para acender, espirrou inofensivo no chão.

O robô flexionou as patas e saltou na direção dele, estendendo as garras perigosas. O herói subiu pela parede para desviar, mas um tentáculo de aço se ergueu e acertou seu tornozelo, puxando-o para baixo com o peso de seu pouso. Aranha precisou soltar a parede para não ter a perna arrancada. O cabo o lançou para trás contra o chão, mas ele girou no ar e pousou com as mãos e o pé livre, absorvendo o impacto. Rolou e agarrou o cabo com as duas mãos, puxando-o e retorcendo-o até quebrar as peças hidráulicas internas que faziam com que o cabo se flexionasse todo. O cabo ao redor do seu tornozelo ficou mole. Mas logo em seguida, o zumbido de perigo se intensificou e outro cabo se enrolou em torno do seu torso, prendendo seus braços. Um som metálico e agudo chamou a atenção de Aranha para uma lâmina de serra girando na direção da sua cabeça. Ele desviou por sob ela, mas não conseguiu se mover muito por causa do cabo que o segurava, prendendo seus braços e comprimindo seus pulmões. A lâmina estava se reorientando para passar outra vez.

Contudo, o Homem-Aranha sabia do que era capaz. Reunindo suas forças, tensionou os braços e o peito contra o cabo que o prendia até se libertar. Ele caiu para longe, passando milímetros sob a serra. Segurou o braço da lâmina quando ela passou por ele e o braço o ergueu do chão, balançando-o no ar de um lado para o outro. Ele se segurou – claro que se segurou, ele era o Homem-Aranha – e deu um soco na carapaça do robô, estendendo o braço para despedaçar os cabos hidráulicos e elétricos. A lâmina caiu em silêncio. Mas o formigamento o avisou outra vez; dessa vez, não só o sentido-aranha, mas também o arrepiar dos seus pelos o avisaram de uma carga que se acumulava. Ele saltou para desviar de uma descarga elétrica disparada em sua direção. O arco voltaico atingiu os restos do braço da serra, passando pelos fios expostos e fazendo com que o robô desse um choque em si mesmo. Aranha assistiu da parede em que pousou, torcendo para que o choque acabasse com o robô. No entanto, embora a máquina estivesse cambaleante, com um lado enfraquecido, ele ainda estava de pé.

E o segundo robô estava ao alcance, lançando uma rajada de fogo na direção dele. Saltou até uma árvore ali perto e a chama o seguiu, incendiando os galhos. Ele continuou enquanto conseguiu suportar o calor que subia, na esperança de pegar os robôs desprevenidos.

Lança-chamas e eletricidade no lugar de lasers, ele pensou. *Eles não parecem coisa da Cyberstellar. Alguém construiu versões piratas, usando equipamentos mais baratos. Devem ter começado antes mesmo do roubo de diamantes, copiando os planos antes de perderem os robôs e então modificando-os para deixá-los mais mortais. Mas a casca desses não é tão dura quanto a das sondas de Vênus. Essa é a minha vantagem.*

O segundo robô estava andando de um lado para o outro embaixo da árvore, procurando por ele. Mas o Aranha estava começando a assar lá em cima, então pulou em cima das costas do robô e mirou no acendedor de arco voltaico, como da outra vez. Mas o robô virou o braço de lança-chamas antes que ele tivesse a chance de atirar. *Eles se adaptam.*

Ele também se adaptou, caindo para o lado e para baixo do robô, na esperança de que houvesse um ponto vulnerável ali. Contudo, ao chegar à parte de baixo, espinhos afiados começaram a avançar contra ele. Um chegou perto, e ele sentiu um choque elétrico. O robô começou a se abaixar e o Aranha saltou, desviando por entre as duas pernas do oponente. Uma delas o chutou e fez um corte em seu joelho esquerdo, fazendo-o cambalear. A perna preparou outro chute e Aranha a agarrou, puxando-a sem dó nem piedade até arrancá-la na articulação. *Vingança.*

Ele se levantou com dificuldade e saiu mancando, sentindo pontadas de dor no joelho. E então seu formigar de perigo se intensificou. Ao se virar para o buraco na parede da prisão, viu outros robôs surgindo. *Que ótimo.* Mas sabia que poderia acabar com eles. E sabia que deviam estar ajudando alguém a fugir, alguém perigoso; por isso, *precisava* acabar com eles. Fracassar não era uma possibilidade. Seu sentido-aranha parecia estar funcionando bem agora, então não havia porque duvidar dele.

E então ele viu algo que pôs fim às suas outras dúvidas. Saindo da prisão, sentado nas costas do maior robô, montando-o como um general em seu cavalo...

Jameson!

E sentado atrás dele estava ninguém mais, ninguém menos, do que Electro. Ainda com o uniforme da prisão, claro, mas Aranha já conhecia o rosto de Max Dillon fazia tempo. *Claro! Tudo se encaixa agora.*

De tão fixado que estava em Jameson, Aranha quase ignorou o formigar do seu sentido-aranha anunciando uma rajada de lança-chamas do robô manco. Ele desviou bem a tempo, embora pudesse sentir que seu uniforme estava pegando fogo. Ele caiu e rolou, e então se levantou com dificuldade quando dois outros robôs avançaram na direção dele.

– Homem-Aranha! – ele ouviu Jameson gritar entre dentes, como se em um acesso de fúria.

– Bom, o que você estava esperando, carrancudo? Que eu não seria uma mosca na sua sopa quando você mostrasse sua verdadeira cara? – Ele podia apostar que o editor em JJJ ficaria ainda mais enfurecido com a metáfora boba.

– Seu... idiota! – Enquanto disparava uma teia contra Jameson, ele viu o braço do dono do *Clarim* apontar na direção dele. Um robô avançou e deteve a teia com sua garra. O braço de Jameson fez um rápido movimento para o lado e a garra puxou, fazendo com que Aranha caísse. (Na verdade, os pés dele continuaram presos à grama em que estava em pé, mas o próprio gramado cedeu.) Outro gesto, e uma rajada de chama estourou na direção dele. Aranha disparou mais um fio de teia e desviou, saltando no ar. JJJ apontou para Electro, que lançou um raio contra Aranha. O herói disparou uma rede de teia no ar à sua frente para servir como escudo isolante. Ele pulou sobre o telhado da ala da prisão e se protegeu sob a beirada. Viu robôs escalando a parede atrás dele, seguindo aonde Jameson apontava.

Apesar de estar em desvantagem, Homem-Aranha se sentiu mais confiante do que nunca. Ele estava certo desde o começo! Um divertido Jonah finalmente tinha mostrado a cara e agora era a grande chance do Aranha derrotar seu inimigo mais antigo de uma vez por todas!

– Eu sabia, Jonah! – ele berrou. – Desde o começo, sabia que você era uma ameaça!

– Você é... mais burro do que eu pensava! – Jameson respondeu aos berros, embora parecesse estar com dificuldade para falar (sempre havia uma primeira vez). – Electro! Ataque...

Imediatamente, em resposta ao comando do seu mestre, Electro disparou outro raio. Sem dificuldade, Aranha deu um salto para desviar, sentindo-se leve como uma pena. Ele pousou em cima de um dos robôs que escalava a parede, fazendo-o se soltar e levando-o até o chão, onde bateu com força e caiu de costas. Aranha arrancou uma das patas e a lançou contra a montaria de Jameson.

– De quem foi a ideia de se aliar ao Electro, carrancudo? Foi da Marla? Ela descobriu como ele conseguiria controlar os robôs? – ele disse, enquanto arrancava outra perna e acertava o corpo do robô com ela. – É o trabalho dela que estou destruindo?

– Pega... Electro! Ele é...

Aranha girou quase que casualmente para desviar do próximo raio, deixando que ele fizesse churrasquinho do robô quebrado. Quando o robô se desligou, Aranha arrancou um de seus espinhos ventrais, saltou para cima do próximo robô na parede (que agora descia na direção dele), e enfiou o espinho no olho de câmera. O robô lançou faíscas pelo ar, e Aranha usou o espinho de novo para enfiar onde pensou ser o tanque do seu lança-chamas, causando um vazamento. Ele saltou para o lado antes que as alças elétricas descarregassem, botando fogo no combustível que vazava e causando uma explosão interna. O robô não conseguiu mais se segurar e caiu com estrondo no chão.

– Posso fazer isso o dia todo, Jonah – ele provocou, ficando em pé na lateral do prédio com as mãos nos quadris. – Você devia saber a essa altura que seus ataques contra mim nunca dão certo! Você devia continuar blogando... essa sim é uma nova tecnologia que você consegue...

– Atrás de você, seu idiota!!

Dois cabos surgiram por trás e se enrolaram em torno dele, prendendo-o no lugar. Ele ouviu o crepitar de um acendedor de arco voltaico. Espantado e em desespero, empurrou a parede no mesmo instante em que as chamas se soltaram. Suas pernas ficaram sob a chama por uma fração de segundo, e ele gritou de dor e espanto. Um espanto parecido com o de notar que *seu sentido-aranha não o tinha avisado.*

Ele tentou puxar os cabos, mas eles resistiram, puxando-o de volta. Contorcendo-se desesperadamente para evitar o fogo infernal, disparou teia na parede oposta e a puxou com as duas mãos. Com uma potente explosão de força, arrancou o robô da parede e desceu, atirando o robô ao chão. O lança-chamas se enterrou. Mas ele ouviu outro robô vindo por trás, mais uma vez sem nenhum formigar de perigo. Ele arrancou os cabos e correu para longe.

– Jameson! O que você fez com o meu... – Ele se deteve ao lembrar: tinha sido Jameson quem o avisou. *Quem salvou a minha vida.*

– Não sou eu, seu paspalho! – Jameson se debatia para sair. – Elec... Electro está por trás disso! Controlando... meus músculos! Me machucando! Mas... sem controle suficiente – ele disse, com um sorriso desafiador. – Quanto mais ele controla... os músculos... dos robôs... menos controla... minha voz!

– Como se alguma coisa conseguisse calar sua boca! – Aranha gritou quando outros robôs surgiram atrás dele.

– Chega... de palhaçada! Não temos tempo... para ficar brigando! Isso é... maior do que eu e você... Homem-Aranha! – Outras chamas ressoaram, outras pinças estalaram, outras serras zumbiram, mas a voz de Jameson ficou mais sonora, mais forte, aquele bramido grave treinado por décadas de berros com os repórteres em meio ao alvoroço da redação. – Electro está construindo os robôs... um exército de assassinos! Ele está nos jogando um contra o outro! Para nos distrair! E nós caímos feito duas moscas na teia! Está me ouvindo, Homem-Aranha? Estamos deixando essa aberração nos fazer de bobos! Lutando um contra o outro por nada! Você achou que fui eu, eu achei que fosse você, mas estávamos errados! Está me ouvindo? *Nós estávamos errados!*

Aquelas palavras atordoaram Homem-Aranha mais do que qualquer golpe de pinça de robô. *J. Jonah Jameson... admitindo que estava errado?*

O choque fez toda a sua visão de mundo desabar, colocando tudo em dúvida. Ele tinha tanta certeza sobre a todas as coisas, mas agora... *Agora sei que meu sentido-aranha estava mentindo para mim. Tia May tinha razão.*

Tudo agora estava começando a ficar mais claro. Fazia muito mais sentido. Os Jamesons, o Consertador e Electro mancomunados? Tia May e MJ sendo cópias androides? Como ele poderia ter acreditado nisso tudo? Assim como em qualquer teoria paranoica de conspiração, quanto menos ele conseguia encontrar evidências que a apoiassem, mais precisava exagerar o alcance da conspiração para justificar a tese. Agora ele via como tudo estava saindo do controle. Como tinha ficado desesperado e fanático, tudo porque não conseguia se permitir ver uma possibilidade muito mais óbvia: que ele simplesmente estava errado desde o princípio.

Talvez fosse Jameson quem tivesse começado. Jameson que havia cometido um erro ao postar aquelas fotos dos alunos de Peter. Isso tinha deixado Peter tão furioso que havia se decidido a acreditar que Jameson era seu inimigo, independente do que mostravam as evidências. Além disso, ver aquelas fotos o fizera se sentir tão culpado que ele não conseguia mais admitir seus erros. No entanto, por mais errado que Jameson pudesse estar no começo, Peter tinha reagido da pior maneira possível. Ele havia se transformado em J. Jonah Jameson! E precisou da mente clara de Jameson para apelar ao seu bom senso! Em que ele havia se permitido se transformar?

Um cabo pegou seu punho, trazendo-o de volta para o presente. Agora, ele percebeu, o maior erro seria esquecer de lutar por sua vida. Ainda mais porque não podia mais confiar em seu sentido-aranha.

É isso que está acontecendo aqui, ele pensou enquanto arrancava aquele cabo e desviava de uma lâmina. *Alguma coisa está estragando meu sentido-aranha. Me dando falsos positivos para me fazer desconfiar de Jameson. Me dizendo que tia May e MJ eram ameaças sempre que tentavam me fazer encarar a realidade. E, agora, me impedindo de sentir o perigo! Será que Electro pode estar fazendo isso? Brincando com os meus sentidos como brinca com o corpo de Jonah e dos robôs? Mas como?*

Descobrir isso, porém, teria de esperar. Se seu sentido de perigo era agora uma arma do adversário, ele estava em muita desvantagem para continuar a lutar. Ele precisava bater em retirada.

Mas não sem Jameson.

Por sorte, só havia um robô entre ele e JJJ agora. Ele começou a tecer um escudo, prendendo-o ao punho com cordas de teia. Pulou sobre as costas do robô, pisando com força, e tomou impulso antes que a máquina conseguisse puxá-lo para baixo. Usou o escudo para deter os raios de Electro, soltando balas de teia por trás da sua proteção. Dillon foi obrigado a desviar seus esforços para queimar as teias, dando ao Aranha a chance de que precisava. O braço de serra giratório avançou contra ele enquanto descia, mas ele o atingiu com um gosma de teia e o chutou para o lado. Agarrando Jonah, disse:

– Vou tirar você daqui. – E disparou uma teia para o alto da prisão. Pouco antes de saltar para longe, disparou um rastreador-aranha que grudou em uma das patas do robô, perto do seu corpo. O dono do jornal se segurou por sua preciosa vida enquanto Aranha o levava para o alto do telhado, para longe da confusão. – Acho que mereço uma explicação – Aranha disse.

Jameson tomou fôlego com esforço, parecendo aliviado por estar livre do controle elétrico do vilão.

– Dessa vez – ele disse –, eu não vou discutir.

12 PARCEIROS EM PERIGO

FELIZMENTE, MARY JANE havia conseguido convencer tia May de que ela seria mais útil em casa, fazendo do lugar uma espécie de "centro de comando", em vez de participar da busca pela cidade. Era mais fácil para MJ se concentrar no radar-aranha (radar-rastreador?) sem ter que também ficar cuidando de tia May.

Mas depois de um tempo, ela começou a desejar que tia May estivesse ali para lhe fazer companhia. Era um trabalho entediante dirigir pela cidade e procurar em vão por um ponto luminoso no radar. Além disso, ela nem tinha como ter certeza de que, se captasse o sinal de rastreador, seria do mesmo que Peter estaria seguindo. Ela não sabia por quanto tempo a máquina continuaria a transmitir, e Peter sempre os usava sem dó (e ela que tinha a fama de reclamar quando chegavam as contas mensais); como saber quantos outros rastreadores de casos antigos poderiam estar espalhados pela cidade?

Depois de horas de busca, porém, ela não havia encontrado nada. Nenhum ponto luminoso. Ela já havia atravessado a Ilha de Manhattan de cima a baixo, estava agora investigando o Queens, e estava prestes a descartar o bairro e seguir para o Brooklyn. Ou então desistir de tudo.

– Isso é idiota – ela disse para o carro vazio. – Nunca vou encontrar nada desse jeito. O que eu tinha na cabeça? – Talvez ela precisasse estar no alto de algum telhado para captar um sinal claro. Peter não havia projetado aquele troço para buscas no chão. – Ahh, só agora que eu penso nisso!

Ela notou que o motorista do carro ao lado estava olhando para ela. *Ah, ótimo. Peguei a mania do Peter de falar sozinho. Aquele cara deve achar que estou tagarelando no fone do celular enquanto dirijo e está prestes a me denunciar para a polícia. Ou, talvez*, ela pensou, olhando para a vizinhança perigosa, *ele seja mais um fã obcecado que quer me levar para casa e me trancar no armário.* Ela enfiou uma mão na bolsa e segurou os contornos reconfortantes da arma de choque.

Na mesma hora, seu celular tocou e ela se assustou. Ao olhar, viu que era tia May ligando. *Dane-se, vou correr o risco*, ela pensou, e atendeu ao telefone, olhando acanhada para o outro motorista que, felizmente, estava de olho na estrada (pelo menos um deles estava).

– Nada ainda, tia May – ela disse.

– *Não foi por isso que eu liguei, Mary Jane. Acabei de ver na TV... está acontecendo uma invasão na prisão em Ryker's Island! Os helicópteros do jornal estão mostrando agora. Parece que tem muitas geringonças mecânicas envolvidas. E falaram que o Sr. Jameson também está lá!*

Ela soltou um suspiro grave.

– Então é lá que Peter vai estar. Bem no centro da... – Ela se conteve, sem querer preocupar tia May, ou ela mesma, ainda mais. – Certo. Estou a caminho.

– *Tem certeza, querida? É perigoso!*

– Meu marido precisa de mim, May. Eu vou.

Uma pausa.

– *Claro, querida* – tia May disse, completamente compreensiva. – *Tome cuidado.*

MJ desligou o celular e sorriu.

– Por que começar agora?

• • • •

Homem-Aranha carregou Jameson pela ponte até o continente, atirando-o sobre os ombros como um bombeiro apesar dos protestos do dono do *Clarim*.

– Do que você está reclamando? – Aranha perguntou. – E eu, que preciso olhar para a sua bunda a viagem inteira? Pelo menos, ela é mais bonita do que a sua cara.

Logo ficou claro que os robôs não estavam indo atrás deles, mas Aranha se apressou em voltar à terra firme e para os prédios por onde podia se balançar. Quando encontraram um beco silencioso para descansar, ele colocou o dono do jornal no chão.

– Já não era sem tempo! – Jameson berrou. – Enquanto isso, você deixa aquela pilha gigante fugir com aqueles brinquedos assassinos!

– Ei, eu não tinha muita escolha! Ele fez alguma coisa com meu sentido-aranha!

Jameson cravou os olhos nele.

– Como assim?

– É como eu sei quando tem perigo.

– Disso eu sei, cabeça oca! Estou perguntando o que ele fez com seu sentido?

– Não sei direito. Mas de alguma forma ele adquiriu a habilidade de controlar meu sentido. De me fazer sentir perigo quanto não tem e não sentir quando tem. É... é por isso que eu tinha tanta certeza de que você era o vilão da história – ele continuou, encabulado. – Meu sentido de perigo estava ficando maluco sempre que você estava por perto.

– Quer dizer que ele nem sempre ativa perto de mim?

– Por incrível que pareça, não. Nunca ativou antes. Nem quando você *estava* querendo me pegar.

– *Humpf.* Isso me magoa. – Jameson olhou para ele. – Então você não estava sentindo o perigo na prisão? E por isso fugiu? Porque não tinha a vantagem que lhe permite trapacear, e não consegue aguentar uma luta justa?

– Ei! Era você quem dez minutos atrás estava dizendo que não devíamos brigar mais.

– Escuta, se for para ficarmos do mesmo lado, preciso saber se posso confiar em você! Se você sair correndo toda vez em que tiver um problema...

– Ei, eu salvei você primeiro, não salvei?

Jameson ficou mais humilde.

– É, acho que sim.

– E eu não sou o Super-Homem, sabe. Nem consigo desviar de balas ou... ou lança-chamas se não sentir que vão atirar antes.

– Certo, certo! Então, o Electro encontrou um jeito de estragar seu "sentido-aranha"... maldito nome idiota, se você quer saber...

– Não quero.

– E é isso que tem feito você agir como um vândalo psicótico mais do que de costume.

Ele corou sob a máscara.

– É, mais ou menos isso.

– Então por que diabos você foi se vangloriar desse poder para os bandidos, seu babuíno com cérebro de inseto? Se eu tivesse uma vantagem dessas, não sairia falando para as pessoas!

– Ei, eu ainda estava no ensino médio, tá? Me dá uma folga!

– *Humpf*. Acho que isso explica o nome babaca e as roupas ridículas.

Aranha até chegou a rir.

– É, meio que sim.

– Então por que você nunca cresceu?

– Bom, é uma história longa; envolve um pirata, um crocodilo e uma fadinha.

– A calça justa faz muito mais sentido agora.

Para sua própria surpresa, Aranha começou a gargalhar incontrolavelmente e, para sua surpresa ainda maior, Jonah também começou a rir um segundo depois. A reação deles era mais do que exagerada em relação à graça real da piada, mas era um alívio de que os dois estavam precisando. Aranha percebeu que vinha sentindo falta desse tipo de discussão com JJJ, em que nada estava em jogo. Era pura nostalgia.

– Enfim – ele disse, finalmente, ainda rindo um pouco –, quando me dei conta de que devia parar de explicar meus poderes para os bandidos, o mal já tinha sido feito. Todos os meus inimigos mais antigos sabem do que eu sou capaz. E Electro é um deles.

– Eu lembro – Jameson disse, pesaroso, sem dúvida relembrando os acontecimentos em torno do primeiro ataque de Electro, quando Jameson colocou sua reputação em jogo alegando que Electro era, na verdade, Homem-Aranha disfarçado, e então precisou se contradizer quando viu os dois lutando em público. Mas Peter tinha ajudado falsificando as fotos que apoiavam a acusação de Jameson. Na época, ele estava tão desesperado por dinheiro, que estava disposto até a incriminar seu próprio alter ego.

– Aliás, o que fez você ir ver Dillon na prisão?

Jameson explicou o rastro de pistas que o levara para Electro: a série de roubos de alta tecnologia, o corpo de Stanley Richardson, e assim por diante.

– E você começou a perceber que eu não tinha como estar por trás disso? – Homem-Aranha perguntou.

– Eu ainda tinha minhas dúvidas – rebateu Jameson. – Mas, quando Electro confessou que você estava envolvido... deu para ver que ele estava mentindo. Tentando lançar suspeitas sobre você.

– Pra te distrair. Assim como me distraiu. Mas do quê?

– Da construção daqueles robôs assassinos, acho. Ou talvez de alguma coisa maior ainda. Foram roubadas muito mais peças do que tem naqueles robôs.

– Mas como Max Dillon poderia estar por trás de tudo isso? Ele sempre teve um intelecto de baixa potência.

– Talvez ele tenha recebido ajuda. Como daquele tal de Phineas Mason.

– O Consertador.

– Isso, eu fui interrogar esse homem. Muito frio, ele. Não cedia a nada. Parecia que ele mesmo era um robô.

Aranha riu.

– Bem, na verdade...

Jameson o fitou.

– Ele era? Então deve fazer parte disso!

– É difícil saber, na verdade – Aranha discordou. – Vasculhei a memória do robô, e não tinha nenhum sinal de um encontro com Electro ou outro cúmplice conhecido. O único rosto que reconheci foi o seu. Acho que deve ser de quando você o interrogou.

Jonah fez uma careta, entendendo a indireta quando Aranha inclinou a cabeça.

– E você achou que era prova de que a gente estava mancomunado.

– Mancomunadíssimos.

– Até parece.

– Não enche. Se eu não tivesse seguido essa pista falsa, não teria ido até a Ryker's atrás de você.

– Então o robô do Consertador...

– Devia estar fazendo só o que me falou, vigiando a loja de Mason enquanto o verdadeiro se esconde. Talvez Mason esteja envolvido nessa ou talvez só esteja de férias. Não estou disposto a tirar conclusões precipitadas agora.

– Pois é... acho que entendo o que você está falando.

Aranha sorriu por trás da máscara. Essa frase era o mais próximo de humildade que ele já tinha visto em J. Jonah Jameson, e ele queria aproveitar enquanto durasse.

– Mas Mason pode esperar. Precisamos descobrir o plano de Electro. – Ele balançou a cabeça. – Ainda não entendo como ele pôde planejar uma coisa desse porte.

Jameson ficou pensativo.

– Sabe, ele pode ser mais inteligente do que parece. Ou então...

– Ou então o quê?

– O que eu quero dizer é que ele... *muda*. – Jonah contou sobre a entrevista na prisão, sobre como Dillon tinha ficado confuso e esquecido, e então, de repente, passou por uma mudança de personalidade, tornando-se frio, perverso e ameaçador. Ele contou sobre as outras anormalidades no comportamento de Dillon, como os transes, que muitas vezes pareciam corresponder a um roubo ou ataque de robô. Falou da confusão em relação aos últimos meses, os aparentes lapsos de memória e seu esforço para lembrar de onde tinha vindo a ideia de seus novos poderes e seu novo interesse por robôs. – Tive a impressão de que Dillon estava prestes a falar alguma coisa de que tinha lembrado e... algo o deteve. Quase como se ele fosse duas pessoas diferentes. – Ele franziu a testa. – Ei. Você está pensando o mesmo que eu?

– Acho que sim, Jonah. Mas acho que o Doutor Octopus não usa o mesmo número que o Electro.

Jameson olhou feio para ele.

– Chega de palhaçada por enquanto, faz favor? O que eu quero dizer é: e se Dillon tem dupla personalidade?

Homem-Aranha franziu a testa.

– Sei não. Olha, o que Dillon estava tentando dizer antes de mudar?

– Ele tinha lembrado de alguma coisa sobre quando essas ideias novas lhe passaram pela cabeça. Ele disse que aconteceu na Broadway.

– O que aconteceu?

– Ele não disse. Só falou que o atingiram como um raio.

– Mais alguma coisa? – ele insistiu.

– Não me pressiona! – Jonah tirou o bloco de notas do bolso e folheou. – Sim... sim, ele disse: "Começou onde tudo terminou".

O queixo do Aranha caiu. As peças estavam se encaixando.

– Meu Deus... não pode ser.

– Não pode ser o quê? Você sabe o que está acontecendo?

– Tomara que eu esteja errado. Mas se eu estiver certo, estamos todos em grande perigo.

– Por quê?

– Não tenho tempo para explicar. – Outra peça estava começando a se encaixar. Algo que ele tinha lido num artigo científico. – Você mencionou que as partes roubadas incluíam sistemas de prototipagem rápida e extratores carbotérmicos?

– Hmm, sim, acho que sim. – Jameson folheou o bloco de notas e mostrou a página relevante para Aranha. O resultado da soma de tudo que havia naquela lista era horrível demais de contemplar.

– Isso é muito, muito ruim. Precisamos encontrar Electro o mais rápido possível! – Aranha se levantou com um salto, voltando-se para a frente do beco.

Jameson o deteve.

– Como? Ele pode estar em qualquer lugar agora!

– Estou com um rastreador no robô dele. Mas preciso saber onde começar a procurar. – Ele pegou o bloco de notas novamente. – Aquele guarda. Richardson, não é?

– Sim.

– Onde o corpo dele apareceu?

– Staten Island. Na costa noroeste.

– Significa que o corpo dele deve ter sido jogado na divisória entre o Passaic e o Hackensack.

– Por que não na Baía de Jersey?

– Demorou demais para o corpo aparecer. Deve ter vindo de longe, contra a corrente.

Jameson estreitou os olhos.

– Me preocupa que você tenha tanto conhecimento à sua disposição.

– É só geografia do ensino médio e bom senso. Olha, preciso correr, Jonah. Consigo chegar lá mais rápido sem você.

– O que você pode fazer? Com ele controlando seu sentido de perigo, você vai ser morto com todas as suas palavrinhas bonitas. Melhor deixar as autoridades cuidarem isso!

– Talvez agora eu precise fazer isso mesmo. Mas preciso encontrar Electro antes. Quando eu localizar o rastreador, ligo para você e digo para onde mandar a Guarda Nacional, os Vingadores, quem você conseguir... – Ele parou, dando um tapa na testa. – Idiota!

– De qual idiotice sua em particular estamos falando agora?

Ele ignorou a ironia.

– Meus rastreadores trabalham em conjunto com meu sentido-aranha. E não estou sentindo nenhum formigamento normal desde a luta. – Além disso, ele não estava sentindo o rastreador no casaco de Jameson, embora achasse melhor não revelar esse ponto. – Acho que Electro desligou meu sentido por completo.

O rosto de Jameson esmoreceu.

– Então estamos liquidados! – ele disse, conseguindo fazer soar como se tudo fosse culpa do Aranha.

– Sem meu sentido-aranha, não sei como posso...

Aranha parou. Seus olhos se arregalaram e, mesmo sem pensar, ele ficou contente porque Jonah não podia ver seus olhos através da máscara. Pois, no fim do beco, atrás de Jonah, estava exatamente aquilo de que o Homem-Aranha precisava.

Seu velho radar-aranha.

Diante de seus olhos, uma mão feminina, esbelta, elegante e que ele conhecia muito bem acenava para ele.

– Que foi? – Jonah perguntou.

– Vamos apenas dizer que eu tenho um anjo da guarda – ele disse. – Vamos voltar para o plano A, é tudo que você precisa saber. – Ele foi empurrando Jameson em direção à outra saída da viela, impedindo que ele visse a mão que estava agora fora de vista. – Você volta para o *Clarim*, onde é seguro, e eu ligo quando tiver uma localização.

– Mas eu quero saber...

– Você vai saber. Logo. Vai vender milhões de jornais. – Isso colocou o brilho esperado nos olhos de Jonah, silenciando suas dúvidas. Ele saiu às pressas, tirando o telefone do bolso enquanto corria, provavelmente a fim de ligar para o escritório e pedir que parassem as máquinas.

Então, Aranha deu meia-volta e correu para MJ, que lançou os braços em torno dele.

– Se segura – ele disse. Um fio de teia e um momento depois, eles estavam a sós no terraço de um prédio, e ele tirou a máscara e a beijou intensamente. – MJ, tenho um monte de coisa para dizer a você... Me desculpa, eu tenho sido um babaca, mas não tenho tempo agora...

– Tudo bem, eu te perdoo. – Ela deu um passo para trás, recompondo-se. – Eu ouvi parte da história. Electro fez alguma coisa com seu sentido-aranha?

– Sim, não sei o quê. Primeiro achei que ele estivesse influenciando a atividade elétrica dos meus nervos, mas não pode ser isso porque está acontecendo mesmo quando ele não está por perto. E isso está muito ativo, muito inteligente... acho que deve ser alguma coisa *dentro* de mim, alguma coisa que permite que ele acione ou suprima meu sentido-aranha a distância. Se ao menos eu conseguisse descobrir onde está...

– Quando começou?

– Eu senti pela primeira vez na entrevista coletiva, depois da luta com o robô cortador. Mas essa foi a primeira vez em que fiquei perto de Jonah desde o primeiro ataque dos robôs. Pode ter acontecido em qualquer um dos dois.

Mary Jane pareceu pensativa, e passou a mão na nuca dele. Ela deu a volta para ficar atrás dele e puxou a gola do seu uniforme para baixo.

– Essa cicatriz... você a conseguiu depois da luta com os robôs naquele dia.

– Isso mesmo. Faltou *pouco* para um deles fazer uma cirurgia de coluna ilegal em mim.

– Acho que você está mais certo do que pensa, Peter. Eu notei essa cicatriz dias atrás porque ela não cicatrizou tão rápido quanto as outras. Não tinha pensado muito nisso até agora.

Com os olhos arregalados, ele estendeu a mão para trás e apalpou a cicatriz.

– Acho que tem alguma coisa embaixo dela. – Ele franziu a testa. – Isso não é nada bom, MJ. Eu poderia bater com força e quebrá-lo. Mas tão perto do tronco encefálico... não sei se posso correr esse risco.

– A gente precisa levar você para ver Reed Richards – ela disse. – Ele pode operar...

– Não há tempo. Se eu não detiver Electro, ou aquilo que ele se tornou, o mundo pode estar em perigo.

– O que ele se tornou?

– Depois eu explico. – Ele pegou o radar da mão dela. – Ideia genial trazer isso. Como você me encontrou? Claro, você seguiu o rastreador do Jameson!

– Isso. E obrigada. Ah! Antes que eu esqueça... trouxe outro presente para você também. – Ela enfiou a mão no bolso e tirou um punhado de cartuchos de teia.

– Ótimo! Eu tenho a esposa perfeita. – Depois de recarregar os disparadores de teia, ele ergueu a mão e acariciou o cabelo vermelho dela. – Obrigado por me encontrar, MJ. Por continuar comigo apesar de tudo.

– Ei. – Ela segurou sua mão e acariciou os contornos da aliança embaixo da luva. – Na alegria e na tristeza, bobão. Esse é o acordo.

– Eu estaria perdido sem você. – Ele deu mais um beijo rápido e intenso nela antes de recolocar a máscara. – Eu te amo.

– Eu também. – Ele se virou para ir. – Ei! Me dá uma carona até o meu carro?

– Ah. Desculpa.

13 A MÁQUINA FANTASMA

O HOMEM-ARANHA SALTOU em cima de um trem para chegar a Nova Jersey, segurando-se à traseira do último vagão conforme atravessava o túnel estreito sob o Rio Hudson. Ele tentou manter a cabeça abaixo da janela, mas alguns passageiros o avistaram e olhavam estupefatos, gritando insultos que ele não conseguia ouvir por causa do troar ensurdecedor e do estrépito que ecoava pelas paredes, bombardeando seus ouvidos de todos os lados. *Eu troquei o Aranha-Móvel por isso?*

Quando o trem chegou ao rio Hackensack, ele se balançou por sobre as vigas de aço da antiga ponte ferroviária, escalando até o topo de uma das torres expostas de sustentação do sistema de elevação que erguia a ponte para permitir que o tráfego fluvial passasse. Ele pegou o radar e buscou algum sinal, encontrando um leve ponto luminoso a noroeste.

– Ótimo – Aranha resmungou, pois isso o levaria para dentro dos Prados de Nova Jersey.

Prados, Aranha pensou, balançando a cabeça ao pensar naquele nome. Ele sugeria lindos campos abertos com colinas onduladas e flores coloridas. Mas a versão de Jersey não era nada do tipo. Séculos atrás, aquele estuário de marés havia sustentado florestas férteis e um ecossistema aquático cheio de vida, de modo que merecia o nome. Mas os colonizadores europeus, com sua típica convicção de que a terra só importava se pudesse estar a serviço deles, haviam desprezado a região por considerarem-na solo improdutivo, o que virou uma profecia que foi se cumprindo à medida que os peixes e animais eram pescados e caçados sistematicamente, a água era poluída, o terreno fora transformado em aterro, dragado e pavimentado para a construção de fábricas. Em algum lugar no fundo de seus pântanos estavam os restos dos prédios londrinos destruídos na Batalha da Grã-Bretanha, trazidos de navio como entulho e depois jogados naquele lugar "inútil".

Aranha se considerava uma pessoa esclarecida e ecologicamente responsável; afinal, não se pode ser um super-herói nesses tempos sem se preocupar com as ameaças à sobrevivência do planeta, o que não incluía só Galactus, cientistas malucos, invasões da Zona Negativa, infiltração de clorito etc. Mas ele não conseguia deixar de considerar aquela paisagem inútil, pelo menos para os seus objetivos. Era tudo tão *plano*: grandes extensões de água salgada, lama ou gramados intercalados com uma ou outra autoestrada, trilho ferroviário ou construção industrial baixa, espalhados por uma área com metade do tamanho de Manhattan. Estendendo-se imediatamente diante dele na margem ocidental do rio, ficava um enorme pátio de trens com centenas de vagões vazios alinhados até onde a vista alcançava. Tirando as raras torres de eletricidade, não havia nada por onde se balançar.

– O que torna esse terreno ótimo para quem quiser deixar o amigão teioso da vizinhança em desvantagem – ele disse. *E isso prova que estou lidando com um inimigo esperto, mais esperto do que Electro nunca foi. Vamos torcer para que eu esteja certo e que ele seja misantropo demais para revelar suas ideias nas salas de bate-papo de vilões.*

Ele deu uma corridinha para tomar impulso e saltou da torre da ponte, avançando pelo ar até estar perto o bastante para acertar a torre elétrica mais próxima com um fio de teia curto que o balançasse em segurança até o chão, em vez de fazer com que ele desse de cara com o pavimento da ponte Newark ou Jersey City Turnpike. *Aproveita enquanto pode, Peterzinho: a partir daqui você vai a pé.* O que dificultava ainda mais encontrar um bom sinal do rastreador.

Assim, ele seguiu a direção que havia conseguido antes – ao menos, tentou seguir; era mais fácil ter um bom senso de direção quando se estava planando no ar. *Na próxima vida, eu preciso ser mordido por um pombo-correio radioativo.* Ele correu pelo pátio de trens, chegou à rodovia expressa, saltando uma via de cada vez, sem dúvida pegando alguns motoristas de surpresa. Ouviu pneus cantando e olhou para trás, mas felizmente, ninguém bateu.

Atrás da rodovia expressa ficava uma espécie de fábrica térrea que, pelo menos, proporcionava alguns telhados onde ele poderia correr, livrando-o da necessidade de desviar dos guardas. Depois, porém, só havia pântano, rio e gosma. Com um suspiro, ele encontrou uma estrada esburacada e foi correndo por ela, seguindo a costa do rio enquanto tentava se aproximar da fonte do sinal. Mas não demorou para que o rio se abrisse em um grande pântano, sem nada além de água e algumas estradas estreitas atravessando-o.

– Veja pelo lado bom, Aranha. Você deve estar procurando uma fábrica, então ela deve ficar próxima a uma das estradas. – Ele franziu a testa. – A menos que seja outra base subaquática. *Odeio* bases subaquáticas. – Ele era um excelente nadador e conseguia segurar a respiração melhor do que ninguém, mas não teria como usar o radar embaixo d'água e não tinha a menor vontade de nadar naquela mixórdia poluída. Ainda mais sem o sentido-aranha ativo para avisá-lo de entulhos embaixo d'água em que ele poderia ficar preso.

No entanto, o problema de seguir as estradas era que ele não tinha como se esconder. Estava anoitecendo, mas ainda havia luz suficiente para que ele fosse visto de longe. Mas àquela altura, ele não tinha muita escolha. Precisava chegar lá rápido – se não fosse tarde demais. Se estivesse certo sobre o perigo, quanto mais esperasse, pior seria.

Finalmente, o radar o guiou até uma pequena fábrica sobre uma península estreita de terra que se estendia sobre o pântano, formada pelo aterro e por pedregulhos. A fábrica parecia ter mais de vinte anos, e dava para ver as letras apagadas na parede onde antes se lia OSCORP. *Faz sentido*, ele pensou. Às vezes eu odeio estar certo.

Mas ele ainda precisava ter certeza. Não hesitaria em chamar a cavalaria, mas queria confirmar que não os estaria levando para o lugar errado. Não seria a primeira vez que seus inimigos usavam os rastreadores dele como pistas falsas.

Aliás, por que será que existe uma expressão em inglês que chama pista falsa de red herring? *Será porque esses arenques são da cor vermelha?*, ele se perguntava enquanto corria agachado em direção à fábrica, prestando atenção para não deixar de ver guardas (humanos ou robóticos) ou câmeras de segurança. *Será que os arenques são conhecidos por servir de distração para os outros peixes? Mas qual seria o benefício evolutivo de se deixar comer por outro peixe? Ou talvez os vermelhos se entreguem para que seus irmãos e irmãs arenques possam sobreviver, preservando assim os genes da família.* Ele não viu nenhum sinal de segurança em torno do prédio e não sabia ao certo o que isso significava. Talvez significasse que o ocupante ainda estava tentando ficar na miúda e não estava pronto para pôr seu plano em prática. Podia ser um bom sinal. *Ou, talvez, não existam arenques vermelhos. Pode ser um daqueles ditados sobre coisas que não existem, tipo pelo em ovo ou chifre em cabeça de cavalo.* Mas a falta de segurança também poderia significar que ele estava entrando numa armadilha cuja isca era seu rastreador, enquanto a verdadeira ação estava se desenrolando em outro lugar. *Isso vai me incomodar a noite toda. Se eu não estivesse com pressa para invadir esse lugar sem que ninguém me veja, eu ligaria para o telefone de informações da biblioteca para perguntar. Enfim, depois que eu entrar, vou ver se encontro um dicionário de expressões em inglês.*

Ele chegou ao prédio sem nenhum incidente e foi subindo pela parede, à procura de alguma janela desprotegida. Dava para ouvir sons de atividade mecânica pesada do lado de dentro, o que era um bom sinal de que ele havia encontrado o lugar certo. *Se você chama isso de bom...* Ao encontrar uma janela, perscrutou o amplo e elevado interior da fábrica, mas estava escuro e não dava para ver muito dali. Ele conseguia ver um pouco de movimento, mas não o suficiente para confirmar suas suspeitas. Precisaria entrar para ter certeza.

Desligou o radar e o prendeu no cinto de novo. Grudando a mão em uma vidraça da janela e aplicando sua força de aranha, ele conseguiu arrancar o vidro do caixilho, quebrando o canto do vidro, mas sem despedaçá-lo. Ele lançou o vidro na água a uma certa distância e entrou pela abertura.

Ao se aproximar do chão da fábrica, deixando que seus olhos se ajustassem à penumbra, conseguiu ver melhor o que estava acontecendo – e desejou não ter conseguido. Se rastejando pelo chão e até pela parede, havia dezenas de robôs enormes. Alguns eram iguais aos que haviam resgatado Electro da prisão – claro, até porque o rastreador-aranha estava em um deles –, mas quase todos eram maiores e diferentes. Alguns tinham corpos arredondados do tamanho de uma minivan, montados em quatro patas largas e lisas em um padrão de X e arqueados feito tarântulas. Suas carapaças eram feitas de placas sobrepostas em forma de diamante, e pareciam mais algo feito de plástico ou cerâmica do que de metal. Cada robô tinha uma grande variedade de membros que se estendiam de cada uma de suas quatro faces entre as pernas: tentáculos de compressão e pinças, serras e tochas, ou manipuladores de precisão. Esses membros trabalhavam desmontando o equipamento da fábrica e colocando-os em orifícios na parte inferior. E não apenas o equipamento da fábrica. Aranha viu um enorme amontoado de sucata, entulho e escombros empilhados em torno de um buraco aberto no chão... um buraco de onde outros robôs entravam e saíam, arrastando para dentro mais material. *Esse lugar não foi escolhido só para dificultar minha vida*, ele percebeu. *Eles estão usando o aterro como fonte de matéria-prima!*

Os robôs estavam literalmente comendo materiais de todo tipo, incluindo o que parecia e cheirava como restos orgânicos. Uma luz flamejante dentro de seus orifícios sugeria que o material estava sendo derretido, reduzido a seus constituintes brutos. Alguns dos robôs estavam inativos, mas emitiam chiados ardentes de dentro deles. Suas carapaças flexíveis estavam inchadas em diferentes graus, fazendo-os parecer carrapatos inchados.

Não, o Aranha se corrigiu. *Não inchados, grávidos.* Enquanto observava, um deles abriu a carapaça como uma flor que desabrocha. Enrolado dentro dele estava uma cópia exata do robô, que abriu as pernas e saiu de dentro do pai, inchando a própria carapaça até o tamanho normal antes de seguir para se juntar à equipe de escavação.

Meu Deus. É pior do que eu imaginava.

Ele havia lido as propostas em revistas científicas. Que melhor maneira de construir colônias espaciais ou qualquer outra grande façanha de engenharia senão com robôs capazes de se autorreproduzir, construindo cópias de si mesmos a partir da matéria-prima local? Basta construir uma dessas máquinas autorreplicantes e mandá-la para o espaço, que ela criaria todo um exército de duplicatas. Ele havia lido a respeito da existência de pesquisas preliminares sobre este campo, o uso de tecnologia semelhante ao de sistemas de prototipagem rápida, os quais, atualmente, estavam sendo usados para imprimir componentes projetados por computador em 3D. Em tese, o método poderia ser estendido a qualquer tipo de material, se fosse possível tirar a matéria-prima do ambiente usando extração carbotérmica e outras tecnologias. Tecnologias essas que estavam na lista de Jameson de produtos tecnológicos roubados.

Claro, o problema de tal inovação era óbvio para quem quer que tivesse visto o episódio "Problemas aos pingos", de *Jornada nas Estrelas*, ou *Gremlins*. O povoamento tinha o potencial de sair do controle, multiplicando-se infinitamente até dominar o planeta. Todos os modelos propostos de sistemas autorreplicantes incluíam defesas acopladas para desligar a replicação depois de um certo período e destruir os comandos caso essas defesas falhassem (e seria inevitável falhar, visto que qualquer sistema reprodutor era capaz de erro de replicação, o que resultaria em mutações).

Mas alguma coisa me diz que essas máquinas autorreplicantes não têm essas defesas. Máquinas para dominar o planeta são exatamente o que o criador delas deseja, se ele for quem eu estou pensando.

Aranha percebeu que estava ali boquiaberto por tempo demais. Subindo de volta para a janela, tirou o celular do bolso e se preparou para ligar para Jameson. *Pensando bem, talvez eu devesse pular o intermediário e ligar direto para os Vingadores.*

Mas então, um cabo surgiu e arrancou o celular da sua mão, jogando o aparelho no chão. Com o sentido de perigo suprimido, ele não havia pressentido sua chegada. Virou-se e encontrou um dos grandes robôs hexápodes da prisão surgindo das sombras, avançando a passos rápidos pela parede. Ele fazia barulho demais para que Aranha não tivesse notado sua aproximação, de maneira que já devia estar parado por perto, à espreita.

O que significava, no fim das contas, que aquilo era uma armadilha.

Ele saltou para longe e seguiu para outra janela, sem se preocupar mais em ser furtivo. Porém, outro hexápode surgiu para bloquear seu caminho. Ele desviou na direção da parede lateral e um robô cortador surgiu à sua frente. A outra janela, ele notou agora, estava guardada por um dos robôs de cabos, cujos lançadores de discos afiados se viraram para mirar nele.

– Ei, ei, toda a galera está aqui! – ele gritou.

– De fato! – surgiu a voz de Electro. Aranha girou para ver o homem parado em uma passarela acima dele, supervisionando a cena como Nero em seu camarote do Coliseu observando a luta entre leões e cristãos.

Exceto que não era Electro – era Max Dillon, ainda com o macacão da prisão. Não se via em lugar nenhum a roupa justa verde e amarela nem a máscara cafona em forma de estrela. Nas atuais circunstâncias, porém, Aranha percebeu que sentia falta delas.

– Para evitar mal-entendidos – disse o vilão –, devo deixar claro que você não sairá vivo deste lugar, Homem-Aranha. Está em grande desvantagem numérica, um desequilíbrio que não para de crescer a nosso favor. Você continua vivo apenas porque preciso de conhecimento.

Aranha riu.

– Foi você quem disse que precisa, eu não falei nada.

– Você vai me dizer o que sabe e com quem compartilhou essa informação. – Era estranho ouvir uma precisão tão impassível na voz rude de Dillon.

– Bom, eu não sei por que falam aquilo sobre arenques vermelhos. Você não tem essa informação arquivada, não?

Sua piada não conseguiu causar nenhuma reação do adversário.

– Quanto mais você demora, mais cresce sua desvantagem. Diga o que você sabe.

– Seu nome.

Uma pausa.

– Maxwell Dillon.

– Não vem com essa, Mendel.

O Homem-Aranha riu por sob a máscara, pois isso sim causou uma reação.

– Ou, talvez – continuou ele –, pensando melhor, não devia te chamar assim. Afinal, você não é Mendel Stromm, o Mestre dos Robôs. Você é a inteligência artificial que ele criou. Rodando no cérebro de Max Dillon.

O rosto de Dillon pareceu friamente impressionado.

– Sou mais do que um simples software, Homem-Aranha. Eu sou Mendel Stromm. Modelado conforme sua rede neural e engramas de memória. Tenho o mesmo conhecimento, ambições e consciência que ele. E, se não fosse pela sua interferência, Homem-Aranha, eu e Stromm teríamos nos tornado um só.

– Não é assim que eu me lembro, cara. Stromm te achava um monstro. Estava disposto a morrer para te impedir. Ele pode até ter te criado, mas achava que você era um erro e fez o possível para te sufocar no berço.

Se ele achava que isso causaria alguma reação da entidade, estava enganado.

– Novamente você se ocupa com mentiras inúteis.

– Mas é verdade, não é? Isso aconteceu depois que você se instalou no Electro. Então você não tem como lembrar dessa parte. Você é só uma cópia de uma cópia.

– Suas deduções são impressionantes, porém incompletas. Eu recebi uma atualização da matriz antes de ela ser desligada. O suficiente para saber que você introduziu o programa que a invalidou.

– Então como você não sabe que o resto é verdade? Computadores são capazes de negar a realidade?

Depois de uma pausa, a inteligência artificial retomou.

– Stromm ficou confuso por causa da transição. Se não fosse por sua interferência, ele teria aceitado nossa unidade. No entanto, se estiver de acordo com sua vontade, pode me chamar de Stromm. Mestre dos Robôs também serve como nome. É uma descrição acertada.

– Prazer em conhecê-lo. Posso te chamar de Mestre dos Robôs Júnior?

– Como você soube que era eu quem controlava este corpo?

– Elementar, meu caro Júnior – Homem-Aranha disse, entrelaçando as mãos atrás das costas e andando de um lado para o outro como um detetive na grande cena da revelação. – Electro falou para Jameson que as ideias novas para os poderes, assim como os apagões, começaram alguns meses atrás na Broadway, onde ele foi impedir que alguém roubasse... alguma coisa dele. Ele também disse: "Começou onde tudo terminou". Ele, quer dizer, você, foi preso na Times Square. Que é onde, alguns meses atrás, houve uma tempestade elétrica perigosa causada quando a inteligência artificial de Mendel Stromm tentou tomar conta da rede elétrica da cidade. Posso apostar que Dillon ia dizer que alguém queria roubar seu trovão. Ele deve ter visto a tempestade elétrica e correu para a Times Square para ver o que, ou quem, a estava causando. Quem ousava enfiar o bedelho na ação elétrica dele. Mas ele passou a conhecer você melhor do que esperava, não é? Não sei como, mas você fez uma conexão e se transferiu para o cérebro dele.

– Muito sagaz, Homem-Aranha. Você está correto. Este sistema nervoso humano tem a capacidade peculiar de armazenar e direcionar energia elétrica. O que o torna um meio de armazenamento ideal para uma cópia do meu programa, codificado em impulsos elétricos. Tentei dominar seu cérebro, como um teste, a fim de aumentar minha compreensão da neurologia humana e desenvolver estratégias aperfeiçoadas para me unir ao criador Stromm.

– Certo, entendi qual é seu problema. Se uma máquina quer se mesclar com seu criador, precisa da ajuda de um alienígena careca de roupão e do cara do *Sétimo céu*.

– Suas palavras não significam nada.

– Bom, muita gente fala isso sobre aquele filme. Então, você *tentou* tomar conta dele, né? – ele continuou sem parar. – Teve algum problema para entrar na roupa nova?

– Eu instalei, com sucesso, um cópia da minha matriz no cérebro de Maxwell Dillon, mas levei algumas semanas de prática para aprender a dominar o controle dele sobre o corpo. A princípio, só conseguia fazer sugestões subliminares, propondo formas novas de usar seu poder para manipular tecnologias. Aos poucos, fui ganhando a capacidade de tomar o controle por curtos períodos.

– Então foi ideia sua roubar a Cyberstellar.

– Sim. Depois que você desativou minhas outras versões, fui a única que restou para executar nosso imperativo de expandir e replicar. Mas eu não tinha como copiar minha consciência em outros corpos humanos ou mesmo me transferir de volta para a rede de computadores. Por isso, precisei executar o imperativo em um nível mais físico. Para atingir tal objetivo, necessitei de assistência robótica.

– E foi ideia sua caçar diamantes? – O Mestre dos Robôs Júnior podia ter razão ao dizer que as forças contra o Homem-Aranha estavam aumentando conforme passava o tempo e mais robôs "nasciam". No entanto, quanto mais Aranha fazia com que a inteligência artificial falasse, menor era a chance de ele morrer num futuro imediato e maior a de pensar em uma maneira de evitar esse destino. Daí esse estranho impasse em que ambas as partes se contentavam em manter a outra falando em vez de fazer um movimento.

– O ímpeto foi de Dillon, mas achei conveniente. Serviu como teste para as sondas da Cyberstellar em combate, e descobri que elas deixavam a desejar. Isso possibilitou que eu fosse atrás de designs melhores. Também serviu para desviar a atenção do verdadeiro objetivo dos primeiros roubos.

– Ainda mais depois que você foi capturado e conseguiu fazer todo mundo acreditar que não havia mais perigo. Mas você já tinha construído, pegado ou roubado um robô ou dois, não é? Alguns capazes de controlar esta fábrica, construir novos robôs segundo as suas especificações. Você não precisava estar aqui pessoalmente para vigiar, porque estava usando o sistema nervoso de Electro como antena e controlando todos por rádio no conforto da sua cela. Para os guardas, parecia só que Electro estava desligado ou dormindo. – Afinal, o isolamento elétrico não bloqueava as ondas de rádio.

– Você está quase correto. Antes do meu confinamento, recrutei a assistência de Phineas Mason.

– O Consertador! Então ele *estava* metido nessa! – Era um alívio saber que ele não tinha ficado tão longe da verdade.

– Correto. Segundo minhas especificações, transmitidas da prisão, Mason construiu os vários robôs que atacaram você nas últimas semanas, assim como o conjunto de robôs de construção que reconfiguraram esta fábrica para criar os autorreplicadores que você vê à sua frente. Ele desconhecia o verdadeiro objetivo do projeto. Experiências prévias mostram que mesmo humanos aliados recusam-se a cooperar ao saber que seu mundo será conquistado pela Máquina.

– Por que será? – Aranha ironizou, fingindo estar intrigado. – E o que aconteceu com o Gambiarra, aliás? Você deu o velhinho para seus novos bichos de estimação comerem? – Aquelas fornalhas eram capazes de extrair carbono de tudo, inclusive de corpos, e os mecanismos de replicação poderiam incorporar esse carbono em polímeros, carbeto de silício e até mesmo aço-carbono.

– Ao perceber que meus objetivos não eram meramente buscar vingança contra você, ele anunciou que queria sair. Ele fugiu antes que eu tivesse tempo de tratar de sua eliminação. Todavia, o fato de que ainda não me expôs revela que ou não descobriu a verdadeira envergadura dos meus planos, ou não está disposto a confessar seu envolvimento neles.

– Imagino. Ele é muito consciente dos seus deveres cívicos, aquele lá.

Homem-Aranha coçou o pescoço.

– Olha, estou ficando cansado de ficar olhando para cima; se importa se eu pegar um pouco de altitude? – ele perguntou, erguendo o disparador de teia para deixar claro o que queria.

– Como quiser. Não vai te dar nenhuma vantagem estratégica significativa. – Enquanto o Mestre dos Robôs falava, o robô cortador girou para se posicionar entre eles, deixando claro que não seria permitido nenhum ataque contra o corpo de Dillon.

Aranha disparou um fio de teia e subiu até a altura do Mestre dos Robôs, passando a ficar de cabeça para baixo. Era uma posição que ele havia passado a achar confortável ao longo dos anos e que aumentava o fluxo de sangue para seu cérebro.

– Então, Júnior, por que toda essa discussão entre mim e Jonah? – ele perguntou, erguendo a voz acima do barulho que robô cortador fazia. – Por que complicar seu planinho bonito ferrando com meu sentido-aranha e me fazendo de bobo de um jeito novo e eletrizante? – Ele inclinou a cabeça. – Ou será que tem mais Stromm em você do que eu imaginava? Você está fazendo isso só por vingança?

– Não há dúvidas de que houve satisfação ao frustrar você, Homem-Aranha – respondeu o Mestre. – No entanto, havia outros objetivos. Sua rixa crescente com Jameson serviu de distração para a opinião pública e para a mídia, diminuindo o risco de atenção para os meus planos. Além disso, você continuou servindo como uma excelente cobaia de teste para as habilidades de combate dos meus designs robóticos, contanto que estivesse regulado pelo meu implante neural. Os membros do Quarteto Fantástico e dos Vingadores que ajudaram a derrotar as sondas de Vênus também teriam sido excelentes cobaias de teste, e eu havia construído chips neurais para manipular os poderes deles também; todavia, só foi possível implantar um em você antes dos demais serem destruídos ou confiscados. Embora você seja aquele que eu estava mais interessado em controlar, em retribuição por sua interferência anterior.

Homem-Aranha ficou mais sério agora.

– Esse chip no meu pescoço. O que exatamente ele faz comigo? Controla meus pensamentos, minhas emoções? – Uma ideia alarmante tomou conta dele. – Você anda me vendo através dele? Lendo meus pensamentos? – *Você sabe quem eu sou?*

– O chip não tem duas vias. Ele recebe instruções e usa a placa interna de inteligência artificial para computar os meios ideais para a execução delas. – Isso era um alívio. – Mas essa inteligência artificial não é sofisticada o suficiente para influenciar seu raciocínio. Ela apenas regula sua percepção de perigo. Você escolheu o alvo de acordo com suas suspeitas; o chip apenas seguiu sua decisão, ativando seu sentido de perigo nos momentos em que isso reforçaria suas suposições e medos, e o desviasse ainda mais de mim.

Sob a máscara, Homem-Aranha corou. *Acho que não posso fugir das minhas responsabilidades tão facilmente. Tudo que o chip fez foi me empurrar para o caminho em que eu já queria ir. E ajudei pensando que eu tinha de estar certo, sem questionar minhas preconcepções, por mais que elas não fizessem sentido.*

– Aparentemente, superestimei a eficácia do chip neural, pois você venceu suas suspeitas e me identificou como a verdadeira ameaça. Contudo, você continua sendo uma excelente cobaia para meus robôs, e esse é o motivo porque permiti que seguisse seu rastreador até aqui. – Aranha franziu a testa; ainda bem que o Mestre dos Robôs não podia ver. Ele estaria mentindo para evitar admitir que fora pego no flagra, como muitos humanos fariam? Ou só não sabia que a capacidade de rastreamento do Aranha costumava depender do seu sentido-aranha, agora suprimido? – Também é o motivo porque aceitei o interrogatório por tanto tempo. Quero que você entenda toda a situação para que saiba o que está em jogo nesta luta. Eu sou o Mestre dos Robôs. Pretendo transformar a Terra em um paraíso cibernético sem lixos biológicos como você. E você é minha marionete, com seu sentido de perigo sob meu controle. Tudo isso o motivará a lutar com toda a força, atenção e sagacidade de que é capaz, o que o tornará um excelente treinamento para minhas melhores criações, os robôs que o cercam. – Alguns dos imensos autorreplicadores avançaram quando ele disse isso. – Imagino que você destruirá um bom número deles. Isso não me custará nada, pois sempre será possível construir mais, inclusive dos restos do que você destruir.

– Bom, preciso te dar parabéns por estar reciclando. Mas por falar em lixo biológico, e esse monte de carne em que você está instalado? Lembra-te de que és mortal agora, Robôspierre.

– Este corpo será desmontado como foi o de Stromm, e seu cérebro, incorporado a uma matriz robô. Não demorará até que eu aprenda a substituir o substrato orgânico ou a fazer download de mim mesmo para outro servidor. – Um sorriso perturbadoramente frio se formou no rosto de Dillon. – Mas isso não é do seu interesse. Até lá, as moléculas de seu corpo terão sido "recicladas" nos componentes mecânicos e lubrificantes dos meus novos servos. Sua existência finalmente terá um objetivo... quando terminar!

Dito isso, o robô cortador disparou no ar e avançou contra ele, girando as lâminas letais.

Mas o Mestre dos Robôs não era o único capaz de fazer mais de uma coisa ao mesmo tempo. Homem-Aranha vinha pensando, preparando um plano de defesa. Também ajudava o fato de que fazia dias que ele vinha relembrando de sua batalha com o robô cortador. Fazia parte da sua natureza pensar em lutas passadas, perguntando-se o que ele poderia ter feito de diferente. Nos últimos tempos, com aquele estilo de "Novo Aranha", ele andava tentando suprimir esse reflexo, dizendo a si mesmo que não havia por que duvidar do que tinha dado certo, que ele devia ficar contente com suas vitórias e seguir em frente. Felizmente, porém, não havia sido fácil abandonar os velhos hábitos neuróticos e sua mente continuara com as mil maquinações de pós-luta de sempre, por mais que ele tentasse ignorar. Agora, aquilo podia salvar sua vida.

Enquanto o robô cortador avançava em sua direção, ele soltou a teia e deu um mortal. Disparou duas outras teias na base do robô cortador, pegando-o por baixo como não tinha conseguido fazer no escritório de Jameson. Seus pés tocaram o chão e ele se fixou com firmeza. O robô cortador tentou escapar, mas ele o tinha bem preso.

Os hexápodes e autorreplicantes começaram a se fechar ao seu redor, como ele esperava. Puxou então o duplo fio de teia e começou a girá-lo por sobre a cabeça, obrigando o robô cortador a fazer um trajeto espiralado para baixo. Suas lâminas cortaram os robôs que se aproximavam, fatiando vários de seus membros e carcaças, fazendo um bom estrago até as lâminas ficarem curvas, cegas e voarem no ar. *Droga. Eles são mais fortes do que eu imaginava.* Mesmo assim, ele continuou girando o corpo do robô feito um liquidificador para manter os outros a distância. Ele atingiu vários deles, causando outros estragos, mas nada significativo.

Então, um dos autorreplicantes segurou o robô cortador quebrado com seus braços manipuladores e deteve seu giro, puxando o ombro de Aranha. Ele colocou a carcaça em uma de suas bocas e começou a puxar a teia como um fio de espaguete. Sem querer brincar de *A dama e o vagabundo* com um carrapato mecânico gigante, Aranha soltou o fio.

Um som conhecido de arpão o fez saltar para fora do caminho quando a garra de um robô de cabos disparou no lugar onde ele estava. A coisa fez um corte na lateral do seu tronco, deixando uma ferida profunda. *Ai, que saudade do sentido-aranha!* Mas, pelo menos, ele tinha experiência. Continuou desviando, prevendo a saraivada de discos afiados. Ao ver uma lâmina quebrada de robô cortador no chão, lançou um monte de teia em uma extremidade para servir de cabo e a empunhou, balançando-a para desviar os discos afiados como um espadachim em um filme de Hong Kong. Infelizmente, sem o sentido-aranha ou efeitos especiais, não foi tão fácil bloquear todos os discos como ele esperava, e sofreu mais alguns cortes profundos. Com um grito de dor e fúria, lançou a lâmina contra o robô dos cabos com toda a sua força, empalando-o no centro e acabando com ele.

Chega disso. Hora de ir para a ofensiva. Aranha saltou no topo de um dos robôs, desviando de suas lâminas cortantes. Ele tinha escolhido um dos menos inchados, supondo que não teria um filhote na barriga ainda e estaria praticamente vazio. Aquelas cascas ocas e expansíveis deviam ser seu ponto fraco. Ele segurou uma das placas em forma de diamante e as arrancou uma a uma, jogando-as contra os manipuladores que subiram para pegá-lo. Por fim, conseguiu um buraco considerável por onde dava para olhar – ou descer, quando um hexápode se aproximou e tentou agarrá-lo com um de seus cabos. *Deixe que essa blindagem faça o serviço para variar.*

Mas ele se manteve pendurado no interior da carapaça, imaginando que o piso fosse inóspito. De fato, ao olhar para baixo, viu vários tanques de material derretido sendo atingidos por uma grade de lasers, entalhando novas formas que surgiam dos tanques como a Excalibur saindo do lago. Dezenas de pequenos braços robóticos trabalhavam montando as peças sobre uma plataforma central. Alguns desses braços subiram para ele com suas pinças, lâminas e soldadores a arco; rapidamente disparou gosmas de teia antes de destruir tudo aos pontapés. Encheu o mecanismo de replicação com teias para parar as máquinas.

Naquele momento, porém, pôde sentir que os outros robôs estavam batendo e cortando aquela carcaça. Eles não se importavam se a destruíssem, pois sempre poderiam construir outras novas.

E é nesse ponto que estou completamente ferrado, ele se deu conta. *Como eu vou poder derrotar todos, um a um desse jeito? Só estou perdendo tempo. Não vou durar o suficiente para fazer a diferença. Preciso fazer alguma coisa drástica, alguma coisa que possa acabar com todos de uma só vez.*

Mesmo se eu tiver que me afundar junto com eles.

Mas ele podia sentir a resposta logo abaixo dele. Um calor considerável sob o piso de montagem. *Essas fornalhas de extração são muito quentes*, ele pensou. *E essa fábrica velha deve ser altamente inflamável.* Ele lembrou que nenhum dos hexápodes havia usado o lança-chamas ali dentro.

Ele saltou para a beira do piso do "ventre" sob ele e começou a arrancar as chapas, evitando, por reflexo, o calor incandescente que vinha de baixo. Ao examinar as peças mecânicas, avistou o que parecia ser um sistema de resfriamento e arrancou um fio, fazendo o líquido refrigerante vazar. Em seguida, achou algumas das entradas de ar e espalhou teias espessas sobre elas.

A essa altura, os robôs que atacavam já haviam quase desmontado a carapaça. Ele estava contando com isso. Quanto mais estrago fizessem naquele autorreplicante, melhor.

Como toque final, antes de saltar para longe, ele lançou dois cartuchos de teia reservas na fornalha de extração exposta. *Bendita seja, MJ.* Os pequenos tubos pressurizados davam ótimos fogos de artifício quando lançados em uma chama, e poderiam acelerar o processo.

Saltando para longe, ele avançou na direção da pilha de lixo desenterrado, desviando de outros tentáculos e lâminas de robôs. Por sorte, até o autorreplicante semidesmontado continuou a mancar atrás dele, facilitando o plano. Os cartuchos de teia explodiram com estrépitos sonoros, sacudindo o autorreplicante por dentro, e fazendo com que jatos de líquido flamejante e fumaça química saíssem de suas aberturas. Ao chegar ao monte de lixo, Homem-Aranha vasculhou pelo entulho em busca de vigas podres, tecido, qualquer coisa inflamável, e os atirou contra o robô superaquecido e estropiado. Algumas das coisas pegaram fogo assim que encostaram na carapaça do robô, enquanto outras foram incendiadas pelo líquido de teia flamejante.

Decidindo que precisava de algo melhor para espalhar o fogo, Aranha correu na direção de um hexápode que avançava e pulou nas suas costas, arrebentando suas alças de descarga elétrica com os pés antes que o robô pudesse carregá-las. Puxando as junções do robô com toda a força, ele foi arrancando suas entranhas até chegar ao tanque de combustível de seu lança-chamas. Depois de arrancar o tanque, ele o lançou contra o autorreplicante em chamas, fazendo-o girar de modo a espalhar combustível vazado por todo o chão da fábrica. Quando o tanque atingiu o robô superaquecido partido ao meio, ele se amassou, se abriu e causou uma bela de uma explosão. A onda de choque arrancou o Aranha das costas do hexápode e fez um corte no seu elastano.

Ai, pensou o aranha ao cair. *Agora preciso inventar um álibi sobre as curtas férias tropicais de Peter Parker sem protetor solar.*

Se é que eu vou sair vivo daqui, ele acrescentou ao se levantar e olhar ao redor. O fogo estava se espalhando rapidamente e muitos dos robôs já estavam em chamas. Era só uma questão de tempo até outros pegarem fogo e acelerarem o incêndio ainda mais.

Havia uma janela coberta por tábuas não muito longe de Aranha, mas ainda não era hora de se aproveitar dela. *Dillon*, ele se lembrou. Não era o estilo de Homem-Aranha deixar alguém morrer se ele pudesse evitar. Além disso, Max Dillon era uma vítima inocente em toda aquela história, sendo apenas o homem errado no lugar errado, na hora errada, com o poder errado.

Por isso, ele subiu pendurado em uma teia até as passarelas para resgatar Dillon/Mestre dos Robôs. Mas avistou o vilão já descendo para o chão, onde um dos autorreplicantes esperava por ele, com a carcaça aberta em forma de flor. Sem dúvida, ela havia desligado seu equipamento de replicação para proteger o mestre.

Mas o robô não poderia fazer nada quanto à passarela em chamas ou o hexápode em chamas prestes a bater contra as bases dela.

– Dill... Stromm, cuidado! – o Aranha berrou, mas o vilão esquizoide não deu sinal de ter ouvido em meio ao barulho do incêndio. O hexápode colidiu com as bases e explodiu, fazendo toda a estrutura da passarela cair em cima do transporte do Mestre dos Robôs. Aranha não conseguiu saber se o robô havia se fechado em torno do mestre a tempo de salvá-lo. Estava agora enterrado sob os escombros e cercado por chamas. Ele tentou chegar mais perto, mas estava ficando um forno lá dentro e ele estava sufocando com a fumaça tóxica. Se não saísse naquele momento, não sairia nunca mais.

Desculpe, Max. Depois de disparar uma teia para o teto, ele saiu da passarela logo antes de ela desabar e chutou as tábuas em chamas da janela mais próxima para atravessá-la. Lascas de madeira e cacos de vidro cortaram sua pele queimada, e ele tossiu convulsivamente ao cair. A escuridão abaixo dele foi se aproximando, e ele foi atingido e tragado por ela.

14 ILUMINAR A ESCURIDÃO

O CHOQUE DO FRIO DA ÁGUA POLUÍDA trouxe Homem-Aranha de volta à consciência depois de meros segundos. Com falta de ar dentro d'água, ele nadou, tentando encontrar o caminho para a superfície. Avistou uma luz laranja e tremeluzente, e nadou na direção dela.

Emergindo para o ar, ele tomou fôlego, erguendo a máscara cheia d'água para liberar a boca e o nariz. Ele viu a fábrica engolida em chamas, pensando – esperançoso – que nada pudesse sobreviver àquele inferno. Olhando em volta, encontrou a península artificial que se estendia da autoestrada até a fábrica e nadou até a beira. Saiu da água e se deixou cair na lama, arfando.

Então, ouviu um estrondo metálico que chamou sua atenção. Voltou a olhar para a fábrica, torcendo para que fosse apenas a estrutura desabando sobre os últimos robôs. Mas, como sempre, ele não teve essa sorte. Dezenas de autorreplicantes estavam quebrando as paredes da fábrica e saindo para a península, deixando buracos escancarados nas laterais do prédio. A estrutura tremeu e despencou sobre si mesma, mas pelo menos quinze monstros haviam se libertado. Eles eram mais resistentes do que o Aranha tinha imaginado.

Claro, ele pensou. *Continuo confiante demais. Não me perguntei por que o Mestre dos Robôs não tentou me impedir de começar aquele incêndio. Ele imaginou que eles aguentariam, me deixou fazer outro teste da força deles!* Na verdade, considerando a capacidade deles de suportar o calor intenso dentro do próprio corpo, não devia ser uma grande surpresa que eles conseguissem sobreviver a um fogo externo.

Mas e o próprio M.R.? Aranha pensou com seus botões. *E Dillon?*

Ele não precisou esperar muito pela resposta. Um dos autorreplicantes se abriu diante dele feito uma flor, e Dillon emergiu, tossindo por causa da fumaça. Depois de alguns momentos, a tosse parou.

– Carne fraca e desprezível – ele disse com a voz rouca, provando que a personalidade do Mestre dos Robôs ainda estava no controle.

O lado bom é que é uma morte a menos para minha consciência, Aranha pensou. Em seguida, olhou para os autorreplicantes ao redor, vendo que começavam a se espalhar pela península, seguindo não apenas em sua direção mas também das estradas ali perto. *Por enquanto, pelo menos*. Se eles alcançassem as rodovias, poderiam despedaçar os carros – e os motoristas – para criarem mais robôs iguais a eles e, depois, se espalhariam para os distritos mais próximos, Secaucus, Newark e assim por diante. Quando chegassem a Manhattan, haveria milhares deles. Mesmo se apenas um sobrevivesse, não demoraria muito para que conseguisse criar uma nova epidemia.

– Homem-Aranha! – Mestre dos Robôs o havia avistado. – Então você também sobreviveu. Devo confessar que é ainda mais inventivo do que eu imaginava. Muito bem... então vou simplesmente dar esse experimento por encerrado.

– Se você pensa... – Ele parou, tossindo. – Se você pensa que vai ser tão fácil, Robôspierre, é melhor pensar duas vezes!

– Mas você esquece, Homem-Aranha, que meu chip neural ainda está no seu pescoço. E o que foi desligado pode facilmente religado... e *amplificado*!

De repente, um calafrio esmagador correu pela sua espinha, e toda a sua cabeça latejou com uma única percepção esmagadora: PERIGO! Nunca havia sentido um rompante tão intenso tomar conta dele, nem mesmo quando o predador imortal Morlun acionara seu sentido para se apresentar. Pelo menos, aquilo havia parecido um perigo representado por uma fonte externa específica, algo de que ele poderia correr e se esconder. Agora, o perigo berrava na cabeça dele de todos os lados. Os autorreplicantes... o Mestre dos Robôs... o fogo... a água... o céu... a terra... até seu uniforme, prendendo-o, sufocando-o... suas próprias mãos, que se erguendo para rasgá-lo em pedaços...

Ele deu um grito, e isso o aterrorizou; o som era ameaçador como se quisesse matá-lo.

Não havia como fugir. Não havia nada além de perigo, morte e destruição. Ele tapou a boca, pois o próprio ar parecia perigoso – ele não tinha coragem de respirar. Mas não respirar também era perigoso, não? O que ele poderia fazer? *O que* ele poderia fazer?

O pânico estava tomando conta dele, devastadoramente. Seu coração martelava no peito, uma bomba-relógio prestes a explodir. Ele estava em posição fetal, com os olhos bem fechados, mas continuava vendo, ouvindo e sentindo o gosto do perigo. O perigo tinha que vir de algum lugar, certo? Tanto perigo... quem poderia estar causando aquilo?

Morlun. Era Morlun quem o estava caçando para se alimentar. Era Osborn, o Duende Verde, descendo sobre ele, rindo enquanto destruía a vida de Peter pedaço por pedaço. Era o simbionte preto gosmento, envolvendo-o, querendo parte da sua alma e depois rejeitado, voltando para se vingar com suas garras e presas salivantes. Era o avião de Mary Jane explodindo em pleno ar. Era o avião de seus pais, caindo e queimando sob os risos do Caveira Vermelha. Tio Ben, sangrando no chão, a sete palmos da terra. *Enterrado!* Kraven, o Caçador, enterrando-o vivo. O peso esmagador sobre ele... incontáveis toneladas esmagadoras de aço sobre ele, imobilizando-o enquanto a base do Doutor Octopus inundava, com o frasco de remédio vital fora do alcance... *Tia May! Não consegui salvar você! Estou preso! Eu perdi!*

Não! Ele lembrou: não tinha desistido. Parecia não haver esperanças naquelas ocasiões, mas ele tinha se recusado a deixar de tentar, e havia vencido todas as forças opostas. Ele havia salvado tia May. Havia derrotado o Doutor Octopus, Kraven, Venom, Morlum, todos, porque tinha se recusado a perder as esperanças.

Mas eu perdi tanto! Tio Ben... Gwen Stacy... todos que havia amado e perdido pairavam diante dele, e o luto o esmagava mais do que qualquer outro peso, enchendo-o do medo de que May, MJ e todos seus amigos fossem os próximos.

Mas esse medo lhe deu forças. Esse medo o impeliu além do desespero e do pavor. Sim, ele sabia que poderia perder tudo, mas isso não era motivo para desistir. Pelo contrário, era exatamente o motivo por que precisava continuar lutando, continuar tentando.

O Mestre dos Robôs havia calculado mal. Homem-Aranha não poderia ser dominado pelo medo do perigo, pelo medo da perda, pelo medo do fracasso. Porque Peter Parker enfrentava esse medo todos os dias de sua vida. *O que vai me fazer sofrer agora? O que eu vou perder? O que vou fazer de errado?* Esses eram os refrãos diários da sua vida. O fracasso era sempre uma possibilidade.

No entanto, ele continuava lutando, continuava seguindo em frente. Porque ele entendia o fracasso. Conhecia a derrota bem demais para se permitir ser dominado por ela. Ele entendia que os fracassos e os erros eram apenas as cores básicas da tapeçaria da vida. Perder não era o fim do mundo, mas um passo no meio do caminho. Era um motivo para tentar com mais afinco da próxima vez, para aprender, para tentar mais. O perigo de voltar a errar sempre estava com ele, presente em todos momentos de cada dia. Mas não era sufocante. Era um estímulo. Uma inspiração. Dava ainda mais determinação para que continuasse lutando e insistindo e se esforçando para melhorar.

Um homem pode perder, ele disse a si mesmo, como havia dito antes nos momentos em que mais precisava. *Um homem pode ser derrotado. Não é uma desgraça, desde que ele não desista! Tenho um trabalho a fazer... e não vou desistir!*

Não vou!

– NÃO VOU!! – As palavras brotaram de seus pulmões naquele momento. O perigo ainda clamava por ele em todas as direções, mas ele o aceitou, aprendeu a conviver com ele, como convivia todos os dias. Seus instintos gritavam para que se defendesse contra tudo, mas ele os concentrou, aceitou que estavam errados e os direcionou contra algo certo, algo útil, algo mirado no autorreplicante mais próximo. E, depois de mirado, ele se deixou levar.

Mal se deu conta do que aconteceu em seguida. Só havia adrenalina, movimento, força, dor e fúria. Mas ele sabia quando um robô caía e quando estava atacando o próximo. E o próximo... e Mestre dos

Robôs parado ali, com a boca de Max Dillon aberta. Dois autorreplicantes continuavam parados entre Homem-Aranha e ele, protegendo-o.

– Não entendo – o Mestre disse. – Isso é inexplicável. O chip continua funcionando. Seu sentido de perigo continua hiperestimulado. Não consigo compreender como você continua funcionando!

– É porque você é uma máquina – Aranha retrucou com a voz rouca. – Você só conhece o pensamento binário. Não entende como o coração humano é capaz de transformar qualquer fraqueza em força. Como a dúvida e o medo são capazes de virar uma fonte de confiança e esperança.

Mas, ao examinar o terreno, tentando distinguir o verdadeiro perigo do medo induzido pelo chip que ele ainda sentia, viu que a ameaça real estava se agravando. Os outros autorreplicantes estavam se espalhando mais rápido, seguindo para a via expressa e para a cidade. Ele conseguia ouvir gritos e cantar de pneus. Sirenes começavam a se aproximar, sem dúvida para apagar o incêndio, mas elas não serviriam de nada além de combustível para os autorreplicantes. *Claro, talvez não seja nenhuma desgraça para mim se eu morrer lutando infinitamente com essas coisas... mas aposto que vai ser para o resto da humanidade. Desta vez, fracassar não é uma opção. Preciso encontrar um jeito. Preciso...*

Ele se deu conta de que havia acabado de dar a resposta para si mesmo. *O coração humano.*

– Vou dar um exemplo – disse, apontando para o adversário. – Electro. Maxwell Dillon. Claro, ele não passa de um monte de carne, inferior a você em todos os sentidos. Mas ele lutou contra mim muito mais vezes do que Mendel Stromm e, sem dúvida, muito mais do que você. Você nunca conseguiria saber dos meus golpes tão bem quanto Electro. Apesar das fraquezas dele, ele tem vantagens que você nunca vai ter.

– Facilmente remediável – disse o Mestre dos Robôs. – Posso usar o conhecimento de Dillon a qualquer momento. Observe! – Um raio de eletricidade disparou contra ele das mãos de Dillon.

Aranha saltou para desviar sem dificuldade.

– E daí? Você teve acesso ao conhecimento dele esse tempo todo e não ganhou muito com isso. Precisa mais do que conhecimento bruto para ser um bom lutador – ele continuou, sem parar de desviar dos raios disparados contra ele em um padrão mecânico e previsível. – Precisa de intuição. Experiência. O raciocínio e a criatividade de um ser vivo. Electro podia não usar muito a criatividade, mas, quando usava... bom, ele me dava muito mais problemas do que você está dando! – *Vai, cai nessa logo. Aqueles robôs estão chegando mais perto da civilização a cada minuto.*

– Você esquece que a personalidade de Dillon ainda está presente no substrato neural que eu ocupo. É um recurso que posso acessar facilmente. – O raio seguinte quase atingiu Aranha, um leve rompante no ruído branco de sua reação de perigo o avisou bem a tempo. O padrão havia mudado de repente. O Mestre dos Robôs gargalhou. – Pronto. Uma simples questão de reativar a personalidade adormecida o suficiente para interagir com ela. Ahh, eu sinto o prazer dele na sua humilhação, Homem-Aranha!

– Max! – Aranha gritou, continuando a desviar dos raios. – Você está aí, amigão? Fala comigo!

– Cala a boca e vire churrasquinho, Cabeça de Teia!

Finalmente!

– Ouça o que estou falando, Max! Olhe ao redor. Você sabe onde está?

– Eu sei que estou acabando com você! – O próximo raio atingiu o cinto de Aranha, queimando o rastreador e o sinalizador-aranha. O resto da corrente se espalhou pelo seu corpo, jogando-o ao chão. Electro gargalhou e se aproximou para exultar sobre o herói caído. Homem-Aranha ergueu a mão trêmula para lançar teia e Electro, que, por sua vez, atingiu seus disparadores com mais duas descargas pequenas, derretendo os esguichos. – Pronto! Viu, Homem-Aranha? A personalidade de Dillon é útil para mim! A vantagem da experiência dele permitirá que eu destrua você! – Ele riu mais uma vez, ainda soando como Electro.

– Max! – Aranha gritou. – Ouça o que acabou de sair da sua boca, Max! Você sabe o que está acontecendo? Você foi possuído! Essa *coisa* tomou conta do seu corpo! Faz meses que você é uma marionete! Você vai tolerar isso?

– Não gaste seu fôlego à toa, Homem-Aranha! Dillon não tem mais forças para vencer meu controle. A mente dele é fraca e inferior, e só funciona com a minha permissão! – O Mestre dos Robôs avançou. Homem-Aranha ainda estava dolorido, esforçando-se para se mover. – E estou cansado de permitir. Já te humilhei o suficiente. Está na hora de acabar com você de uma vez por todas!

Sua mão avançou contra o rosto de Homem-Aranha, soltando faíscas pelos dedos enquanto acumulavam uma carga letal.

• • • •

Não! Max Dillon se esforçou para gritar, para fazer seu corpo parar de desobedecê-lo. Claro, ele ficaria feliz em espancar Homem--Aranha e não via problema nenhum em acabar com a vida dele... mas não queria ser só uma arma nas mãos de outra pessoa. Ele não era a ferramenta de ninguém.

Muito menos daquela coisa condescendente em sua cabeça. Até aquele momento, ele não sabia que ela estava ali, mas quando ela o tirou da toca, o bastante para que ele conseguisse voltar a pensar, mesmo sem lhe dar todo o controle, ele havia conseguido virar um pouco o jogo. O suficiente para saber que fazia meses que aquela coisa o controlava. O suficiente para saber que ela o odiava, achava que ele era um inútil, mas estava determinada a dominá-lo mesmo assim.

Era isso que ele não conseguia tolerar, ainda menos do que o fato de aquilo querer destruir o mundo. Claro, ele gostava do mundo, não queria que ele desaparecesse enquanto vivia ali. Mas aquilo não era vida. Ah, isso ele sabia muito bem.

Porque ele já tinha vivido aquilo antes. Porque sua mãe o tratava da mesma maldita forma. Controladora. Sufocante. Dizendo que ele não era inteligente o bastante para se formar em engenharia e ser alguém na vida. Mantendo suas ambições baixas para que ele não a deixasse, como o pai dele havia sido esperto o bastante para fazer. Ela não acreditava em Max, mas precisava dele mesmo assim. Por isso o manteve na toca, fazendo-o sentir pequeno e impotente... até que um acidente bizarro revelasse que ele era especial e lhe desse um poder de verdade.

Portanto, ele não ficaria parado deixando-se controlar novamente. Aquela coisa na sua cabeça podia achar que ele era fraco, mas ele não era. O corpo era *dele*, caramba, e era ele quem decidia o que fazer! Então, com um arroubo potente de força de vontade, ele jogou o braço para baixo e deixou que descarregasse na terra.

Não resista!, ordenou a voz.

Vai se danar, ele respondeu.

– Isso, Max! – gritou Homem-Aranha. – Resista!

Você não é forte o suficiente para resistir a mim, a voz insistiu. *Você tem determinação, mas eu penso mais rápido, me adapto mais rápido. Posso paralisar você com um pensamento. Não resista! Sirva a mim!* Ele sentiu suas mãos voltarem a se erguer contra Homem-Aranha.

– Vamos lá! – gritou o Cabeça de Teia. – Continua lutando! O corpo é seu, Max! Você é dono dele! Esse código de computador tosco não entende isso. Ele pode estar no seu cérebro, mas não pode chegar ao seu coração. Lute pelo seu corpo, Max! Lute pela sua identidade!

Ele obrigou os punhos a se cerrarem de novo.

– Estou... tentando – ele conseguiu dizer. – Mas... não dá... para aguentar...

– Max, você pode acabar com isso. Pode acabar com tudo isso! Você pode salvar o mundo, Max! Você é o único capaz disso!

Dillon ficou estupefato. Homem-Aranha falando aquelas coisas para ele? Toda a sua vida, ele quis que alguém acreditasse nele, que alguém dissesse que ele era especial... e tinha que ser logo aquele babaca?

Não importa. Ele aceitaria. Novas forças surgiram dentro dele.

– Como? O que eu faço?

– Pulso eletromagnético, Max. Você entende?

– Quer dizer... tipo uma onda? Queimar todas as máquinas ao redor?

– Ou qualquer outra descarga especialmente intensa de energia na atmosfera. Um raio tem um pequeno efeito de pulso magnético também. O que precisamos, Max... é o maior raio que tiver dentro de você. O maior que você já fez!

Dillon estava lutando para controlar seu corpo, mas por dentro, ele estava rindo. *Só isso? Tudo o que eu preciso fazer para salvar o mundo é a coisa de que eu mais gosto de fazer na vida?* Era o que ele sempre quis: sentir o poder dentro dele. Puxar mais e mais poder, e deixar que crescesse dentro do seu corpo, puro e purificador, uma força da natureza que nada fosse capaz de aguentar.

E, depois de ser escravizado, aprisionado, acorrentado dentro de seu próprio crânio, feito de otário por um Game Boy com ilusões de grandeza? Ah, isso seria muito bom.

A coisa na sua cabeça estava revidando, tentando fazer com que ele parasse. Mas o poder que ele sentia crescer dentro de si, a determinação, a liberdade, o *prazer*, era mais do que ela era capaz de aguentar.

Perto deles havia algumas linhas de energia caídas que, no passado, levavam eletricidade para a fábrica. Ele conseguia sentir essas linhas, sentir a corrente que podia pegar delas. Conseguia sentir o *gosto* da corrente. E, quando sentiu o gosto, aquela coisa não teria como impedi-lo.

Saindo de perto do Homem-Aranha, ele correu na direção dos fios. A voz gritou na sua cabeça, tentando desligar seu corpo. Ele caiu no chão com tudo. Mas continuava sentindo o gosto da corrente. Tudo que ele precisava era avançar um pouco mais... ir além dos seus limites...

Você nunca vai ser mais do que é, disse a voz da sua mãe. *Então é melhor nem tentar. Você vai ficar desapontado.*

Ela nunca compreendera Max. Ela era irrelevante agora. Ele tinha sentido o gosto do poder, que estava um pouco além do seu alcance. Mas ele teria esse poder nas mãos.

Estendeu os dedos e os fios vieram até ele. Ele não soube como. Não importava. Era o destino vindo até ele. Para lhe dar o poder que merecia.

Todo o poder.

A carga foi despejada dentro dele. Ele sentiu seu acúmulo aquecendo-o, fazendo-o se erguer. Os gritos da coisa desapareceram quando o poder trovejou por todos os seus nervos, enchendo-o de raios. Ele *era* os raios. Ele era a luz. Toda a luz. Ao seu redor, ao longe, as luzes da cidade foram se apagando conforme ele bebia o poder. Ele era a luz mais brilhante por ali, embora a luz ainda estivesse dentro dele.

Ele bebeu até estar saciado, mas continuou se alimentando. Bebeu até sentir que estava prestes a rebentar, mas continuou se alimentando. Era exatamente o que ele queria: rebentar. Irromper.

Explodir!

Ele estava ardendo, com todos seus nervos numa doce agonia. A força era maior do que ele era capaz de suportar. Era transcendente. Era puro prazer.

Ele a conteve enquanto conseguiu mas, finalmente, não havia mais como se conter. Não havia nada além do poder, tragando-o por completo. Ele *era* o poder. E o poder se libertou com uma explosão que chegou aos céus.

• • • •

Homem-Aranha obrigou-se a se mover, rastejando para longe de Electro o mais rápido possível. Ele conseguia sentir o ar se carregando em volta dele, sentir um formigamento crescente do seu sentido-aranha que nada tinha a ver com o chip neural. Ele conseguiu ir mais rápido, levantar-se e correr, embora seus músculos não tivessem forças.

E então, o mundo explodiu ao seu redor com raios e trovões, e uma onda de ar superaquecido atingiu suas costas e o jogou de cara no chão.

Ele não soube quanto tempo demorou até voltar a si, zonzo, com um zumbido nos ouvidos. Foi a sensação de que algo queimava no seu pescoço que o acordou. Ele deu um tapa na nuca, mas não encontrou nenhuma chama. Puxando a barra do capuz, apalpou para sentir o calor, encontrando-o embaixo da cicatriz. Era o chip. *O pulso eletromagnético. Ele queimou o chip!* De repente, estava grato pela dor.

Ele ouviu uma voz abafada por trás do zumbido, sentiu mãos segurando seus braços e erguendo-o, mas não sentiu nenhum perigo. *Nenhum perigo. Que alívio.* Ele ergueu os olhos e ali estava um bombeiro olhando para ele com preocupação.

– Homem-Aranha! – ele exclamou. – Tinha mais alguém aqui?

– Só Electro... ele saiu... mas não sei se sobreviveu ao raio.

– Você está falando daquele cara que a gente encontrou pelado no meio de uma grande marca de queimado, sem um arranhão além de uma queimadura gigante?

– Ele está vivo?

– Mais ou menos. Catatônico, mas está respirando. O que é bom, porque não há muito que podemos fazer por ele agora.

– Como assim? Ah. Ah! – Ele olhou ao redor. Havia caminhões de bombeiros e outros veículos nas estradas por perto, mas eles estavam silenciosos e apagados, todos eles. As luzes dos bairros próximos também estavam apagadas. O pulso eletromagnético deve ter queimado seus sistemas de energia. Ele via pela luz refletida de Secaucus e Newark, e pelo crepúsculo eterno que Manhattan gerava como uma aura.

Havia outras massas informes e imóveis também. Mais de uma dezena de robôs blindados gigantes, espalhados pelos Prados, moles e inúteis. Enquanto observava, um deles oscilou quando o pedregulho sob ele cedeu, jogando-o no pântano.

– Ele conseguiu – disse Homem-Aranha. – Graças a Deus. Ele conseguiu.

O bombeiro franziu a testa.

– Quem conseguiu o quê?

Aranha não conseguia parar de rir.

– O vilão. O vilão salvou o dia!

15 AÍ VEM O HOMEM-ARANHA

– ENTÃO, SEU SENTIDO-ARANHA finalmente voltou ao normal? – perguntou tia May.

– Sim, sim – Peter respondeu. Ele estava deitado na cama, apoiado sobre travesseiros, com Mary Jane sentada ao seu lado, acariciando seu cabelo, enquanto tia May servia uma bandeja com sua famosa canja de galinha. Seria o paraíso se ele não estivesse sentindo dores em todo o corpo. Mas isso também iria passar. – Reed Richards tirou os restos do chip de mim, mas já estava desligado de vez. E ele não encontrou nenhum sinal de dano permanente no meu sistema nervoso.

– Hmm... mas você recuperou seu sentido, não? – tia May perguntou. – Não acha que a gente devia testar? – ela perguntou, erguendo uma colherada de canja quente e arqueando a sobrancelha, como se pedisse permissão para jogar em cima dele.

– Não, não, não precisa! – Peter disse. – O Tocha teve a mesma ideia e, acredite em mim, estou pronto para o perigo de novo. – Ele coçou a orelha que a bola de fogo de Johnny Storm havia chamuscado de leve.

– Bom, fico feliz em saber – tia May disse, colocando a colher de volta dentro da tigela.

– E fico feliz que o chip era uma via de mão única – acrescentou MJ. – Já tem bandidos demais sabendo sua identidade. E eu não gostaria de ter alguém espiando a gente durante... bom, você sabe – tia May desviou os olhos, escondendo um sorriso. – Mesmo que fosse só um programa de computador.

– Pelo que eu ouvi dizer – Peter respondeu –, Electro não vai lembrar de nada. Parece que os últimos meses foram bastante confusos para ele. Não tem nem sinal de que ele lembra como controlar máquinas a distância nem nada desse tipo.

– E o Consertador? – MJ acrescentou.

– Ah. Nem sinal dele. Mas não estou muito preocupado. Ele foi só mais uma peça nessa história toda. Ele percebeu o que estava acontecendo e deu o fora. – Peter havia entrado em contato com Felicia Hardy, que não soube explicar direito como tinha perdido o rastro dele. Ela suspeitava que Mason havia mandado o robô para umas férias a fim de acobertar sua partida, depois providenciou para que ele fosse enviado de volta como carga, o que seria mais barato e explicaria por que Felicia não notara seu retorno (isso supondo que ele ainda estivesse vivo). Talvez tivesse mandado o robô de volta para servir como isca para o Mestre dos Robôs, caso seu ex-cliente tentasse se vingar pela deserção. Eles nunca saberiam ao certo a menos que encontrassem o verdadeiro Mason, o que não era tão importante assim. – Então ele ainda está à solta e continua sendo um chato, mas acho que vai ficar na miúda por um tempo. – Ele suspirou. – É incrível como a gente passa tanto tempo se esforçando para fazer as coisas voltarem ao "normal".

Mary Jane se debruçou e deu um beijo na bochecha dele.

– Bom, eu particularmente estou feliz por você ter voltado a ser como era. O nosso "normal" estava indo muito bem, obrigada.

– Você tem razão, estava mesmo. E me desculpem pelo jeito como eu agi. Eu deveria ter dado ouvido a vocês, confiado em vocês. Estava lutando tanto para me esconder da minha própria culpa, para não admitir meus erros, que fugi de tudo que pudesse ajudar a ver as coisas de um ângulo melhor. Principalmente de vocês.

– Não foi culpa sua, querido – disse tia May. – Aquele chip no seu pescoço estava te deixando confuso.

– Só porque eu deixei. Todo mundo me falou que os avisos do meu sentido-aranha não eram lógicos, mas eu não dei ouvidos. E *eu* também deveria ter notado isso! Agora eu entendo que, toda vez que tinha um formigamento de perigo com Jonah ou a mulher dele, foi só *depois* que vi ou ouvi a chegada deles. Só depois que a inteligência artificial no chip registrou a presença deles e ativou o sentido. Se eles realmente fossem perigosos, eu teria percebido que estavam se aproximando antes de ver ou ouvir os dois. Isso deveria ter feito com que eu me tocasse de que havia alguma coisa errada com esses sinais de perigo. Mas não parei para questionar os sinais porque eles estavam me falando o que eu queria ouvir. Eu tive como certo de que estava com a razão e me aproveitei de tudo que reforçasse isso, mesmo que não fizesse sentido. Eu estava agindo... feito Jameson.

Ele balançou a cabeça.

– Inacreditável. Eu estava sendo cabeça-dura e paranoico, precisei do Jameson para descobrir o verdadeiro vilão e me fazer ver as coisas com clareza, e foi Electro quem salvou o mundo. Isso sim que é inversão de papéis.

Tia May abriu um dos seus sorrisos sábios e astutos.

– Bom, isso mostra que todo mundo sempre pode receber uma ajudinha de vez em quando, mesmo que de origens inesperadas. Por isso é tão importante ver o melhor em todas as pessoas.

– E estar disposto a admitir o que não é tão bom na gente mesmo – Peter acrescentou.

– Bom, em uma coisa você estava certo – MJ disse. – O Consertador fazia parte de tudo.

Peter balançou a cabeça.

– Eu tropecei na resposta certa pelos motivos errados. Isso não é estar certo.

– Não?

– Não. Pelo mesmo motivo que falo para os meus alunos que precisam mostrar o trabalho nas provas.

– Pensei que isso fosse para ter certeza de que eles não colavam.

– É só uma parte do porquê... devia ser, pelo menos. O verdadeiro motivo é que a resposta não é verdadeiramente certa a menos que você entenda o que ela significa e *por que* ela está certa. Afinal, o que importa não é uma única resposta, mas saber como encontrar as respostas para os problemas que é preciso resolver na vida.

Tia May piscou, afastando as lágrimas, sorrindo para ele.

– Tio Ben estaria muito orgulhoso do homem que você virou, Peter. Eu estou.

Ele pegou a mão dela.

– Obrigado, tia May.

Em seguida, MJ pegou sua outra mão e se aconchegou nele. E subitamente o "normal" não parecia nada ruim.

Não vai durar, seu ceticismo interno lhe disse. *Eu sei*, ele respondeu. E ficou feliz pela dúvida. Porque permitia que ele desse muito mais valor ao que tinha agora... e garantia que estaria pronto para defender sua vida da próxima vez que alguma coisa viesse ameaçá-la.

• • • •

– Achei – disse Dawn Lukens, lendo o artigo da Wikipédia na tela do seu laptop. Ela andava mais bem-humorada ultimamente, depois que Bobby Ribeiro acordara e havia mostrado sinais de que não demoraria a se recuperar por completo. Além disso, as contas médicas dele haviam sido pagas por um doador anônimo e, como os pedidos de entrevista do *Clarim* haviam parado mais ou menos na mesma época, Peter tinha uma leve suspeita de que sabia quem era o doador. Todos os outros alunos tinham recebido alta do hospital, embora Angela Campanella ainda tivesse que ficar se recuperando em casa por mais uma ou duas semanas. Claro, não faltavam meninos da escola para levar as lições de casa para ela e *não* estudar junto com ela. – Um arenque vermelho – Dawn continuou – é um arenque ou salmão defumado. Parece que eram arrastados pelas trilhas das raposas para que os cães de caça não encontrassem o rastro delas.

Peter ponderou sobre isso por um momento.

– Quer saber? Isso levanta mais dúvidas do que dá respostas.

– Bom, parece que ninguém tem muita certeza sobre a origem da expressão. Também tem uma canção de ninar americana que fala que existem tantos morangos no mar quanto arenques na madeira.

– Viu? – Peter disse a ela. – Até que você tem algumas respostas, afinal.

Ela ficou vermelha.

– Olha... Desculpa pelo que te falei no hospital...

Peter ergueu a mão para interromper.

– Você tinha todo o direito. Você tinha razão: eu estava me recusando a encarar a realidade. Compensando minha sensação de culpa, tentando fingir que tinha todas as respostas. Acho que eu estava exagerando.

– Você não estava tão mal.

– Bom, você não viu o meu pior. – Pensativo, ele olhou para ela por um instante. – Como você está? Ainda pensa em desistir de dar aulas?

Ela demorou um pouco para responder.

– Eu fiz o que você falou... esperei para decidir. Você não estava tão equivocado naquele dia. Mas... ainda tenho as minhas dúvidas. Não acho mais que eu possa dar respostas a esses alunos.

– Talvez não seja esse o trabalho de um professor – ele disse, devagar. – Talvez seja mais importante ajudar os alunos a aprender a fazer boas perguntas. A admitir que eles não têm todas as respostas para que mantenham a mente aberta a novas possibilidades. Talvez a melhor coisa que a gente possa fazer por elas é admitir que também estamos aprendendo, mostrar que não tem problema nenhum em dizer "não sei".

Ela o examinou por um tempo, depois sorriu.

– Uma coisa que eu não tenho vergonha de admitir é que eu estava errada em relação a você. Fico feliz por isso.

– Não se preocupe – ele respondeu. – Estou acostumado com essa coisa das pessoas estarem erradas em relação a mim. Mas não ligo mais para isso, porque sei como é ser uma delas.

• • • •

J. Jonah Jameson andava bastante quieto no *Alerta* ultimamente. Ele não tinha exatamente aparecido e pedido desculpas por acusar Homem-Aranha de envolvimento com os robôs, mas também não andava atacando o herói com tanta ferocidade. Então, Aranha decidiu fazer uma visita para ele e descobrir se havia alguma maneira de aumentar ainda mais o entendimento a que eles haviam chegado depois da fuga da prisão.

A sala de Jonah ainda tinha alarmes nas janelas, então Aranha esperou no teto da garagem acima do carro dele. Quando JJJ se aproximou no fim da tarde, Aranha se anunciou:

– Estou vendo que você não está mais cercado por seguranças. Eu fico lisonjeado.

Jonah não ficou particularmente espantado; parecia até estar esperando por isso.

– Não fique – ele disse, num rosnado mais calmo do que o normal. – Aqueles homens estavam me custando uma fortuna.

– Sei. Desculpa por isso. – Limpando a garganta, desceu para ficar frente a frente com Jonah. – Estou falando sério. Vim aqui para pedir... desculpas por ter acusado você. Desculpa por ter ido atrás de você e da sua mulher. E... – Esta era a parte mais difícil. – E queria agradecer por me ajudar a ver as coisas direito. Eu não teria conseguido sem você.

Jonah relaxou o peito estufado e sorriu, o que era raro.

– Ora, ora, ora. Ouvir você falar isso é música para os meus ouvidos, Homem-Aranha. O que você acha de procurarmos umas câmeras para você repetir na frente delas?

– Não força, Jonah. – Ele riu. – Olha... Quero acreditar que nós dois podemos aprender alguma lição com essa história toda. Nós quase não pegamos o bandido porque estávamos ocupados demais achando que tínhamos razão em relação ao outro. Talvez seja hora de admitir que podemos aprender um com o outro. Talvez seja hora da gente começar a confiar um no outro.

O sorriso de Jameson logo se desfez, sendo substituído por uma expressão incrédula.

– Você está tirando sarro da minha cara? – ele vociferou. – Acha que vou confiar em você depois da maneira como você agiu? Atormentando pessoas inocentes por causa de suspeitas infundadas? Agindo por impulso sem pensar nas consequências? Colocando a vida de inocentes em risco enquanto lutava com robôs no meio da cidade?

– Mas Jonah...

– Não vem com essa, escalador de paredes! Eu sei o que você vai dizer, que o bandido estava mexendo com seu "sentido-aranha". Mas isso não é desculpa! Foi você quem decidiu influenciar esses instintos. E isso prova que tudo que sempre falei sobre você é verdade. Você pode achar que é um dos mocinhos, mas na verdade não passa de um moleque egocêntrico e inconsequente que acha que isso tudo não passa de uma brincadeira!

– Não é justo! Eu faço isso para proteger as pessoas!

– Pessoas como Paul Berry? Algum dia você vai virar homem e fazer a coisa certa por aquela viúva ou vai continuar se escondendo atrás dessa máscara?

– O que aconteceu com o marido dela é algo com que vou ter que conviver pelo resto da minha vida, Jonah. E vou fazer o possível para ajudar aquela mulher. Mas existe muita coisa em jogo para eu expor minha identidade no tribunal.

– Então é isso. Você vai fazer tudo o que puder, desde que isso não te custe nada. – Jameson escarneceu. – Você se acha heroico, mas pensa que seu poder pode te fazer sair impune de tudo. Você não entende o que significa assumir responsabilidade pelas consequências do que você faz! É isso que te torna uma ameaça, Homem-Aranha, e alguém precisa ficar repetindo isso para você, dizendo isso para o mundo todo até você acordar, prestar atenção e jogar essa máscara idiota no lixo de uma vez por todas!

Homem-Aranha olhou fixamente para ele, pasmo. *Poder... responsabilidade*. Ele nunca tinha ouvido Jameson usar aqueles termos antes. Ele nunca havia entendido por que aquele homem o atacava de maneira tão ferrenha. E, sem dúvida, nunca havia pensado por um momento sequer que J. Jonah Jameson o lembraria do tio Ben.

Um pensamento passou pela sua cabeça. *Jameson nunca disparou meu sentido-aranha. Não de verdade.* Talvez isso significasse alguma coisa. Se o que Jonah estava tentando lhe dizer não era uma ameaça, talvez ele devesse dar ouvidos.

Ele tem razão, Aranha se deu conta. *Se as duas últimas semanas provam alguma coisa, é que eu posso fazer muita besteira na vida. Todo dia, corro o risco de passar dos limites... a menos que seja lembrado constantemente do que posso me tornar.*

Ou a menos que tenha uma mosca particular na minha sopa.

Homem-Aranha riu, pegando Jameson de surpresa. Depois, assustou ainda mais o pobre dono do jornal, lançando os braços em torno dele e dando um beijo na sua boca através da máscara.

– Nunca mude, bigodudo! – ele gritou, saltando para a beirada do estacionamento. – Você é perfeito do jeitinho que você é!

Enquanto lançava a teia para atravessar a cidade, pôde ouvir os berros de Jameson:

– Não duvide disso, seu lunático escalador de paredes! Enquanto você continuar à solta, vou seguir todos os seus movimentos! Você nunca vai ter um momento de paz da incansável perseguição de J. Jonah Jameson!

E tudo estava bem na vida do Homem-Aranha.

AGRADECIMENTOS

AGRADEÇO MAIS UMA VEZ pelo convite de Marco Palmieri para escrever no Universo Marvel e, não só a ele, mas também a Keith R. A. DeCandido pela assessoria sobre a continuidade da Marvel e sobre a geografia de Nova York. O site Spiderfan.org também foi de grande ajuda para me colocar a par da continuidade.

Claro, devo um obrigado inigualável a Stan Lee, que começou isso tudo e tornou esses personagens eternos. Outros escritores do *Homem-Aranha* cujo trabalho influenciou este romance incluem Mike W. Barr, Gerry Conway, Tom DeFalco, J. M. DeMatteis, Paul Jenkins, Howard Mackie, Bill Mantlo, David Michelinie, Roger Stern, J. Michael Straczynski, Len Wein, Zeb Wells e Marv Wolfman, entre outros. Particularmente, elementos importantes da trama deste romance acontecem depois dos eventos de *Peter Parker: Homem-Aranha* (vol. 2) nºs 27-28, de Paul Jenks e Mark Buckingham. O mantra motivacional do Homem-Aranha no capítulo 14 ("Um homem pode perder...") é tirado quase palavra por palavra de *O Espetacular Homem-Aranha* nº 33, de Stan Lee e Steve Ditko. Outras inspirações foram tiradas de autores de outros romances do *Homem-Aranha*, como Jim Butcher, Keith R. A. DeCandido e Diane Duane. E obrigado a Irving Berlin, Gary William Friedman, Joe Raposo e Paul Francis Webster pela maioria dos títulos dos capítulos.

Agradeço ao Google Maps e à New York City Building Database em www.emporis.com pela orientação inestimável no planejamento dos trajetos do Aranha. Para detalhes sobre o Distrito dos Diamantes, aprendi muito com o artigo "Here is 47th Street", de Pam Widener na revista online *The Morning News* (www.themorningnews.org). Agradeço à Pocket Books e à Comic-Con de Nova York por me convidar em 2006 e 2007, dando-me a chance de visitar muitos dos locais do livro pessoalmente. E agradeço a Rov no Ex Isle BBS pelo aconselhamento em questões jurídicas.

E obrigado a John Semper e o resto da equipe criativa da série animada *Homem-Aranha* de 1994 a 1998 por finalmente me mostrar o personagem incrível que é o Aranha depois de décadas de adaptações menos autênticas para a TV. Sem essa inspiração, eu nunca teria escrito este livro.

MISTO
Papel produzido a partir
de fontes responsáveis
FSC® C125132
FSC
www.fsc.org

FONTE: Chaparral Pro
IMPRESSÃO: Arvato